IHR WERWOLF HELD

JODI VAUGHN

KAPITEL 1

„In der Welt des Strippens gibt es Regeln. Regel Nummer eins: Verwende nicht deinen richtigen Namen." Catty Steele hielt ihre Stimme und ihren Gesichtsausdruck ruhig, trotz des überwältigenden Dranges, die neue Stripperin durchzuschütteln, anzuschreien und durch die Hintertür zu schieben, bevor sie den größten Fehler ihres Lebens begehen konnte.

Aber sie wusste besser als jeder andere, dass jeder Mensch seine eigenen Entscheidungen treffen musste.

„Ich bin mir nicht sicher, ob ich Bambi als Künstlernamen gewählt hätte. Ich persönlich wäre etwas kreativer gewesen." Die Musik aus dem Club ließ die Lippenstifte auf den verschiedenen Schminktischen vibrieren und die Luft war erfüllt vom stickigen Gestank nach Zigarettenrauch.

„Bambi ist mein richtiger Name." Bambis piepsige Stimme passte zu dem Ausdruck in ihren Rehaugen. Zum Glück hing es nicht vom Klang der Stimme einer Tänzerin ab, ob sie in einem Strip-Club Geld verdiente. Mit platinblonden Haaren und einem Körper wie aus dem Hot-Rod-Magazin würde Bambi viel Geld verdienen.

„Ist Catty nicht auch dein richtiger Name?" Bambis perfekt gezupfte Brauen zogen sich zusammen, als sie eine Kaugummi-Blase machte.

„Mein richtiger Name ist Katy." Der unsichtbare Faden um ihr Herz zog sich zusammen und erfüllte sie mit brennendem Schmerz. Der alte vertraute Schmerz, der mit den Folgen dessen zusammenhing, was sie getan hatte: sie hatte ein normales Leben weggeworfen und die Verbindung zu ihrer Country-Club-Familie abgebrochen, um in einem Strip-Club in New Orleans zu arbeiten. Der schlimmste Fehler ihres Lebens. „Ich habe ihn zu Catty geändert, als ich anfing zu strippen."

„Ah." Bambi ließ ihre Kaugummi-Blase platzen und blickte auf ihr Kostüm, einem dunkelgrünen Bikini, der mit Pailletten bestickt war. Sie sah wieder zu Catty und lächelte ein kindliches Lächeln. „Ich liebe Grün. Es ist meine Glücksfarbe."

Catty wollte ihr sagen, dass es egal war, was sie gern anhatte. In zehn Minuten würde es sowieso vor einem übergewichtigen Mann mit Mundgeruch und grapschenden Händen ausgezogen werden.

„Regel Nummer zwei." Sie hielt zwei Finger hoch. „Du darfst den Kunden berühren, aber der Kunde darf dich nicht berühren." In den dunkelsten Ecken des Clubs beachteten nur wenige diese Regel. Sie war eine der wenigen und deswegen mied sie die Schatten.

„Aber das ist nicht das, was Meadow gesagt hat."

„Hör nicht auf Meadow." Sie senkte die Stimme und ließ Bambi wissen, dass sie es ernst meinte. Meadow verdiente ihr Geld mit Blowjobs im Hinterzimmer. Catty mochte sich vielleicht ausziehen, aber sie würde niemals ihren Körper verkaufen, auch nicht für das ganze Geld in der Welt des Strippens.

„Meadow wird dir auch sagen, dass du keine Einkommenssteuer zahlen musst. Das bringt uns zur Regel Nummer drei: Zahle immer deine Steuern. Wenn du sie nicht bezahlst, wirst du sehen, was für ein Monster das Finanzamt ist."

„Verstanden." Bambi sah über die Schulter zu der anderen Seite des Ankleidezimmers, wo Celine, die Clubmanagerin, sie mit einem distanzierten Blick beobachtete.

„Ich glaube nicht, dass Celine mich mag. Sie hat mich schon zweimal angeschrien", flüsterte Bambi.

„Celine schreit alle an. Geh ihr nicht auf die Nerven und sie wird dich in Ruhe lassen." Es wurde gemunkelt, dass Celine vor sehr vielen Jahren selber eine Stripperin gewesen war, aber das Alter und das Nikotin hatten ihre Spuren an ihr hinterlassen. Und die Tatsache, dass sie von wunderschönen jungen Frauen umgeben war, schmeichelte ihrem Ego nicht gerade.

Bambi warf der Managerin einen unsicheren Blick über die Schulter zu.

„Es liegt nicht an dir, Bambi. Celine mag niemanden. Tu, was sie sagt, halte dich fern von Drogen und sei pünktlich. Sie ist vielleicht keine Tante Bessie, aber sie ist fair und toleriert keine Respektlosigkeit."

„Fünf Minuten, Bambi." Celines raue Stimme übertönte die Geräusche des Ankleidezimmers. Die Tänzerinnen schwirrten weiter durch den Raum, zogen sich das nächste Kostüm an, legten eine weitere Schicht Lippenstift auf und überprüften ihre Brüste im Spiegel.

„Wie sehe ich aus?" Bambi stemmte die Hände in die Hüften und sah Catty erwartungsvoll an.

„Du brauchst ein kleineres Oberteil."

„Aber das ist meine Größe." Sie breitete die Arme aus und betrachtete ihren Körper.

„Das ist das Problem. Du brauchst eine kleinere Größe. Du brauchst ein Oberteil, aus dem deine Brüste fast herausfallen. Die Männer kommen nicht hierher, um eine Miss-

America-Wahl zu sehen. Sie kommen hierher, um Titten zu sehen. Viele, viele Titten."

„Bambi! Bewege deinen Hintern!" Der scharfe Unterton in Celines Stimme ließ alle Mädchen an ihren Make-up-Stationen in Deckung gehen.

„Hier." Catty nahm ein winziges schwarzes Bikinioberteil von einem Kleiderbügel und warf es dem Mädchen zu. „Zieh das an."

„Aber es passt nicht zusammen."

„Egal." Sie warf ihr einen bösen Blick zu.

Bambi wechselte gehorsam das Bikinioberteil. „Es bedeckt gerade so meine Brustwarzen."

„Darum geht es ja." Catty wedelte mit der Hand in Richtung Bühne. „Du musst jetzt loslegen, bevor du Celine wütend machst."

„Danke, Catty." Bambi ging auf die Bühne zu.

„Noch ein Schaf, das zur Schlachtbank geführt wird." Jill setzte sich neben sie und gab ihrer Schulter einen Stups. Ihr hellbraunes Haar war zu langen Locken gestylt, die ihren Rücken hinuntergingen. Ihr Make-up mit Smokey Eyes und einem dunkelroten Lippenstift, der ihre vollen Lippen betonte, ließ sie wie ein Modell auf einem Laufsteg aussehen. Sie trug ein winziges, weißes Neckholder-Oberteil, ein Bikinihöschen und hohe weiße Stiefel. Sie sah aus wie der erotische Traum eines jeden Mannes.

„Nein. Sie ist nicht wie wir. Sie ist menschlich", seufzte Catty und sank auf den Hocker neben ihrem Schminkspiegel.

Jill saß auf einem Hocker in der Nähe und der Blick aus ihren hellbraunen Augen war prüfend und vorsichtig. „Geht es dir gut?"

„Ich hätte sie ermutigen sollen zu gehen, nach Hause zu gehen und nie wieder hierherzukommen." Sie sah in die Augen ihrer Freundin. „Es ist gefährlich genug für Frauen wie uns. Ich kann mir nicht vorstellen, wie es sein muss, ein Mensch zu sein und hier zu arbeiten."

„Du weißt genauso gut wie ich, dass sie nicht gegangen wäre. Wenn überhaupt, hätte es sie dazu gebracht, noch mehr hier sein zu wollen." In Jills Augen blitzte etwas auf, etwas, das Bedauern ähnelte.

„Ich weiß, ich weiß." Es bestand keine Notwendigkeit, dass sich ihre Freundin auch noch schlecht fühlte. „Was hast du da?" Ihr Blick fiel auf eine weiße Geschenktüte auf Jills Schoß.

„Es ist etwas für dich." Jills Stimme schien unsicher. Catty war sich nicht sicher, ob aus Aufregung oder Nervosität.

„Was ist es?"

„Es sind meine Lieblings-Stilettos." Jill griff in die Tasche, zog die begehrten roten Schuhe hervor und ließ sie vor Catty baumeln.

„Ich kann das nicht annehmen. Das sind deine Lieblings-schuhe. Außerdem brauchst du sie zum Tanzen."

„Nein, Mädchen. Das ist der andere Teil meiner Überra-schung." Jill steckte die Schuhe wieder in die Tasche und stellte sie auf den Boden. Sie drehte sich um und nahm Cattys Hände in ihre. „Heute Nacht ist meine letzte Nacht."

„Du gehst?" Ihr Herz überschlug sich und sprang ihr beinahe aus der Brust.

„Ich habe genug Geld für das Junior College gespart. Ich fange in ein paar Wochen an. Ich werde eine Ausbildung zur Krankenschwester machen." Ihre Augen und ihre Stimme bebten vor Aufregung.

„Warte. Was?" Zwischen dem weißen Rauschen in ihren Ohren und der Musik im Club hatte sie vielleicht nicht richtig gehört.

„Versuche bitte, nicht so überrascht auszusehen", kicherte Jill.

Catty zwang die Muskeln in ihrem Gesicht, ein Lächeln

zu formen. „Ich kann nicht glauben, dass du gehst." Sie rang mit der Panik in ihrer Brust. Wenn Jill gehen würde, wäre sie wirklich allein. „Ich hatte keine Ahnung, dass du überhaupt daran interessiert bist, Krankenschwester zu werden. Ich dachte …"

„Dass ich für immer eine Stripperin sein wollte?", neckte Jill sie.

„Nein, so ich habe es nicht gemeint, es ist …" Sie freute sich für ihre Freundin – tief in ihrem Inneren freute sie sich wirklich. Sie wollte sie nur nicht verlieren.

„Wie du weißt, hatte ich eine ziemlich schwierige Zeit. Die halbe Zeit High zu sein, hat auch nicht geholfen." Jill spielte ein wenig mit dem silbernen Kreuzanhänger um ihren Hals.

„Also, warum hast du dich entschieden zu gehen?" Cattys Herz schlug ein bisschen schneller. Sie wollte den entscheidenden Moment der Wahl eines anderen Lebens kennen.

„Ich glaube, ich war es leid, es leid zu sein. Weißt du, was ich meine?" Sie hob das Kinn und traf Cattys Blick.

Catty wusste genau, was sie meinte. In den letzten Monaten hatte sie mit dem Gedanken gespielt, für immer wegzugehen. Aber sie hatte keinen festen Plan. Wohin würde sie gehen? Was würde sie tun?

„Es ist noch nicht zu spät." Jill beugte sich vor. „Du bist nicht mehr das Mädchen, das wütend auf die gesamte Welt ist, Catty. Du musst gehen und dein Leben leben."

„Ich weiß nicht." Angst nagte an ihr. Sie konnte nicht nach Hause gehen. Wenn ihre Eltern herausfanden, dass sie als Stripperin gearbeitet hatte, wären sie am Boden zerstört. Es war eine lähmende Angst, die sie an dieses Scheißloch gebunden hielt.

Ein winziger Hoffnungsschimmer erhob sich in ihrer Brust. Vielleicht, nur vielleicht, könnte sie eine zweite Chance bekommen und ihr Leben für immer verändern. Sie konnte nicht nach Hause gehen, aber sie konnte irgendwo einen neuen Anfang machen.

„Mädchen, ich weiß gar nicht, wie du überhaupt hier gelandet bist", flüsterte Jill, während sie sich umsah. „Du bist anders als wir, Catty. Du warst für viel bessere Dinge vorgesehen. Du gehörst nicht hierher. Das hast du noch nie."

Catty rutschte auf ihrem Sitz hin und her. Wie konnte sie ihrer Freundin sagen, dass sie mit dem Strippen angefangen hatte, weil sie gesehen werden wollte? Weil sie anerkannt werden wollte? In einer Familie aufzuwachsen, in der es um hohe Standards und Leistungen ging, war wie ein Gefängnis gewesen. Sie hatte diese Karriere aus ihrem selbstsüchtigen Bedürfnis nach Bestätigung gewählt.

Jetzt schien das alles so kindisch.

Der Schmerz, dass ihr Bruder herausfinden könnte, was sie getan hatte, reichte aus, um sie in Schuld zu ersticken.

„Geh, Catty." Jill senkte die Stimme. „Du weißt genauso gut wie ich, dass diese Wölfe hier nur Probleme bedeuten. Nicht einmal die Wächter können uns helfen. Nicht, dass sie hier überhaupt noch hierherkommen." Sie warf einen Blick über ihre Schulter und senkte ihre Stimme noch mehr. „Ich habe Gerüchte gehört, dass jede Tänzerin, die mit einem Werwolf außerhalb dieses Clubs gesehen wird, bestraft wird und der Werwolf vor ihren Augen getötet wird. Das ist nicht in Ordnung. Wenn Big Mike nicht davor zurückschreckt, einen männlichen Werwolf zu töten, denkst du wirklich, er würde davor zurückschrecken, dir dasselbe antun, Schätzchen?"

Die Zahl der Werwölfe im Triple X übertraf bei Weitem die Zahl der Menschen. Für ihren Chef waren die Menschen keine Bedrohung. Es waren die Werwölfe, die er im Auge behielt. Sie wusste, dass Big Mike nichts dagegen hatte, dass die Mädchen für die Werwölfe tanzten, solange sich keiner von ihnen einmischte. Aber dies war das erste

Mal, dass sie gehört hatte, dass er einen anderen Mann töten würde.

Catty blinzelte, um die Tränen zu unterdrücken. Es war der größte Fehler ihres Lebens gewesen, sich auf Big Mike einzulassen. Sie waren nicht mehr zusammen, aber ihr Bauchgefühl sagte ihr, dass er nicht zögern würde, ihr etwas anzutun, wenn es seiner Sache diente.

„Hier, du brauchst es mehr als ich." Jill löste ihre Halskette und drückte das Kreuz in Cattys verschwitzte Handfläche.

Catty stieß ein zitterndes Lachen aus und betrachtete, wie das Kreuz unter den Lichtern glänzte. „Glaubst du, Gott kann mich retten?" Gott hatte sie schon vor langer Zeit vergessen.

Jill grinste. „Gott kann deine Seele retten, daran besteht kein Zweifel. Aber das Silber wird dir den Arsch retten."

KAPITEL 2

*L*ucien Sauvage hielt sich ein Brett über den Kopf und nagelte es an das Grundgerüst. Er blinzelte den Schweiß aus den Augen und wischte sich die schmutzige Stirn.

Die glühende Sonne in Arkansas war unerbittlich und brachte alles, was sie berührte, zum Glühen.

Es war heiß. Verdammt heiß.

„Brauchst du Hilfe bei deiner Wand?" Jaxon kam herüber und hielt ihm eine Wasserflasche hin. Lucien biss die Zähne zusammen, schüttelte den Kopf und hämmerte weiter.

„Ich brauche deine Hilfe nicht, Jaxon." Das tat er nie. Er zog es vor, alleine zu arbeiten.

„Es wurde auch Zeit, dass du deinen faulen Hintern aus dem Bett bewegst", fügte Lucien hinzu. „Der Rest der Wächter ist seit sechs Uhr hier zugange. Du bist zwei Stunden zu spät." Er versuchte nicht, die schlechte Laune in seiner Stimme zu unterdrücken. Die Hitze, verbunden mit Jaxons Unterbrechung, machte ihn fast unerträglich. Nicht zu vergessen, dass er in seiner Lederjacke kochte. Ein Werwolf zu sein, half da auch nicht gerade, da seine Körpertemperatur um ein paar Grad wärmer war als die eines Menschen.

„Es ist nicht so, dass ich dafür bezahlt werde, hier zu sein. Es ist für wohltätige Zwecke." Jaxon zog sich sein Hemd über den Kopf und warf es auf einen Holzstapel.

„Du solltest dich besser an körperliche Arbeit gewöhnen, Schönling. Skylar hofft, dass sie, sobald dieses Haus fertig ist, mehr solcher Häuser bauen kann, um misshandelten Mädchen zu helfen." Skylar war die Gefährtin des Wächters Zane. Nachdem sie als Kind missbraucht worden war, wollte Skylar anderen Mädchen Schutz bieten, deshalb hatte sie ihre eigene Wohltätigkeitsorganisation gegründet: Skylar's House.

„Und selbst wenn du keinen uneigennützigen Knochen im Körper hast, solltest du dir Sorgen um die Wette machen, die du mit Damon und Jayden abgeschlossen hast. Wenn sie heute vor uns ihre Wände aufstellen, geht ihr Bier auf uns." Die Hitze in seinem Körper stimmte mit der Hitze in seinem Ton überein und es brauchte all seine Zurückhaltung, um Jaxon nicht dafür zu schlagen, dass er ihn in die dumme Wette mit einbezogen hatte. Stattdessen steckte er den Hammer in den Bund seiner Jeans und schnappte sich ein weiteres Brett. Je schneller er fertig wurde, desto schneller konnte er gehen. Er konnte fast spüren, wie sein Blut mit jedem Schweißtropfen dicker wurde, der durch seine Poren drang.

„Entspann dich Mann. Wir können immer noch gewinnen. Du lässt dir nur die Hitze zu Kopf steigen." Jaxon schirmte seine Augen mit der Hand ab und lehnte sich gegen den Stapel von ordentlich gestapelten Bauholz. „Es ist kochend heiß und du trägst immer noch diese verdammte Lederjacke."

„Fick dich, Jaxon." Luciens Worte kamen feurig und scharf heraus und für einen Fremden wäre es eine Warnung gewesen. Aber Jaxon war kein Fremder und er beachtete sicherlich keine Warnungen.

„Immer der einsame Ranger. Ich weiß nicht, wie du das machst, Mann. Ich verbeuge mich davor, was für ein Badass du in deinem schwarzen Leder bist." Jaxon beugte sich an der Taille und verbeugte sich spöttisch.

„Was machst du, Jaxon? Lucien den Arsch küssen?" Barrett Middleton, Leitwolf des Rudels von Arkansas und Anführer der Wächter, kam mit einer Ladung Holz auf seiner Schulter angelaufen. Seinem Ton nach zu urteilen, war er offensichtlich nicht erfreut.

„Er ist verdammt nervig." Lucien schnappte sich ein weiteres Stück Holz und nagelte es fest. „Übrigens, Jaxon, Badass ist kein Wort, was du im Wörterbuch findest, du Dumpfbacke."

Lucien würde gern seine Jacke ausziehen. Er würde gern Holz in nichts außer Jeans und Stiefeln herumschleppen. Er wäre gern wie der Rest der Wächter-Brüder. Aber er war nicht wie diese Wächter. Er war anders. Sie alle hatten eine Zukunft. Seine hingegen war von jemand gestohlen worden, dem er sein Leben anvertraut hatte. Er konnte niemandem mehr vertrauen und ohne Vertrauen konnte er niemals wirklich Teil ihrer Bruderschaft sein.

Nicht jetzt.

Niemals.

„Dumpfbacke ist auch kein Wort. Es ist Slang." Jaxon öffnete eine Schachtel mit Nägeln und reichte sie Lucien.

„Schwanzlutscher steht bestimmt drin." Lucien nahm ein anderes Stück Holz in die Hand und betete, der Werwolf würde ihn einfach in Ruhe lassen. Es gefiel ihm, alleine zu sein.

„Er hat recht", sagte Barrett.

„Ach was?" Jaxon drehte sich um und schenkte Barrett seine volle Aufmerksamkeit.

Barrett zog sein Handy aus der Hosentasche und drückte mit der einen Hand auf ein paar Knöpfe. Er drehte sich um und schirmte sein Handy gegen das Sonnenlicht ab. Das Brett schwang in Jaxons Richtung. Jaxon duckte sich gerade noch rechtzeitig, um nicht am Kopf getroffen zu werden.

„Pass auf deine Teile auf, Mann." Jaxon machte ein paar Schritte zurück und runzelte die Stirn.

„Glaub mir, Jaxon. Du bist der letzte Mensch auf Erden, den ich meine Teile berühren lassen möchte." Barretts trockener Ton zauberte Lucien ein widerwilliges Lächeln auf die Lippen.

Barrett sah wieder auf sein Handy. „Dumpfbacke: Beleidigende Bezeichnung für Menschen, die dumm oder irritierend sind. Synonyme umfassen Arschloch, Bastard, Schwanzlutscher, Motherfucker."

„Schwanzlutscher steht im Wörterbuch?" Jaxon starrte auf das Telefon.

„Alter, ist das wichtig?" Lucien warf Damon und Jayden einen Blick zu. Sie waren fast fertig mit ihren Wänden. „Du hängst hinterher."

„Kann ich das mal sehen?" Jaxon griff nach Barretts Telefon, aber der Rudelführer hielt es außer Reichweite.

„Denk nicht einmal drüber nach", warnte Barrett.

Jaxon stieß ständig bei dem Rudelführer an die Grenzen und Lucien konnte nicht verstehen, warum Jaxon nicht einfach nur den Kopf unten halten und arbeiten konnte. Das Leben war kein großer Witz.

„Hey, Damon, wusstest du, dass Schwanzlutscher im Wörterbuch steht?", schrie Jaxon über die Baustelle, als er auf die anderen zuging.

„Ja. Genau unter Jaydens Bild." Damon hämmerte mit einem einzigen Schlag einen Nagel in das Holz. Schnell wie eine Schlange versenkte er einen weiteren Nagel.

„Hey, Lucien, es sieht so aus, als ginge heute Abend das

Bier auf dich." Bei Jaydens Worten wurde Lucien noch wütender. „Willst du, dass wir Jaxon wieder zu dir schicken oder sollen wir ihn behalten? Wir könnten etwas Unterhaltung gebrauchen, während wir gewinnen."

„Behaltet ihn." Lucien schlug ein weiteres Stück Holz an den Rahmen. Er fuhr sich mit der Hand über die nasse Stirn. „Vielleicht lenkt er euch ab und ich kann aufholen."

Kurz nach Mittag ging Lucien an den Harleys vorbei zum Truck. Er holte sich ein eiskaltes Wasser aus der Kühlbox, lehnte sich gegen die Heckklappe und nahm einen großen Schluck aus der Flasche. Sein scharfer Blick nahm das stete Summen auf der Baustelle und dem weitläufigen grünen Land – dem zukünftigen Zuhause für gefährdete Mädchen – auf.

Nostalgie überschwemmte ihn und erinnerte ihn an seine Kindheit, an seine Familie, an seine Heimat.

Barrett stieg vom Fahrersitz und machte sich auf den Weg zum Heck des Trucks.

„Es ist seltsam." Lucien richtete sich auf und steckte die Hände in die Taschen. Seine sorgfältig gehüteten Gedanken waren ihm laut herausgerutscht.

„Was ist seltsam?" Barrett schnappte sich ein Wasser und schloss sich ihm an der Heckklappe an.

„Das Rudel." Er zuckte die Achseln und versuchte das Gewicht zu lockern, das sich plötzlich auf seine Schultern gelegt hatte. „Es ist mehr Familie als die meisten Leute haben."

Es war mehr Familie als er jemals gehabt hatte.

„Das stimmt." Barretts Stimme blieb wie immer neutral. Es war schwierig, seinen Rudelführer zu lesen. Barrett sprach nie über sein Privatleben oder über seine Vergangenheit. Es machte für Lucien keinen großen Unterschied. Barrett hatte den Ruf eines der angesehensten und vertrauenswürdigsten Rudelführers der Südstaaten. Das bedeutete Lucien sehr viel.

„Familie ist nicht immer durch Blutsbande verbunden. Manchmal enttäuscht dich dein eigenes Blut." In Barretts Stimme lag der Unterton eines unausgesprochenen Geheimnisses. Eines Geheimnisses, das nur sie teilten.

„Das sollte es nicht." In der Mitte von Luciens Brust loderte Hitze auf und breitete sich wie eine Benzinspur aus, die an seinem Herzen wuchs und zehrte. Er trank den Rest des Wassers und hoffte, dass die Kühle den Ärger, der sich seit Jahren unter der Oberfläche gebildet hatte, auslöschen würde.

„Wenn du aufhörst, etwas von Menschen zu erwarten, hören Sie auf, dich zu enttäuschen." Barrett verschränkte die Arme und richtete den Blick auf die Wächter, um die Arbeit seiner Männer zu beurteilen.

Luciens Atem ging zu schnell, zu heiß, zu kampfbereit. Rechtschaffene Wut legte sich über ihn wie eine alte, muffige Decke, die drohte, seinen Atem zu ersticken. „Du verstehst nicht. Mir wurde meine Zukunft genommen. Mir wurde mein Schicksal gestohlen."

Barrett stieß sich von dem Truck ab und schaffte so Abstand zwischen ihnen. Eine von Barretts Qualitäten war es, nie Emotionen zu zeigen. Aber jetzt, vor Lucien stehend, strahlte sein ganzer Körper diese Emotionen aus – von seinem verärgerten Gesichtsausdruck bis hin zu seinen zu Fäusten geballten Händen.

Barrett lehnte sich näher heran, die Augen zusammengekniffen und den Kiefer angespannt. „Nein, du verstehst nicht. Du erwartest etwas, das du nie bekommen wirst. Es ist eine Sache, jemanden aus deinem Leben auszuschließen, aber nicht einmal das hast du getan. Du erwartest immer noch etwas von deinem Bruder, das du nie bekommen wirst. Es wird dich zerstören. Du hast hier eine Familie, in diesem Rudel. Dies ist deine Familie, deine wirkliche Familie."

„Er schuldet es mir." Er spuckte die Worte aus und Zorn brodelte in seinem Herzen.

„Wenn du nicht aufpasst, wird diese Verbitterung gegenüber deinem Bruder, deine Achillesferse sein, Lucien. Deine Wunden werden immer da sein. Aber wenn du so weitermachst, wird es Narben auf deiner Seele hinterlassen, die du nie wieder loswerden kannst. Sei besser oder sei bitter. Du kannst nicht beides sein. Entscheide dich, verdammt noch mal." Barrett warf ihm einen bösen Blick zu und ging dann zur Vorderseite des Trucks.

Wut hämmerte in seiner Brust wie Fäuste bei einer Kneipenschlägerei, als er beobachtete, wie Barrett in den Wagen stieg und davonfuhr. Wut pulsierte unter der Oberfläche seines Fleisches und alles, was er wollte, war, sich zu wandeln. Er verweigerte sich. Er musste die Kontrolle bewahren. Er kniff die Augen zusammen und behielt den Wolf in sich.

„Was ist los?" Braxton schlug ihm auf den Rücken.

Lucien knurrte und fuhr den anderen Wächter an.

„Wow, Alter." Braxton hob die Hände zur Verteidigung. „Mein Fehler." Seine Augenbrauen zogen sich zusammen. Er durchsuchte Luciens Gesicht nach einem Hinweis. „Alles okay?"

Braxton, der Werwolf mit den Ärmel-Tattoos und den blauen Haaren, war kürzlich bei den Wächtern aufgenommen worden. Vom dem, was Braxton erzählt hatte, wusste er, dass sein Familienleben nicht erfreulich war. In einigen Aspekten konnte er sich in ihn hineinversetzen.

„Entschuldigung, Braxton." Lucien schluckte seine Wut hinunter.

„Kann ich etwas für dich tun?" Braxton sah ihn aufmerksam an.

15

Er schüttelte den Kopf. „Nein. Mir geht es gut. Ich muss nur wieder an die Arbeit." Er ging zurück zur Baustelle und hob seinen Hammer auf.

Es war gut, beschäftigt zu sein.

Beschäftigung lenkte ihn ab.

Beschäftigung hielt die Geister aus seiner Vergangenheit davon ab, wieder aufzutauchen.

KAPITEL 3

$\mathcal{L}$ucien blieb vor Barretts Bürotür stehen, klopfte und trat zurück, um zu warten. Gleich, nachdem sie ihre Arbeit auf der Baustelle beendet hatten, hatte er von Barrett eine Nachricht erhalten, die besagte, er müsse ihn sehen. Er durchsuchte den Flur nach den anderen Wächtern, stellte jedoch fest, dass er allein war.

Seine Kopfhaut prickelte und das Gefühl breitete sich über seinen Oberkörper aus und ließ sich in seinem Bauch nieder.

Die Tür flog auf und prallte von der Wand ab.

„Scheiße!" Ryker stürmte in den Flur. Seine zusammenge-kniffenen Augen landeten auf Lucien und er blieb stehen, seine Nasenflügel flatterten und seine Zähne waren gefletscht. Er sah aus wie ein wildes Tier, das bereit ist zu töten.

Luciens Magen zog sich zusammen. Er mischte sich nicht in die Angelegenheiten seiner Rudel-Brüder ein, aber er wusste, dass Ryker mit Damon Streit hatte, seitdem er in das Rudel aufgenommen worden war. Ryker hatte sich danach entfernt und sich nicht mehr bei ihrem Rudel sehen lassen. Bis jetzt.

„Ryker." Er stierte den Werwolf an und machte sich nicht die Mühe, seine Hand zur Begrüßung auszustrecken. Er wusste, dass er niemals seine Deckung in Gegenwart anderer aufgeben durfte. Auch nicht gegenüber Rudel-Mitgliedern.

Ryker richtete seinen Blick auf Lucien, griff nach Barretts Tür und schlug sie zu. Das ohrenbetäubende Geräusch hallte in der höhlenartigen Halle wider.

Lucien beugte sich nach vorne in Richtung des Werwolfs, sein Adrenalin stieg immer weiter in seinen Adern. „Wenn du ein Problem mit mir hast, Ryker, schlage ich vor, dass du es ausspuckst. Ansonsten bin ich für einen Termin mit Barrett hier."

Ryker knurrte und trat näher an Lucien heran … Luciens Herz pochte in seinen Ohren, als er seine Finger zu Fäusten ballte und sich darauf vorbereitete, Ryker zurechtzustutzen, falls er sich entschied, ihn anzugreifen.

„Also hat er nach dir geschickt, oder?" Die Verachtung in seiner Stimme untermalte die Verachtung in seinen Augen.

Rykers Worte schickten einen wütenden Schauer direkt in Luciens Herz.

„Wenn du ein Problem mit mir hast, lass uns das jetzt regeln."

Rykers Augen funkelten, er spuckte auf den Boden und stürmte dann zum Ausgang.

„Kümmere dich nicht um Ryker. Er hat einfach Hunger. Hat das Mittagessen verpasst. Komm rein", rief Barretts gelangweilte Stimme hinter seiner massiven Bürotür.

Lucien sah sich um und suchte nach einer Kamera, bevor er die Tür öffnete und eintrat. Er konnte keine finden, was bedeutete, dass Barrett sie entweder geschickt versteckt oder Ohren wie eine Fledermaus hatte.

Er trat in das Büro des Rudelführers. Trotz des Mangels

an Möbeln im Raum – abgesehen von den Notwendigkeiten eines Schreibtisches, eines Bücherregals, einiger Stühle und des Siegels an der Wand – schien Barretts Anwesenheit das Büro immer kleiner wirken zu lassen, als es war.

„Du willst mit mir sprechen?" Sein Ton war vorsichtiger, als er es beabsichtigte, aber nach dem, was Ryker gesagt hatte, wusste er, dass dies kein gewöhnliches Treffen war.

Barrett nickte in Richtung des leeren Stuhls und Lucien nahm Platz.

„Ja, das will ich" Barrett riss seinen Blick vom Computer-bildschirm und öffnete den Ordner, der auf seinem Schreib-tisch lag.

„Dies ist eine heikle Angelegenheit." Sein harter Blick bohrte sich in Luciens Augen. „Was ich dir jetzt erzähle, ist vertraulich. Du darfst das mit keinem der anderen Wächter besprechen."

„Verstanden." Sein Magen verkrampfte sich. Seine Augen musterten Barrett und die Zeit verlangsamte sich, während er wartete.

„Keinem der Wächter." Barrett starrte ihn an.

Irgendwas stimmte nicht. Ganz und gar nicht. Normaler-weise wusste Zane alles, was vor sich ging. Als Barretts Stell-vertreter war es erforderlich, dass er mit den Details vertraut war.

„Wie du weißt, gelte ich bei den Wächtern als ziemlich verschlossen. Was immer du mir anvertraust, ist bei mir sicher."

„Das ist einer der Gründe, warum du hier bist und niemand sonst." Barretts Kiefermuskulatur arbeitete, während er ihn weiter anstarrte. „Einige Arkansas-Wächter werden vermisst."

„Was meinst du mit vermisst?" Jeder Muskel in seinem Körper spannte sich an.

„Sie wurden gekidnappt." Barretts Augen verengten sich

19

zu Schlitzen, während der Muskel in seiner Wange weiterhin arbeitete. „Heute ist etwas passiert, das meinen Verdacht bestätigt."

Er öffnete seine Schreibtischschublade und zog eine Metallbox heraus. Luciens Magen drehte sich um ob des scharfen kupferartigen Geruchs von Blut. Was auch immer darin war, es war keine gute Nachricht.

Barrett öffnete den Deckel und der überwältigende Geruch von Blut und Fleisch durchströmte den Raum. Barretts Gesicht verzog sich wütend, als er etwas herauszog, das wie ein Stück Leder aussah.

„Scheiße!" Lucien stand auf und würgte die Galle, die sich in seiner Kehle erhob, hinunter. „Ist es das, was ich denke, dass es ist?"

„Menschliche Haut." Barrett legte das große Stück Haut über seinen Schreibtisch. Die charakteristischen Flügel und Augen des Wächter-Tattoos starrten sie an.

„Von welchem Wächter stammt das?"

„Ich lasse noch DNA-Tests machen, um es zu bestätigen, aber nach den beiden Narben am unteren Rücken zu urteilen, stammt es von Heimy. Unserem Wächter im südlichen Teil von Arkansas."

Heimy war Mitte vierzig und ein Wächter, der nie sesshaft geworden ist. Er war im Arkansas-Rudel, seit er achtzehn war. Er hatte immer eine ruhige Grimmigkeit, die Lucien respektierte.

„Was zum Teufel ist passiert?"

„Jemand hat ihm sein Tattoo vom Rücken geschnitten." Barrett ballte die Hände zu Fäusten, die immer noch schmutzig rot von dem grotesken Fleisch waren.

„Du glaubst, jemand hat ihm das angetan? Absichtlich?" Wut stieg in seiner Brust auf und ergoss sich in jede Vene, bis sein Körper summte.

„Ja. Und ich glaube nicht, dass er der Letzte ist." Barrett

knurrte leise und tödlich. Er drehte sich um, zog seinen Arm zurück und schlug mit der Faust gegen die Wand, was den gesamten Raum wackeln lies und eine große Delle im Betonstein hinterließ.

„Wo ist die Leiche?" Lucien zwang diese Worte heraus. Der Schmerz, den Heimy erlebt hatte, musste unerträglich gewesen sein. Lucien rutschte auf dem Sitz hin und her, wobei seine Lederjacke über seinen Rücken glitt und ihn an den Schmerz erinnerte, den er selbst einst erlitten hatte.

„Ich kann keine Leiche finden", antwortete Barretts leise, voller Zorn in der Stimme.

Einen Wächter zu töten, war das schwerste Vergehen. Die Bestrafung beinhaltete einen langsamen, qualvollen Tod. Einen Wächter zu entweihen, indem man ihm sein Tattoo herausschnitt, hatte es noch nie gegeben. Dies ging über alles hinaus, was Lucien je erlebt hatte.

„Jesus Christus." Lucien fuhr sich mit der Hand über das Gesicht.

„Heimy ist der zweite Wächter innerhalb eines Monats, der vermisst wird." Barrett ging zu dem Bücherregal an der Wand. „Ich vermute, wer auch immer das getan hat, hat das auch dem anderen Wächter, Mitchell, angetan."

„Wie hast du das Tattoo bekommen?" Lucien blieb ruhig, als ein Schauer seinen Rücken hinunter lief.

„Es wurde mir zugeschickt. Ich musste bei der Post den Erhalt bestätigen. Ich dachte, es wäre irgendein bürokratischer Papierkram." Barrett zog ein Buch hervor und sah ihn an. Zorn blitzte trotz seines ansonsten ruhigen Gesichts hinter seinen Augen auf. Er war ein Sturm, der bald über das Land ziehen würde. Lucien wusste, dass sein Rudelführer seine Wut ziemlich gut unter Kontrolle hielt, aber er hatte keinen Zweifel, dass der Kerl Blut wollte und er wollte es jetzt.

„Dieser Brief war dabei." Barrett zog ein schmutziges

Blatt Papier aus dem Buch und schob das Dokument über den Schreibtisch.

Lucien entfaltete das zerknitterte Pergamentpapier. Seine Nasenflügel flackerten bei dem Geruch von Blut und Dreck.

Die Jäger sind die Gejagten geworden.

„Was zur Hölle bedeutet das?" Lucien ließ den Brief fallen und schob die widerliche Nachricht wieder über den Schreibtisch.

„Jemand greift die Wächter an. Um uns auszuschalten."

„Glaubst du, es sind die Menschen?" Unbehagen ließ seine Nackenhaare zu Berge stehen. Die US-Regierung wusste von ihrer Existenz und rekrutierte sogar die todbringendsten Werwölfe für ihre militärischen Spezialeinheiten. Aber wenn die Öffentlichkeit von der Existenz der Werwölfe erfuhr, gäbe es für jeden lebenden Werwolf eine totale Hexenjagd.

„Nach meinen Informanten bei der Regierung sind es nicht die Menschen." Barrett richtete seinen Blick auf das Arkansas-Symbol, das seine Bürowand verzierte und versprach, das Rudel zu schützen. „Fühlt sich eher wie ein anderes Rudel an, das auf uns abzielt."

„Und kein anderer Wächter weiß davon?"

„Du und Ryker. Bislang." Barrett drehte sich um.

Das würde Rykers Verhalten erklären.

Barretts Ausdruck war düster und entschlossen. „Ich möchte, dass es so bleibt. Es ist nicht nötig, alle anderen Wächter zu alarmieren. Ich bin mir sicher, sobald sie von Heimy erfahren, wird die Kacke am Dampfen sein und sie werden nach Rache verlangen. Das kann ich nicht zulassen. Nicht, bis ich alle Fakten habe."

„Warum erzählst du mir das? Warum erzählst du es nicht Zane? Er ist schließlich dein Stellvertreter."

„Weil ich eine Mission für dich habe. Aber ich möchte,

dass du darüber nachdenkst, bevor du mir deine Antwort gibst. Ich lasse dich eine Nacht darüber schlafen."

„Ich muss nicht darüber nachdenken. Ich werde es tun." Lucien begegnete seinem Blick.

Barrett schüttelte den Kopf. „Du verstehst nicht, Lucien. Dies ist keine der gewöhnlichen Missionen."

„Wie meinst du das?" Lucien runzelte die Stirn.

„Die Mission ist außerhalb der Staatsgrenzen." Barrett verschränkte die Arme und studierte Lucien. „Ich würde dich nach New Orleans schicken."

Luciens gefror das Blut in den Adern. Louisiana. Sein Heimatstaat. „Warum Louisiana?"

„Ich habe ein paar Gerüchte gehört, dass es dort in der letzten Zeit an Wächtern mangelt. Edward Boudier hat es nicht erwähnt und ich bin nicht bereit, auf ihn zuzugehen. Wie du weißt, verstehen wir uns nicht gerade prächtig."

Lucien wusste, dass Edward Boudier, der Louisiana-Rudelführer, immer noch sauer auf Barrett war, weil er die Louisiana-Assassinen zurechtgestutzt hatte. Die Spannungen zwischen Arkansas und Louisiana waren immer noch hoch.

„Bevor du antwortest, nimm dir heute Abend Zeit und denk darüber nach. Du musst bedenken, dass dies eine gefährliche Mission ist. Du müsstest alleine gehen. Ohne Verstärkung." Barrett sah ihn ernst an. „Und du würdest nicht als Wächter gehen, also werde ich den Rudelführer von Louisiana nicht über deinen Besuch informieren. Alles, was wir tun, verstößt gegen die Regeln."

„Ich denke, es ist ein Vorteil, dass ich kein Wächter-Tattoo habe." Sein Rücken schien zuzustimmen.

„Das ist wohl wahr." Barrett sah weg. „Wenn man dich mit diesem Tattoo erwischen würde, wäre das dein Todesurteil."

Barrett setzte sich auf die Schreibtischkante und verschränkte die Arme. Seine blauen Augen brannten sich in Luciens Augen. „Deine Vergangenheit und was mit dir in

Louisiana passiert ist, ist der Grund, weshalb ich gezögert habe, dich überhaupt zu fragen."

„Ich kann meine Arbeit erledigen, ohne dass mir meine Emotionen im Weg stehen." Lucien biss die Zähne zusammen, bis es schmerzte.

„Vielleicht. Aber was passiert, wenn du jemanden aus deiner Vergangenheit triffst? Zum Beispiel deinem Bruder. Was wirst du tun, wenn das passiert? Wirst du klar und rational genug sein, um dich an das größere Ziel zu erinnern, Lucien?

„Ich …" Er wusste, was er tun würde, wenn ihm sein Bruder über den Weg laufen würde. Vielleicht war diese Mission ein Geschenk des Schicksals an ihn, um endlich alte Schulden zu begleichen.

Barrett hob die Hand, um ihn aufzuhalten. Lucien schwieg.

„Lucien, dieses ungelöste Problem mit deinem Bruder ist noch nicht vorbei. Als du in dieses Rudel kamst, habe ich dein großes Potenzial für deine Zukunft erkannt. Das tue ich immer noch. Aber um deiner Zukunft entgegentreten zu können, musst du deine Vergangenheit loslassen."

Unbehagen machte sich in seinem Bauch breit wie eine Wunde, die nicht heilen konnte.

„Ich verstehe das besser, als du vielleicht denkst." Barrett stieß sich ab und ging um seinen Schreibtisch herum. Er blieb aufrecht stehen, während er Lucien anstarrte.

„Mit deinem Mangel an Vergebung für das, was dein Bruder getan hat, bestrafst du nur dich selbst. Glaubst du, es hält ihn nachts wach? Glaubst du, er denkt darüber nach, was er getan hat?"

Das Unbehagen in seinem Bauch wurde größer.

„Oder glaubst du, er hat mit seinem Leben weiter gemacht?"

„Das definiert mich nicht", erwiderte er.

„Tut es nicht?" Dennoch weigerst du dich, dein Hemd vor den anderen Wächtern auszuziehen. Heute waren 38 Grad und du hattest trotzdem deine Lederjacke an. Sogar Damon ist oben ohne herumgelaufen und du weißt, wie sehr das Arschloch in seine Lederjacke verliebt ist."

Barrett schüttelte den Kopf. „Ich möchte heute Abend keine Antwort. Ich möchte, dass du darüber schläfst. Teil mir deine Entscheidung morgen früh mit."

Lucien stand auf. Er wusste bereits, wie seine Antwort lauten würde.

„Wenn du dich entscheidest zu gehen, wirst du dir einige der Strip-Clubs in New Orleans ansehen müssen. Ich habe ein paar Informationen bekommen, dass wir möglicherweise eine Insiderin haben könnten, die weiß, was los ist. Es ist eine Werwölfin. Sie kommt aus Arkansas, also können wir auf ihre Loyalität zählen."

„Jemand, den ich kenne?" Perfekt. Eine manipulative Frau, die ihre Kleidung nicht anbehalten kann.

Barrett sah ihn komisch an. „Ja. Es ist Zanes Schwester Katy. Sie heißt jetzt Catty."

„Scheiße." Er fuhr sich mit der Hand durch sein dunkles Haar.

„Scheiße trifft es ziemlich gut. Das letzte, was ich brauche, ist, dass Zane losstürmt, um seine Schwester zu finden. Sie ist in einer äußerst unglücklichen Lage. Und ich brauche jemanden, der vernünftig ist und der kein persönliches Verhältnis zu ihr hat." Er warf Lucien einen bedeutungsvollen Blick zu. „Jetzt siehst du, warum ich Zane nicht bitten kann zu gehen und er gar nicht erst Wind davon bekommen darf."

„Ja." Er nickte, stand auf und steckte die Hände in die Taschen seiner Jeans.

„Wie gesagt, geh schlafen. Komm morgen früh zurück und lass mich deine Antwort wissen."

Lucien hielt seinem Blick stand und atmete tief durch. „In Ordnung. Aber du weißt bereits, wie meine Antwort lautet. Das ist jetzt mein Heimatstaat und dies ist mein Rudel." Er ging zur Tür. „Aber ich werde tun, was du von mir erwartest und darüber schlafen."

Lucien trat in den Flur und schloss die schwere Tür hinter sich.

Seine schweren Schritte hallten den Flur entlang und spiegelten die Gedanken wider, die ihm durch den Kopf gingen.

Seine Gedanken schweiften ab, als er zu seinem Quartier ging. Einige der Wächter hatten ihre eigenen Häuser. Aber für die alleinstehenden Männer schien die Kaserne die logische Wahl: modernes Fitnessstudio, Innenpool, Whirlpool und Zimmer, die mit einem Fünf-Sterne-Hotel mithalten konnten. Es war eine ziemlich tolle Unterkunft und sie war kostenlos.

Er hatte nie die Notwendigkeit gesehen, eines der Häuser auf dem Gelände zu kaufen. Es war ja nicht so, als würde er jemals mit jemandem zusammenkommen. Frauen bevorzugten das ganze Paket und er war schon zu beschädigt. Er hatte vor langer Zeit erkannt, dass die Paarung für ihn nicht in Frage kam.

Bitterkeit kroch seine Brust hoch und schlang sich um sein Herz. Damon hatte Ava, Braxton hatte Kate, Jayden hatte Haley und Zane hatte Skylar. Es schien, als hätten innerhalb des letzten Jahres so viele Wächter eine Partnerin gefunden, mit der sie leben wollten. Verdammt, Jayden war noch einen Schritt weitergegangen und hatte seine Partnerin geheiratet. Er wollte sicherstellen, dass Haley sowohl nach dem Gesetz der Werwölfe als auch dem der Menschen zu ihm gehörte.

Aber nicht er. Sein Schicksal war vor Jahren von seinem Bruder in Louisiana besiegelt worden.

Er unterdrückte ein grausames Lächeln, als sein Herz zu rasen begann.

Er würde endlich seine Chance bekommen, seinen Bruder zu finden und ihn leiden zu lassen, wie er einst hatte Lucien leiden lassen.

Schließlich, nach all den Jahren des Wartens, würde er die Chance bekommen, die Schuld zu begleichen.

Und er würde seine Schuld in Blut einfordern.

KAPITEL 4

Catty öffnete die Tür zu ihrem engen Studio und lächelte, als der vertraute Duft von Jasmin-Kerzen sie begrüßte.

Als sie frisch eingezogen war, hatte sie bei jedem Regen einen sonderbaren Gestank bemerkt. Der Vermieter wartete mit immer neuen Ausreden auf, aber ohne Lösungsvorschläge, also hatte sie am Ende so viele Jasmin-Duftkerzen gekauft, wie sie sich leisten konnte, um damit den Schimmelgeruch zu übertönen.

Sie ließ ihre Tasche auf den Boden fallen und schlurfte in die Küche, um sich eine heiße Tasse Tee zu kochen.

Sie rollte ihre Schultern, streckte die Arme über den Kopf und dehnte die angespannten Muskeln in ihrem Rücken. Sie hob den Saum ihres T-Shirts an und schnupperte daran.

Normalerweise stank sie nach Zigarettenrauch und Alkohol, aber mit der Hitze in Louisiana auf einem Allzeithoch überwog der übermächtige Geruch von Schweiß an ihrer Kleidung.

Sie unterdrückte ein Würgen, ging zum Fenster und öffnete es.

Es war nicht nur der Gestank des Clubs, der ihr den Magen umdrehte. Auch ihr Job als Stripperin trug zu ihrer Übelkeit bei.

Sie schämte sich, zuzugeben, dass das Strippen nicht immer diese Wirkung auf sie gehabt hatte.

Am Anfang hatte sie es gemocht, wie Männer sie mit Lust und Verehrung betrachteten, wenn sie auf die Bühne trat. Am Anfang hatte sie eine Leere in ihrer Brust gefüllt, die schon lange nicht mehr gefüllt worden war. Am Anfang hatte das Strippen Spaß gemacht.

Als Big Mike, der Besitzer des Triple X, Interesse an ihr bekundet hatte, war sie geschmeichelt gewesen und hatte gedacht, er würde sich wirklich für sie interessieren. Er hatte sie mit schönen Worten und schönen Blumen überschüttet. Sie waren schnell eine sexuelle Beziehung eingegangen und sie hatte geglaubt, dass das zwischen ihnen etwas Ernsthaftes war. Aber als die Zeit verging und sie immer wieder erneut erlebte, dass er nicht treu bleiben konnte, hatte sie erkannt, dass sie ihm nichts bedeutete.

Also hatte sie die Beziehung beendet, aber weiter im Club gearbeitet, weil sie keine andere Arbeit fand. Seine Aufmerksamkeit hatte sich schnell auf die neueste Stripperin gerichtet, die auf der Suche nach einem Job in den Club kam.

Catty wurde bewusst, dass die Lust und Anbetung, die Männer ihr gegenüber empfanden, sich niemals in Liebe verwandeln würde. Die Männer wollten ihren Körper und was sie ihnen geben konnte. Sie war eine Fantasie.

Sie hatte in Erwägung gezogen, nach Jonesboro, Arkansas, in das Haus ihrer Eltern zurückzukehren, aber sie hatte diesen Gedanken nicht weiter verfolgt. Sie hatte auf Big Mike gehört, der ihr sagte, dass sie wertlos sei und ihre eigenen Eltern sie enterben würden, nachdem sie ihre Familie so beschämt hatte, als sie ausgezogen war.

Sie hatte ihm geglaubt.

Und am Ende war sie geblieben.

Ihre Finger streiften das kühle Metall des Kreuzes.

Jill. Bevor sie den Club verlassen hatte, hatte Jill sie ein letztes Mal umarmt und ihr ins Ohr geflüstert:

„Schäme dich nicht für deine Geschichte, Catty. Deine Fehler werden andere inspirieren. Manchmal muss man einfach loslassen und Vertrauen haben."

Ihr wurde schwer ums Herz.

Jill würde weitermachen, ihre Träume erreichen und ihrem Leben einen Sinn geben. Sie würde wahrscheinlich einen Partner finden, sich niederlassen und eine Familie gründen.

Im Gegensatz zu Catty.

Während sie sich auszog, ging sie Richtung Badezimmer. Der Tee musste warten.

Sie musste den Gestank des Strip-Clubs von ihrem Körper und aus ihrer Seele bekommen.

* * *

„ICH AKZEPTIERE DIESE MISSION. Was soll ich tun?" Lucien hatte es in Barretts Büro geschafft, noch bevor die Sonne aufging.

„Das muss völlig unter dem Radar laufen. Wenn die anderen Wächter fragen, wo du bist, sage ich ihnen, dass du auf dem Pig Trail unterwegs bist." Barrett nahm einen Schluck von seinem Kaffee und begegnete Luciens Blick.

„Aber wir haben so schon zu wenig Personal. Sie werden dir nicht glauben." Lucien hatte unter den Wächtern ein Gerücht gehört, dass Überstunden anstanden. Es würde ihnen nicht gefallen, wenn er so plötzlich in den Urlaub verschwand.

„Sie werden es nicht wagen, mich zu hinterfragen." Barrett öffnete seine Schreibtischschublade und zog ein billiges Wegwerf-Handy heraus. Er warf es Lucien zu, der es fing. „Verwende das, wenn du dich melden musst. Nimm nicht dein eigenes Handy mit."

Adrenalin schoss durch seine Adern. Er starrte auf den Boden, als sich etwas in seinem Bauch zusammenzog.

„Ich weiß, es hat dich immer gestört, Lucien. Dass die Tinte nicht halten würde, wegen …"

„Meines verbrannten Fleisches?" Seine Lippen verzogen sich zu einem sarkastischen Grinsen, während seine Augen sich verhärteten.

„Ich wollte Narbe sagen." Barrett kniff die Augen zusammen und lehnte sich in seinem Sessel zurück. „Wie ich gestern erwähnte, ist die Tatsache, dass du das Wächter-Tattoo nicht hast, einer der Gründe, warum ich dich schicke. Du wirst feststellen, dass das, was du als Schwäche betrachtest, deine größte Stärke bei dieser Mission ist. Du brauchst nichts, das dich als Wächter ausweisen könnte."

Sein Herz zog sich wütend zusammen und pumpte heißes Blut durch seine Adern.

Jedes Mal, wenn neue Wächter initiiert wurden, brachte Barrett sie nach Jonesboro, um ihr Wächter-Tattoo stechen zu lassen. Als Lucien an der Reihe war, hatte Barrett ihn in den Tattoo-Laden mitgenommen, obwohl er wusste, dass das Tattoo nicht halten würde.

Sein erster Gedanke war gewesen, dass Barrett dies tat, um ihn in Verlegenheit zu bringen, ihn wegen seiner Deformität zu beschämen.

Barrett hatte dem Tätowierer, Matt, erzählt, er würde Lucien selbst tätowieren.

Sobald sie allein im Tätowier-Studio waren, wandte sich Barrett an ihn. Er sagte, er wisse, dass Luciens Rücken die Tinte nicht annehmen würde. Er erzählte ihm, dass sein Herz und seine Hingabe, ein Wächter zu sein, mehr als nur etwas verdammte Tinte bedeuteten.

Er hatte die Tür abgeschlossen und den Fernseher in der Ecke eingeschaltet. Sie hatten stundenlang Videospiele gespielt und nichts gesagt, bis auf ein gelegentliches Fluchen, wenn sie im Spiel getötet wurden. Stunden später kehrten sie nach Little Rock zurück.

„Denk daran, Lucien." Barretts Stimme unterbrach seinen Gedankengang. „Du musst auf dich aufpassen, wie nie zuvor. Wenn jemand in New Orleans auch nur für eine Sekunde denkt, du wärst ein Wächter, dann stell verdammt noch mal sicher, dass er seine Meinung ändert. Mach, was immer dafür nötig ist. Du wirst auf dieser Reise alleine sein und ich muss sichergehen, dass du deinen Arsch in einem Stück hierher zurückbringst. Haben wir uns verstanden?"

„Kristallklar." Er würde nicht erwischt werden. Er hatte viel zu tun. Dazu gehörte, seinen Bruder zu finden.

Barrett kniff die Augen zusammen und sah dann weg. „Da ist noch etwas."

„Was?"

„Ich habe dir gestern nicht alles erzählt." Barrett stützte die Ellbogen auf den Schreibtisch und lehnte sich nach vorne. „In diesem Paket war eine Liste. Mit den Namen aller Arkansas-Wächter. Heimys Name war durchgestrichen. Und sie haben einen Stern neben Mitchells Namen gesetzt."

„Also jagen sie uns."

„Danach sieht es aus." Barretts Augen verhärteten sich. „Dein Name stand nicht auf der Liste."

Eine Mischung aus Emotionen – teils Erleichterung, teils Beleidigung – machten sich in seiner Brust breit.

„Deshalb schickst du mich. Ich bin unsichtbar." Der Hass auf seinen Bruder wuchs.

Stille breitete sich zwischen ihnen aus.

„Das ist keine leichte Aufgabe, Lucien", sagte Barrett.

„Deshalb hast du diese Aufgabe mir aufgetragen. Um sicherzustellen, dass sie richtig gehandhabt wird." Er stand auf und streckte die Hand aus. Barrett schüttelte sie mit einem festen Griff. „Ich werde dich nicht enttäuschen."

„Das würde ich von dir auch nie erwarten."

* * *

JAXON BEOBACHTETE AUS DEN SCHATTEN, wie Lucien Barretts Büro betrat. Wenn es ein Meeting gab, nahmen sie normalerweise alle daran teil.

Heute nicht.

Lucien war den Wächtern kurz nach Jaxon beigetreten. Jaxon hatte den Eindruck, als hätte Lucien sich zurückgehalten und sich selbst daran gehindert, wirklich Teil des Rudels zu sein. Er vermutete, dass es mit der beschissenen Vergangenheit zu tun hatte, die der Werwolf noch immer hinter sich herschleppte, was auch immer diese sein mochte.

Jaxon wusste, wie es war, jemanden zu beobachten, der von seiner Vergangenheit verfolgt wurde, bis diese ihn schließlich verschluckte wie ein riesiger Krater.

Diese Scheiße war wie Krebs. Sie fraß die Seele auf, bis man zu einem wandelnden Zombie wurde.

Das wollte er nicht für Lucien.

Er warf einen Blick auf seine Uhr, beugte dann seinen Hals von einer Seite zur anderen und löste so die Steifheit seiner Muskeln.

Er überlegte kurz, ob er an Barretts Tür klopfen sollte. Aber er wusste es besser, als seinen Rudelführer zu stören, wenn dieser sich hinter verschlossenen Türen befand. Barrett würde Jaxon den Arsch aufreißen und sogar noch dazu bringen, die Fahrt zur Notaufnahme zu genießen.

Wenn Lucien ihn sprechen musste, wusste er, wo er ihn finden konnte.

* * *

„TRAUTES HEIM, GLÜCK ALLEIN", murmelte Lucien, als er kurz nach vier in die geschäftige Stadt New Orleans fuhr.

Die Hitze des Motors seiner Harley stieg auf und vermischte sich mit der Hitze des Asphalts. Schweißperlen rollten seinen Kopf hinunter zu seinem T-Shirt, wo sie schnell in das Baumwollmaterial sickerten. Die Straßen waren voller Motorrädern und er wusste, dass die gefährliche Anziehungskraft von New Orleans ihre Fahrer in die Stadt gezogen hatte.

Die Ampel wurde grün und er brachte seinen Motor auf Touren in Richtung Bourbon Street. Sein Plan sah vor, die Stadt zu durchforsten, bevor er zu seinem Hotel fuhr. Barrett hatte Vorkehrungen für ein billiges Zimmer getroffen, weil er in einem Hotel der Spitzenklasse fehl am Platz erscheinen würde.

Er musste sich zurückhalten und Informationen sammeln, dann seinen Bruder finden und sich rächen.

Der Geruch von Cajun-Essen und Wirbelstürmen durchtränkte die dicke Luft, als er an den Reihen der Restaurants vorbeifuhr.

Er wusste, dass das Aroma nicht bleiben würde. Sobald er sich in der Nähe der Bourbon Street befand, würde er mit dem vertrauten Geruch von Erbrochenem und Urin von den Partys der letzten Nacht konfrontiert werden.

Er bog um die Ecke in die berüchtigte Straße. Der Gestank traf ihn und er verzog das Gesicht. Mit seinem erhöhten Geruchssinn war es unerträglich, da der Gestank durch die Sommerhitze vervielfacht wurde. Er fragte sich, wie es die Menschen überhaupt aushielten, draußen unterwegs zu sein.

New Orleans. Ein Ort für jedes Besäufnis und niemals endende Piss-Wettbewerbe.

„Und sie denken, dass Tiere ekelhaft seien", grummelte er

und hielt auf einen Parkplatz. Er stellte den Motor ab, klappte den Ständer auf und stieg von der Harley.

Er ließ seinen abschätzenden Blick über seine Umgebung gleiten. Die Leute bewegten sich langsam, schlurften, tranken und lachten. Sie schienen gegen die Hitze immun zu sein.

Die Temperatur senkte sich auf ihn herab, wie ein Dämon vom Himmel, während sie ihr Bestes gab, um ihn bei lebendigem Leibe zu backen.

Seine Lippen verzogen sich zu einem leichten Lächeln, als er sich vorstellte, wie Jaxon neben ihm stand und sich darüber aufregte, dass er seine Lederjacke auch in der südlichen Hitze trug. Jaxon würde nicht einen Moment zögern, sein T-Shirt auszuziehen und halb nackt in der Stadt herumzulaufen, damit alle Frauen ihn bewundern konnten.

Die Geräusche der Autohupen, der Herzschlag des Jazz und das Dröhnen von Lachen erinnerten ihn an einen alten, vertrauten Freund. Es war schon eine Weile her, seit er das letzte Mal in New Orleans gewesen war, aber plötzlich befand er sich wieder im Fluss der Stadt.

New Orleans. Attraktiv und einladend und wenn man erst einmal süchtig nach den Straßengeräuschen wurde, zwang die Stadt einen zu einer Entscheidung. Bleiben oder gehen.

Leider hatte er nie eine Wahl gehabt. Sie wurde ihm zusammen mit seinem Schicksal genommen.

Jetzt hatte er die Chance, die Dinge richtigzustellen.

Jetzt hatte er die Chance, eine offene Rechnung zu begleichen.

KAPITEL 5

„*E*ndlich. Essen." Barrett ließ sich auf den Stuhl am Kopf des Esstisches fallen. Sein Magen knurrte und erinnerte ihn daran, dass er den ganzen Tag nichts gegessen hatte. Zwischen dem Versuch, sich darüber zu informieren, warum seine Wächter angegriffen wurden, und dem Erhalt einer positiven DNA-Probe von der Haut mit dem Tattoo, hatte er weder die Zeit noch Appetit gehabt.

„Wo ist Lucien? Ich habe ihm einen Kokosnuss-Kuchen gebacken, seinen Lieblingskuchen." Granny runzelte die Stirn, als sie sich im Raum umsah, während die Arkansas-Werwölfe an ihren Tisch Platz nahmen.

„Er sagte, dass er für eine Weile unterwegs sein würde." Jaxons scharfer Ton veranlasste Barrett, ihn anstarren. „Sagte, dass er zum Pig Trail will."

„Zum Schweineschwanz? Davon habe ich noch nie gehört." Granny schürzte die Lippen und sah ihren Enkel Jayden an. „Was ist der Schweineschwanz? Ist es ein Strip-Club für große Frauen? Ich glaube nicht, dass Lucien in irgendeinem Strip-Club sein sollte."

„Jesus, Granny. Es heißt der Pig Trail. Nicht Schweine-schwanz." Jayden fuhr sich mit der Hand über das Gesicht.

Damon schnaubte.

„Jayden, achte auf deine Wortwahl." Grannys Augen verschwanden beinahe in den Falten ihrer gerunzelten Stirn.

Barrett lehnte sich zurück auf seinen Platz am Kopf des Esstisches und beobachtete die Interaktion mit leichtem Interesse. Er wusste, dass seine Wächter sich nicht trauen würden, ihn zu fragen, wo Lucien war. Aber es gab einen Werwolf, der nicht zögern würde.

„Barrett." Granny beobachtete ihn mit Falkenaugen. „Wo ist Lucien?"

Und sie enttäuschte ihn nie.

„Wo er sagte, dass er hin will. Im Pig Trail." Er schaufelte sich ein großes Stück Roastbeef auf seinen Teller. Das Essen am Sonntag in Grannys Haus war für ihre Gruppe zur Tradi-tion geworden. Seit Granny von Louisiana nach Arkansas gezogen war, hatten die Wächter sie als ihr Großmütterchen angenommen. Oder als ihr Maskottchen. Er konnte sich nicht zwischen beidem entscheiden.

„Warum backst du Lucien einen Kuchen? Warum bekommt er einen Kuchen?", murmelte Jayden, als er eine riesige Portion Kartoffelpüree auf seinen Teller löffelte.

Haley, seine Gefährtin, schlug Jayden auf die Hand, als er seinen Löffel in die Schüssel steckte, um sich eine weitere Portion zu nehmen … „Lass den anderen auch etwas übrig, Jayden."

„Ja, Jayden. Hör auf, ein Schwein zu sein." Damons Ton tropfte vor Sarkasmus.

„Nein, wirklich, Granny. Warum hast du Lucien einen Kuchen gebacken und nicht mir? Ich bin dein Enkel." Jaydens Augenbrauen zogen sich zusammen und er stach seine Gabel in ein Stück Fleisch.

„Es ist nicht dein Geburtstag. Wenn du Geburtstag hast,

mache ich auch deinen Lieblingskuchen. Oder Trüffel. Du liebst meine Schoko-Trüffel." Granny tätschelte seine Hand, bevor sie ihm eine große Schüssel mit grünen Bohnen reichte.

Damon schnaubte und flüsterte etwas zu Jayden, das sich wie ‚Pussy' anhörte.

Barrett schaufelte eine Gabel voll Butterkartoffelpüree in seinen Mund, dankbar, dass er aus dieser Unterhaltung ausgeschlossen wurde. Je weniger er sagte, desto besser.

„Es ist Luciens Geburtstag?" Jaxons Kopf fuhr hoch. Er sah sich am Tisch um. „Das wusste ich nicht."

„Ich glaube nicht, dass er wollte, dass jemand davon Bescheid weiß. Ich musste es aus ihm herausziehen, während ich im Lebensmittelgeschäft in der Schlange stand. Dieser Junge redet noch weniger als du, Barrett." Sie richtete ihre Gabel auf ihn.

„Glückspilz", murmelte Barrett und schob sich weitere Kartoffeln in den Mund.

Die Schuld tat ihm im Magen weh. Vielleicht hätte er Lucien an seinem Geburtstag nicht auf solch eine gefährliche Mission schicken sollen. Wem wollte er etwas vormachen? Wenn er Lucien nicht geschickt hätte, würden viele von ihnen ihren nächsten Geburtstag nicht erleben.

Er hatte keine Wahl gehabt. Es musste getan werden.

„Deshalb wollte er wahrscheinlich zum Pig Trail. Um seinen Geburtstag zu feiern." Damon zuckte mit den Schultern.

„Hey, wir sollten auch dorthin." Ava, Damons Frau und Allround-Unruhestifter, strahlte und stieß Damon in die Seite. „Wir sollten zum Pig Trail."

Damon warf Ava einen lustvollen Blick zu. „Wie wäre es, wenn ich stattdessen dich reite?"

„Damon! Keine Sex-Gespräche am Tisch." Granny schürzte die Lippen und hielt dann einen Finger hoch. „Es sei denn, es handelt sich um meine neue Linie von vibrierenden Höschen."

Plötzlich war ihm sein Appetit vergangen. Barrett warf seine Gabel hin und lehnte sich vom Tisch weg.

* * *

CATTY WURDE VON DEN RHYTHMISCHEN, hypnotischen Klängen von Jazzmusik unter ihrem Fenster geweckt, die von einem einsamen Saxophonisten gespielt wurde.

Während Touristen und einige Einwohner von New Orleans es als reizvoll empfinden mochten, so geweckt zu werden, ging es ihr nicht so. Jedes Mal, wenn sie Saxophon-Musik hörte, verknoteten sich ihre Eingeweide. Für sie bedeutete es, eine weitere Nacht im Club zu arbeiten.

Das Licht draußen war zu hellem Purpur verblasst, und würde bald in das tiefe Dunkel der Nacht übergehen. Bald würde sich die Energie der Stadt ändern und zu etwas Dunklerem, etwas Mächtigerem werden.

Sie drehte sich um und griff nach ihrem Handy.

Viertel nach Acht.

Sie blinzelte und erinnerte sich, welcher Wochentag war. Heute Nacht würde sie nicht arbeiten müssen.

Sie legte sich zurück in die Kissen und starrte an die Decke. Ihre Gedanken wanderten zu ihrer Freundin.

Jill ging, stieg aus dem Metier aus und begann noch mal von vorne.

Es war etwas, wonach Catty sich so sehr sehnte, aber was sie nicht auszusprechen wagte, weil sie zu viel Angst hatte, dass, wenn sie es laut aussprach, es sich wie Rauch auflösen würde. Wie der Wunsch beim Auspusten der Kerze auf einer Geburtstagstorte, mussten diese Hoffnungen bis zur Verwirklichung gewahrt bleiben.

Ihr Handy fing zu vibrieren an.

Sie nahm es vom Nachttisch, der aus einem Stapel gebrauchter Bücher bestand.

„Hallo?"

„Eines der Mädchen konnte nicht kommen und du musst einspringen." Celines kratzige Stimme ließ ihr Herz sinken.

„Heute ist meine freie Nacht. Ich hatte jetzt seit zwei Wochen keine Nacht mehr frei." Ihr drehte sich der Magen um. Sie hatte vorgehabt, sich in Muriel's Jackson Square, ihrem Lieblingsrestaurant, ein schönes Abendessen zu gönnen.

„Der Club braucht dich." Celines schroffer Ton war scharf und unnachgiebig.

Sie verstand die Bedeutung hinter Celines Worten. Wenn Big Mike herausfand, dass sie nicht zur Arbeit erschien, könnte er seine Fäuste sprechen lassen.

Er hatte nie Hand an sie gelegt, aber sie hatte einige Mädchen gesehen, nachdem sie sich geweigert hatten, eine Schicht zu übernehmen. In einer Nacht hatten sie zu wenig Personal und Mary hatte freigehabt. Sie hatte sich mit Freunden, die gerade zu Besuch in der Stadt waren, verabredet. Als sie sagte, dass sie die Schicht nicht übernehmen könne, hatte Big Mike ein Exempel an ihr statuiert. Es hatte zwei Wochen gedauert, bis ihr Gesicht verheilt war.

Sie erschauderte und räusperte sich. „Ich bin gerade aufgewacht, also wird es eine Weile dauern, bis ich mich fertig gemacht habe."

„Gutes Mädchen. Mach dich heute Abend besonders hübsch. In der Stadt findet gerade eine Urologen-Konferenz statt, daher erwarten wir besonders großen Andrang."

Sie warf das Telefon auf das Bett und starrte auf das Stück Plastik. Sie überlegte, es gegen die Wand zu werfen und es in eine Million Stücke zu zerbrechen, damit sie nicht mehr zu erreichen war. Es spielte aber keine Rolle, ob sie ein Telefon hatte oder nicht. Big Mike würde sie finden.

Sie trat das dünne Laken, dass sich um ihre Beine verheddert hatte, weg und stieg aus dem Bett. Die verwitterten Holzfußböden fühlten sich kühl an, als sie zu dem winzigen Badezimmer ging. Sie drehte das Wasser auf. Sie zog schnell ihr T-Shirt und ihren Slip aus und trat unter das lauwarme Wasser der Dusche.

Sie sehnte sich nach dem Tag, an dem sie wieder einmal heiß duschen konnte. Ihr kleines Apartment war alt und das Wasser wurde nur kaum warm. Aber wenigstens hatte sie fließendes Wasser. Wenn lauwarmes Wasser alles war, über das sie sich beklagen konnte, würde sie damit zurechtkommen. Verdammt, sie würde mitten in einem Fluss in Alaska ein eiskaltes Bad nehmen, wenn es nötig wäre.

Eines Tages, vielleicht eines Tages, würde sie kein Wasser mehr benötigen, um die Sünden von ihrer Seele abzuwaschen.

Vielleicht würde sie eines Tages von reinem Weiß sein.

* * *

„NOCH EINS?" Die hübsche blonde Barkeeperin nickte zu seiner leeren Bierflasche und lächelte ihn an.

„Gern, danke", sagte Lucien.

Sie öffnete den Deckel von einer weiteren Flasche und schob sie zu ihm hinüber. Er übersah die Einladung in ihren Augen nicht, aber er war nicht interessiert. Er war geschäftlich hier. Nicht, um Sex zu haben.

„Sind Sie neu in der Stadt?" Sie legte ihre Arme auf die Theke, beugte sich vor und drückte ihre großen Brüste in ihrem hautengen Shirt nach oben.

„Auf der Durchreise." Er nahm einen Schluck von seinem Bier. Die eisige Flüssigkeit rann durch seinen trockenen Hals, kühlte jedoch den Rest seines Körpers kaum ab.

„Alleine auf der Durchreise?" Ihre Augenbrauen hoben sich, als sie mit der Zunge über ihre Lippen fuhr.

„Ja." Er hielt seinen Ton kühl und wandte seinen Blick ab und hoffte, dass sie es begreifen würde.

„Nun, wenn Sie etwas brauchen, kommen Sie zu mir. Ich arbeite die ganze Woche." Sie grinste und richtete sich auf, als sich eine der Kellnerinnen näherte und eine Getränkebestellung abgab.

„Kennen Sie eine gute Erwachsenenunterhaltung, die meine Interessen wecken könnten?" Barrett kannte den Namen des Strip-Clubs, in dem Catty arbeitete, nicht, also hoffte er, die Barkeeperin könnte ihm einen Hinweis geben, wo er seine Suche starten könnte.

„Ja, der Triple X Club ist nur zwei Blocks weiter die Straße hinunter", unterbrach die Kellnerin, wobei sie die bösen Blicke, die die Barkeeperin ihr zuwarf, ignorierte. „Da gibt es hauptsächlich Stripperinnen, aber ich habe gehört, dass die Mädchen zu mehr bereit sind, wenn sie gut bezahlt werden. Aber es ist ein rauer Club." Sie sah ihn von oben bis unten an und schüttelte den Kopf. „Aber ich habe das Gefühl, dass Sie an raue Läden gewöhnt sind."

Er lachte, als er bemerke, dass die Kellnerin nach Werwolf roch.

Die Barkeeperin sah die Kellnerin mit zusammengekniffenen Augen an, bevor sie sich daran machte, die Bestellungen abzuarbeiten.

„Danke", murmelte er, bevor er ein paar Zwanziger herausholte.

„Für die Empfehlung des Strip-Clubs oder dafür, dass ich dir Lisa vom Hals geschafft habe?" Sie nickte in Richtung der Barkeeperin, bevor sie ihn wieder ansah.

„Beides. Ich heiße Lucien."

„Ich bin Helen."

Sie beugte sich vor. „Sei vorsichtig, Werwolf. Wenn ich

sage, der Club ist rau, meinte ich für andere Werwölfe. Ich habe dich noch nie gesehen, also gehe ich davon aus, dass du nicht von hier stammst." Sie senkte die Stimme. „Es gibt Gerüchte, dass viele illegale Sachen in dem Club laufen. Wenn du nur etwas Spaß haben willst, geh in die nächste Bar. Es sollte für dich und deiner Ausstrahlung eines gefähr- lichen Bikers einfach sein, jemanden abzuschleppen."

„Ich bin ein großer Junge. Ich denke, ich kann auf mich selbst aufpassen." Handelte es sich bei der illegalen Scheiße um vermisste Wächter?

„Dann musst du noch vorsichtiger sein. New Orleans ist nicht mehr das, was es einmal war." Sie blickte sich unmerk- lich um. „Es wäre ratsam, sich auch von Menschen fernzu- halten. Egal, wie heiß sie sind." Sie nickte in Richtung der Barkeeperin.

„Ich habe kein Interessiere an ihr."

„Tja, hier im Big Easy haben Frauen Schwierigkeiten damit, ein Nein zu akzeptieren." Sie richtete sich auf, als die Barkeeperin ein paar Hurrikane auf ihr Tablett stellte. „Man sieht sich." Sie nahm das Tablett auf und umrundete den nächsten Tisch, bevor sie zu ihren Kunden in der Ecke ging.

Er hatte seinen Tipp bekommen. Er hatte eine Spur. Er brauchte nicht länger zu bleiben, um der Barkeeperin Hoff- nung zu machen, dass sie heute Nacht in sein Bett stieg.

Er hasste es, sie zu enttäuschen, aber es hatte noch keine Frau gegeben, die ihn mit nur einem Blick in ihren Bann ziehen konnte.

Es würde viel mehr als einen heißen Körper und ein hübsches Gesicht benötigen, um ihn zu verführen. Es würde einen Engel benötigen.

KAPITEL 6

"*I*ch gebe dir hundert Dollar für einen Blowjob." Der schmierige, fette Mann hielt ihr ein paar feuchte Zwanziger unter die Nase, als würde sie das reizen.

Catty verzog das Gesicht, als der widerliche Gestank eines vor Schweiß triefenden Körpers von dem Geld aufstieg.

„Tut mir leid. Ich bin nicht diese Art von Mädchen." Sie beendete ihren Tanz auf der Bühne und war bereit zu flüchten, falls der Mann kein Nein als Antwort akzeptieren konnte. Er war ein Mensch, konnte sie aber trotzdem überwältigen, da es im Club untersagt war, sich zu wandeln.

„Blöde Schlampe", murmelte der Mann. Er wandte sich der nächsten Stripperin zu und Catty sah, wie er das Geld wie eine Fahne schwenkte. Glücklicherweise war so die Aufmerksamkeit des Mannes abgelenkt und Catty bahnte sich einen Weg in die Garderobe.

Rauch und der Geruch von billigem Whiskey hingen schwer in der Luft und sie verzog angewidert die Nase. Wenn es eine Hölle gäbe, würde sie aussehen und riechen wie ein Strip-Club – mit all seinen typischen Aromen.

In der Bar kam es zu einer Auseinandersetzung, an der zwei Männer und eine Kellnerin beteiligt waren. Sie hielt den Atem an und beschleunigte ihre Schritte. Sie kannte die Regeln. Keinen Augenkontakt herstellen. Nicht eingreifen. Unsichtbar sein.

Sobald sie hinter die Bühne trat, atmete sie tief ein.

„Hilf mir mal, Catty", wimmerte Meadow, während sie Catty den Rücken zuwandte. „Machst du mir bitte den Reißverschluss zu?"

„Ich weiß nicht, warum du dir überhaupt die Mühe gemacht hast, etwas anzuziehen." Das Shirt war vorne tief ausgeschnitten und ihre Brüste quollen komplett heraus. Catty schüttelte den Kopf, während sie den Reißverschluss hochzog.

„Das ist Teil der Fantasie. Danke, Püppchen", lächelte Meadow. Eine Zigarette steckte zwischen ihren vergilbten Zähnen. Durch die Arbeit im Club wirkte sie so alt, dass sie eher wie vierzig aussah und nicht, wie sie behauptete, wie neunundzwanzig.

„Selbstverständlich." Catty ging zu einem leeren Ankleideplatz und setzte sich. Sie schüttelte die Plateauschuhe ab und rieb sich die schmerzenden Fersen.

„Du bist als Nächstes dran, Catty", rief Celine, als sie an ihr vorbeiging.

„Aber ich bin gerade erst von der Bühne gekommen."

Celine blieb stehen, drehte sich um und senkte ihren Blick auf sie. „Und wenn schon, jetzt bist du wieder dran. Wir sind heute Abend unterbesetzt und es sind mehr Zuschauer da als erwartet." Celine zündete mit einem Feuerzeug ihre Zigarette an. Sie nahm ein paar tiefe Züge, bevor sie den Rauch ausstieß.

„Ich dachte, ich springe für das Mädchen ein, das nicht kommen konnte. Wir sollten nicht unterbesetzt sein." Sie hatte nicht einmal Zeit, sich umzuziehen. Nicht, dass es wichtig wäre. Die Männer kamen nicht in den Club, um ihre Outfits zu sehen.

„Nun, ein anderes Mädchen hat sich wegen einer Bindehautentzündung krankgemeldet. Das letzte, was wir brauchen, ist, dass sich alle Mädchen anstecken. Ich habe gehört, dass das momentan wieder herumgeht." Celine nahm einen weiteren langen Zug und blies eine Rauchwolke aus. „Jetzt schieb deinen Hintern da raus."

„In Ordnung." Sie unterdrückte eine Antwort und wandte sich wieder dem Spiegel zu. Sie musterte ihr stark geschminktes Gesicht und griff nach ihrem Lippenstift. Sie trug eine weitere Schicht der Farbe ‚Kaugummi Pink' auf ihre Lippen auf.

Zufrieden mit ihrer Folgsamkeit richtete Celine ihre Aufmerksamkeit auf Kimber. Kimber behauptete, dass sie einundzwanzig war, aber sie sah kaum älter aus als sechzehn. Catty glaubte, dass sie eher achtzehn war, wenn überhaupt.

Kimber schwankte auf ihren Plateau-Absätzen und stolperte in Aston hinein.

„Pass auf, Schlampe", spuckte Aston aus, als sie Kimber von sich stieß.

„Entschuldigung." Kimber kicherte und versuchte, das Gleichgewicht wiederzuerlangen. Catty wusste sofort, dass es nicht die Absätze waren, die das Mädchen zum Schwanken brachten. Es waren Drogen.

Celine packte Kimber am Arm und zog sie in Richtung ihres Büros. Catty wusste, was als Nächstes kommen würde. Kimber würde entweder gefeuert oder eine Verwarnung bekommen.

Obwohl Celine bei den Mädchen knallhart agierte, war sie nur die Managerin. Wenn Big Mike hier wäre, wäre Catty sicher, dass Kimber keine großen Konsequenzen zu befürchten gehabt hätte. Er hätte sie vermutlich sogar ermutigt, Drogen zu nehmen, bevor sie auf die Bühne musste, um ihre Hemmungen zu senken.

Catty schauderte und richtete ihre Aufmerksamkeit wieder auf ihren Spiegel.

Dies war nicht das Leben, das sie sich für sich selbst ausmalte. Als sie in die gequälten Augen des Mädchens starrte, das sie einmal gekannt hatte, blitzte ein kleiner Hoffnungsschimmer in ihren Augen auf.

Sie wusste, was sie tun musste.

Sie wollte hier raus, um jeden Preis.

* * *

LUCIEN SCHOB sich durch die Menge im Triple X und knurrte jeden an, der sich nicht bewegte. Dicker Rauch und der Gestank von billigem Whiskey reizten seinen Magen. Er fragte sich, wie die Werwölfinnen es aushielten, in einer solchen Umgebung zu arbeiten.

Jeder Tisch im Club war bereits besetzt. Gruppen von Männern jeden Alters genossen die Show, während die Stripperinnen für ihr Abendessen tanzten.

Lucien verzog das Gesicht, als sein Blick durch den Raum schweifte. Er hatte keine Ahnung, wie Catty aussah. Die Hälfte der Mädchen sah viel zu jung aus, um sich auszuziehen, und die andere Hälfte sah dafür viel zu alt aus. Es war schwer zu sagen, welche Stripperinnen Werwölfe waren und welche menschlich, da der Gestank des Ortes jeden Duft überdeckte.

Die Musik wurde plötzlich langsamer, als eine neue Stripperin auf die Bühne trat. Lange Beine und ein schlanker Körper mit Rundungen an den richtigen Stellen machten Lucien beinahe traurig, dass sich das Mädchen für diesen Lebensstil entschieden hatte, obwohl sie jeden Mann hätte haben können. Ihre langen blonden Haare fielen in Wellen über ihre Schultern und rahmten ihr Gesicht ein.

Ihr Gesicht wurde von der Stange verdeckt, als sie ihren Kopf zurücklehnte und daran hinunterrutschte. Sie trug abgeschnittene Jeans, die ihren schönen Hintern zeigten, und einen roten Baumwoll-BH, der kaum ihre Brustwarzen bedeckte. Mit den roten Cowboystiefeln war es offensichtlich, dass sie die FSK-ab-18-Version der Farmers-Tochter war.

Sein Herz schlug ein bisschen schneller in seiner Brust.

Er stieß sich von der Bar ab und setzte sich auf einen leeren Platz in der Nähe der Bühne. Etwas an der Art, wie sie sich bewegte, zwang ihn dazu, näherzukommen.

Er konnte seinen Blick nicht abwenden, als sie ihre Hand über ihre Brüste gleiten ließ und ihren BH öffnete. Ihre knackigen Brüste sprangen heraus, als sie sich vor dem männlichen Publikum entblößte.

Er verlagerte seinen Sitz, als sein Schwanz hart wurde. Verlegen und wütend auf die Reaktion seines Körpers, sah er weg. Er stoppte eine vorbeieilende Kellnerin und bestellte ein Bier, in der Hoffnung, dass der Alkohol seine Geilheit abkühlen würde.

Er gab ihr ein großzügiges Trinkgeld, als sie schnell mit einem eiskalten Bier zurückkehrte. Er nahm einen großen Schluck von seinem Getränk und sah zu dem Mädchen auf der Bühne.

Die Stripperin versuchte nicht, sich den Kunden zu nähern, aber sie ignorierte sie auch nicht. Sie schien einen ausgefeilten Tanz darzubieten, wohl wissend, wem sie sich nähern konnte und von wem sie sich fernhalten sollte. Sie würde den ungefährlicheren, älteren Herren mehr Aufmerksamkeit schenken und ihre Interaktion mit den aggressiven, jüngeren Männern einschränken.

Sie war wahrscheinlich jemand, der nur auf Geld aus war

und auf der Suche nach einem Sugar-Daddy, der sie aus diesem Metier herausholte. Wie diese Stripperin, die später Hollywood-Schauspielerin wurde.

Er musterte sie weiter und als sie auf ihn zukam, beschleunigte sich sein Herzschlag. Er schaute weg, um ihre Aufmerksamkeit nicht auf sich zu lenken.

Sie kniete sich vor ihm nieder, krümmte ihren Rücken und reckte ihre Brüste nach oben. Sie richtete sich auf und steckte die Daumen in die Seiten ihrer kurzen Jeans-Shorts. Mit einem kurzen Ruck zog sie die Hose ab und enthüllte einen kleinen, roten Tanga. Seine Muskeln spannten sich an und begannen zu pulsierten, als ihn unerwünschte Lust durchflutete.

Er sollte wegsehen. Er wusste, dass er wegsehen sollte. Aber er war hoffnungslos von ihrem Zauber gefangen und konnte seinen Blick nicht von ihr losreißen.

Er wollte ihr Gesicht sehen, wollte wissen, ob dieser sündige Körper ein Engelsgesicht hatte.

Seine Hand griff nach seiner Brieftasche. Sein Herz klopfte und er wollte plötzlich gehen, nach draußen flüchten, wo er die Kontrolle über sich selbst wiedergewinnen konnte. Er wusste, dass die Stripperin ihn da hatte, wo sie ihn hatte haben wollen, aber sein Körper agierte selbstständig. Wenn sie nach seiner Seele verlangt hätte, hätte er sie ihr heute Abend verkauft.

Er warf einen Blick nach unten und zog ein paar Zwanziger heraus. Seine Finger juckten, während er sich nach vorne lehnte, bereit, ihr das Geld zu reichen. Sie rückte näher an den Rand der Bühne heran, wodurch er einen Blick auf ihr Gesicht erhaschen konnte.

„Danke, Süßer." Sie grinste und steckte ihren Daumen in die Seite ihres Tangas, der eine schlanke Hüfte offenbarte, an die er sein Geld stecken konnte.

Er nahm ihren Werwolf-Geruch wahr und erstarrte.

Sie lächelte ihn sexy an, ihre weißen Zähne glänzten in dem dunklen Raum. Er blickte in ihre Augen und wusste es sofort. Er hatte ihre Augen schon einmal gesehen.

„Steckst du es rein? Sei nicht schüchtern. Ich werde dich schon nicht beißen." Sie lehnte sich näher an ihn heran und fuhr mit ihrem Finger über sein Kinn.

Ein unsichtbarer, elektrischer Schlag sprühte Funken zwischen ihnen. Es raubte ihm den Atem und aufgrund ihrer aufgerissenen Augen wusste er, dass sie es auch fühlte.

Das Lächeln fiel von ihrem Gesicht und sie zog sich zurück. Er packte sie am Handgelenk und Panik schoss durch ihre Augen.

„Lass mich los." Ihr Brustkorb hob und senkte sich, wie der eines in die Enge getrieben Tieres. Ihr Blick huschte durch den Raum, nach Hilfe suchend, um seinem Griff zu entkommen.

„Das kann ich nicht, Catty Steele." Er festigte seinen Griff, damit sie wusste, dass er nicht jemand war, mit dem sie spielen konnte.

Sie richtete ihren Blick auf ihn. Ihr Gesicht wurde weiß und ihre Unterlippe begann zu zittern. Angst durchströmte sie.

Er hatte ihre Aufmerksamkeit. Gut.

„Wer bist du?" Ihre Stimme brach, als sie versuchte, ihren Gesichtsausdruck neutral zu halten.

„Ich muss mit dir reden. Es ist wichtig." Hier konnte er nicht mit ihr sprechen. Zu viele Augen und Ohren. „Triff mich am Jackson Square."

„Ich kann nicht. Ich muss die ganze Nacht arbeiten. Außerdem weiß ich nicht einmal wer du bist." Sie verengte ihren Blick und versuchte, sich zusammenzureißen.

„Wenn dir deine Familie am Herzen liegt, triffst du mich. Morgen früh. Jackson Square. Halb sieben." Er beugte sich gerade nach vorne, als eine starke Hand auf seiner Schulter landete. „Denk an deine Familie."

„In Ordnung, Arschloch. Zeit zu gehen. Das Anfassen der Ware ist verboten." Einer von zwei stämmigen Wachmännern zog ihn an der Schulter, während der andere ihn am Arm packte und bereit war, ihn zurückzudrängen, falls er Ärger machte.

Er wollte diesen beiden Menschen sagen, dass keiner von ihnen ihn zurückhalten könnte, wenn er sauer werden würde. Aber er würde seine Deckung nicht so leicht aufgeben. Er war gerade erst in der Stadt angekommen und hatte noch einen langen Weg vor sich, um herauszufinden, wer hinter der Entführung der Wächter steckte. Ganz zu schweigen davon, dass er seinen Bruder finden musste.

Er zügelte seinen Ärger und kämpfte nicht gegen sie an.

Traurigkeit schoss in ihre Augen, als sie ihn wegführten. Sie öffneten die Tür, schoben ihn nach draußen und knallten die Tür hinter ihm zu. Der abstoßende Geruch von Pisse und Erbrochenem in der Gasse begrüßte ihn in der dunklen, feuchten Nacht. Sein Magen zog sich zusammen.

Das war also Catty. Zanes Schwester. Er hatte sie erkannt, als er in ihre Augen gesehen hatte. Sie hatten dieselbe komische Farbe wie Zanes Augen.

Er hatte nicht erwartet, sie so schnell zu finden. Sie war wunderschön und mit einem Körper wie ein Supermodel machte sie an der Stange wahrscheinlich eine Menge Geld. Aber sie passte nicht zu den anderen Mädchen. Die anderen Mädchen flirteten und es machte ihnen nichts aus, die Kunden zu berühren oder von ihnen berührt zu werden.

Es ergab keinen Sinn. Catty kam nicht aus einem kaputten Zuhause und war auch nicht in Armut aufgewachsen. Wie zum Teufel war sie in einem Strip-Club gelandet? Waren es Drogen? Ein gebrochenes Herz? Etwas Geheimnisvolleres?

Es war egal, warum sie dort war. Es ging darum, herauszufinden, was sie über die vermissten Wächter wusste. Und wenn er Glück hatte, hatte sie vielleicht Informationen darüber, wo sein Bruder war.

Er war sich nicht sicher, ob sie überhaupt zu ihrem Treffen erscheinen würde.

Was er wusste, war, dass Catty Steele eine wunderschöne Frau mit gequälten Augen und einer Familie war, die sie scheinbar nicht mehr zu kennen schien.

Was das Letzte anging, konnte er sich in sie hinein versetzen.

KAPITEL 7

„Scheiße, Scheiße, Scheiße!" Catty eilte in die Umkleidekabine.

„Hat er dir weh getan, Catty?" Celine legte ihre knochigen Finger um Cattys Arm und stoppte ihre Flucht. Die Frau war vielleicht alt, aber sie hatte einen Griff wie ein Schraubstock.

„Mir geht es gut, alles okay." Sie zwang sich zu einem Lächeln und versuchte Celines eisernem Griff abzuschütteln.

Celine kniff die Augen zu Schlitzen zusammen und lockerte ihren Griff. „Du hörst dich nicht gut an. Du siehst auch nicht gut aus. Du siehst aus, als hättest du ein Gespenst gesehen."

Kein Gespenst, aber sie hatte einen Blick auf ihre Vergangenheit erhaschen können.

„Mir geht es gut. Wirklich." Ihre Stimme brach und verriet sie trotz des Lächelns, das sie aufgesetzt hatte.

„Du bist heute nicht auf der Höhe, Mädchen." Celine ließ ihren Arm los und zog eine weitere Zigarette hinter ihrem Ohr hervor. Sie steckte sich den schlanken Stängel in den Mund, zündete sie an und nahm einen tiefen Zug.

Catty kniff die Augen zusammen, als die Frau den grauen

Rauch in ihre Richtung blies. Sie bekämpfte den Drang, den Rauch wegzufächern. Sie musste der Frau keinen weiteren Grund geben, sie nicht zu mögen.

Celine mochte niemanden, aber wenn sie dich einmal auf den Kieker hatte, machte sie dir das Leben zur Hölle.

„Schau dich an, dunkle Ringe unter den Augen und Hände, die wie Espenlaub zittern. Ich wusste, dass du eine Nacht frei brauchst." Celine nahm einen weiteren langen Zug und blies eine Rauchwolke aus.

Warum hast du mich dann herbestellt?

Celines Augen wurden weicher und zum ersten Mal sah sie Catty mitleidig an.

Dieser Gesichtsausdruck kam einem Lächeln so nahe, wie es für Celine möglich war.

„Der Chef kann kein Geld verdienen, wenn alle Pussys so aussehen, als wären sie geschlagen worden." Celine rieb sich mit dem Daumen die Stirn, während sie die Zigarette zwischen zwei Fingern hielt.

„Ich muss mich auf meinen nächsten Tanz vorbereiten." Catty biss die Zähne zusammen.

Celine beugte sich nah an sie heran. „Deine Augen sehen mächtig rot aus. Ich wette, du bekommst eine Bindehautentzündung." Sie fluchte. „Arbeite bis Mitternacht. Dann hast du frei. Du hast die nächsten drei Tage frei. Du musst ausgeruht und in guter Verfassung sein, wenn du zurückkommst." Celine sah sie scharf an, als würde sie ein Stück Rindfleisch betrachten.

„Danke." Es war kein Olivenzweig, aber sie würde nehmen, was sie von der alten Gans bekommen konnte.

Sie wich den anderen Stripperinnen aus, als sie zu ihrem Platz vor dem Schminktisch zurückkehrte. Als sie das erste Mal an dem kleinen Tisch gesessen hatte, an dem der Spiegel mit großen weißen Glühbirnen gesäumt war, hatte sie so getan, als wäre sie ein berühmtes Modell, das sich bereit machte, den Laufsteg entlangzulaufen.

Sie hatte an der Vorstellung für ein paar Monate festgehalten, obwohl sie immer wieder am Arsch begrabscht wurde oder betrunkene Gäste immer wieder ihre Brüste anfassten.

Die Realität hatte in der Nacht eingesetzt, als sie auf dem Parkplatz angesprochen worden war und man ihr zwanzig Dollar für einen Blowjob geboten hatte. Für Männer war sie nichts weiter als ein hübscher Hintern.

Sie war ein Dummkopf gewesen zu glauben, dass sie wertgeschätzt wurde.

Für Männer war sie ein Mittel zum Zweck. Nicht einmal eine Person.

Und jetzt, da jemand in New Orleans war, der ihre Familie kannte, gab es ein ganz anderes Problem. Obwohl Arkansas und Louisiana nicht weit voneinander entfernt waren, tendierten Werwölfe dazu, innerhalb der Grenzen ihres Staates zu bleiben. Als sie Arkansas zum ersten Mal verlassen hatte und nach NOLA gegangen war, hatte sie sich Sorgen gemacht, dass ihre Familie sie finden würde. Nach einer Weile wurde jedoch klar, dass sie kein Interesse daran hatten, nach ihr zu suchen. Es hätte alles für sie einfacher machen sollen, aber alles, was es tat, war einen Spalt in ihr Herz zu reißen.

Nun erschien ein Fremder in schwarzem Leder und wollte mit ihr sprechen. *Und wer zum Teufel trägt Leder mitten im Sommer in New Orleans?*

Wenn sie nicht zu ihrer Verabredung erschien, würde er sie aufspüren.

Unbehagen machte sich in ihr breit, als sie ihr Spiegelbild anstarrte. Sie hätte heute Morgen gehen sollen. Sie hätte das wenige Geld mitnehmen, ein Busticket kaufen und den gottverdammten Ort verdammt noch mal verlassen müssen.

Aber sie konnte nicht. Sie musste einen Plan und Geld haben, bevor sie einen weiteren übereilten Schritt unternahm. Sie würde nicht den gleichen Fehler machen, irgendwohin wegzulaufen, ohne Geld, ohne eine Ahnung, wie sie sich finanzieren sollte, und ohne einen Ort zum Leben.

Diese Tage waren vorbei. Sie brauchte einen Plan, bevor sie ging.

Die Angst hatte ihr Herz fest umklammert.

Und jetzt könnte es zu spät sein.

* * *

LUCIEN STARRTE von seinem billigen Hotelbett aus an die Decke, während sich Schweiß unter seinem Körper sammelte. Das raue Laken kratzte mit jedem rhythmischen Atemzug, den er tat, gegen seinen durchnässten Rücken.

„Es ist schweineheiß", murmelte er und wischte sich die Stirn mit dem Laken ab. Er hatte an die Decke geschaut, seit er aus dem Strip-Club zurückgekehrt war, und versuchte einen Grund zu finden, warum Catty Steele ihm immer noch durch den Kopf schwirrte.

Jedes Mal, wenn er seine Augen schloss, sah er sie. Nicht nur ihr Gesicht. Nein. Er sah einfach alles. Von dem knappen Tanga bis zu den Stiefeln und dem BH, den sie vor ihm ausgezogen hatte.

Der Gedanke an sie ließ ihn innerhalb von drei Sekunden hart werden.

Die Tatsache, dass eine vollkommen fremde Frau solch einen Effekt auf seinen Körper haben konnte, machte ihn rasend und ließ seinen Atem zu einem Keuchen werden.

„Sie ist nur eine Frau. Nichts Besonderes." Er stöhnte und fuhr sich mit der Hand über die verschwitzte Stirn. Die Klimaanlage im Raum war ausgefallen und der Deckenventilator kroch wie eine Schildkröte.

Irgendetwas an Catty ließ seine Instinkte brodeln.

Er wusste, dass er bei Catty vorsichtig sein musste. Er musste wachsam sein. Er musste auf der Hut sein.

„Scheiß drauf." Er warf das verschwitzte Laken, das um seine Beine gewickelt war, zurück und setzte sich auf. Der gealterte Holzboden an seinen Füßen kühlte seinen Körper nicht ab.

Was würde er nicht für ein Fünf-Sterne-Hotel geben.

Er stand auf und ging zum Fenster. Er öffnete es und streckte den Kopf heraus. Die Luftfeuchtigkeit schlug ihm wie ein nasser Lappen ins Gesicht. Selbst nachdem die Sonne untergegangen war, gab es in dieser Stadt keine Abkühlung.

Der Geruch von Asphalt und Cajun-Essen und der faulige Gestank von Kotze, trafen ihn wie ein Hammer.

Er legte seine Hände auf das Fensterbrett und starrte in die Stadt, die niemals schlief. Neonlichter aus Bars und Leuchtstäbe um die Hälse von Touristen erhellten die Straße, während aus den nahe gelegenen Clubs, von Straßenmusikern und vorbeifahrenden Autos Musik erklang. Es war fast drei Uhr morgens und es gab immer noch einen ständigen Verkehr von Leuten, die nach ihrem nächsten Abenteuer suchten.

Er erinnerte sich an eine Zeit, als er New Orleans gern besucht hatte, als er noch ein Kind war.

Seine Familie hatte jahrelang in Louisiana gelebt und war sehr angesehen gewesen. Sein Vater Robert hatte sein Vermögen durch das Familienunternehmen und die Eisenbahnen geerbt. Er war immer geschäftlich unterwegs gewesen, während seine Mutter Zuhause geblieben war und ihre beiden Söhne großgezogen hatte. Sie war die Martha Stewart der Werwölfe. Sie hatte ein perfektes Haus mit Dienstmädchen und einem Koch. Und wie ein Uhrwerk hatte sie alle drei Jahre das Haus komplett neu renovieren lassen.

Wenn sie nicht gerade renovierte, Wohltätigkeits-Events

besuchte oder Partys veranstaltete, war sie damit beschäftigt gewesen, Lucien und seinem Bruder nachzujagen, die immer taten, was sie wollten, und dadurch immer in Schwierigkeiten gerieten.

Aber das war schon lange her.

Lange, bevor seine Welt auf den Kopf gestellt und seine Familie zerstört worden war.

Jetzt war New Orleans nichts weiter für ihn als eine Erinnerung an Schmerz und verheerenden Verlust.

Er rollte mit den Schultern, um die Anspannung seiner Muskeln zu lindern, die an seinen Schulterblättern begann und sich bis zu seiner Taille ausdehnte.

Er knurrte, stieß sich vom Fenster ab und ging ins Bad. Er würde duschen und sich auf das Treffen mit Catty vorbereiten, in der Hoffnung, dass sie ihn nicht hängen lassen würde.

Als er den Raum durchquerte, fiel ihm sein Spiegelbild auf.

Er blieb stehen und machte die Lampe an. Das Licht beleuchtete den Raum in einem unheimlichen Spiel aus dunklen Schatten und Formen. Er wandte sich dem Spiegel zu.

Er kniff die Augen zusammen, als er auf das vernarbte Fleisch blickte, das vor vielen Jahren von seinem eigenen Fleisch und Blut verbrannt worden war. Seine Deformität hatte ihm so großen Schmerz und Verlust verursacht.Die gesprenkelte Haut schien sich zusammenzuziehen, als er die Länge seines vernarbten Rückens ansah.

Der höllische Schmerz, den die Verbrennungen verursachten, war verblasst, aber der Hass auf seinen Bruder brannte immer noch.

Niemand hatte ihn jemals nackt gesehen. Nicht einmal die anderen Wächter. Er wartete immer, bis das Fitnessstudio in der Basis leer war, und selbst dann zog er sich ein langärmeliges Shirt an.

Sein Geheimnis wäre beinahe von Jaxon entdeckt worden.

Jaxon war nach einer 48-Stunden-Schicht in das Studio gestolpert und hatte ihn beim Gewichtheben angetroffen.

Luciens Hemd war nassgeschwitzt gewesen, als Jaxon ihn auf den Rücken geklopft hatte. Das Arschloch war offensichtlich zu erschöpft gewesen, um die Unebenheiten seines Fleisches zu bemerken. Nachdem er ein paar Witze gemacht hatte, war Jaxon in sein Zimmer zurückgekehrt.

Es war etwas, was Lucien für sich behielt. Er konnte sein Geheimnis den anderen Wächtern nicht anvertrauen. Dadurch würde er sich selbst zum Außenseiter machen. Er hatte es mit seiner eigenen Familie erlebt.

Er wollte diese Erfahrung nicht mit seinem Rudel wiederholen.

Er hatte gelernt, dass die einzige Person, der er vertrauen konnte, er selbst war.

KAPITEL 8

„Kaffee und Beignets, bitte." Catty gab bei der Kellnerin im Café du Monde ihre Bestellung auf. Das Restaurant brummte bereits ob der Stimmen der Kunden, die zuckerhaltige Donuts und Chicorée-Kaffee bestellten. Niemand besuchte New Orleans, ohne zumindest einmal im Café du Monde gegessen zu haben.

Normalerweise gönnte sie sich die berühmten Delikatessen der Stadt nicht, aber da in nur wenigen Stunden ihr Treffen mit dem Fremden stattfinden würde, war es vielleicht ihr letzter Tag hier in der Stadt. Sie würde also ihre letzte Mahlzeit genießen.

Die Augen des Werwolfs hatten etwas Tödliches und dann war da noch die Art, wie er sich bewegte. Ihr war Furcht über den Rücken gekrochen, als er sie gepackt hatte, aber als er anfing, über ihre Familie zu sprechen, da wusste sie, dass es ernst war.

Ihre Familie wusste, wo sie war. Sie wussten, was sie tat. Sie konnte sich nicht vorstellen, dass ihr Vater ihr erlauben würde, nach Hause zu kommen, nicht mit diesem Schlamassel, in den sie geraten war. Sie steckte bis zum Hals drin.

Sie musterte den Teller mit Beignets und die Tasse schwarzen Kaffees vor sich. Sie rührte viel Sahne und Zucker in ihren Kaffee, bis er die Farbe von Karamell hatte.

Sie nahm einen Schluck von dem heißen Getränk. „Ah, ist das lecker."

Sie biss von einem ihrer Beignets ab, lehnte sich in ihrem Stuhl zurück und sah zu, wie die Stadt um sie herum lebendig wurde.

Die Mehrheit der Läden war noch nicht geöffnet und es herrschte nicht viel Verkehr. Der Morgen hatte ein sanftes graues Leuchten, das die Gehsteige mit einem traumartigen Schleier bedeckte. Wenn sie als Touristin in der Stadt wäre, würde sie sich amüsieren. Aber das war sie nicht. Sie war eine Gefangene.

Ihr Magen verkrampfte sich und sie ließ das halb aufge-gessene Beignet auf den Teller fallen, ihr war schlagartig der Appetit vergangen. Bald würde sie den Werwolf auf dem Jackson Square treffen. Sie wusste nicht genau, was er ihr sagen wollte, aber sie wusste, dass es etwas Unerfreuliches sein würde. So, wie ein Telefonanruf mitten in der Nacht.

Vielleicht war ihr Vater krank? Oder ihre Mutter? Viel-leicht war Zane etwas zugestoßen?

Mit einer Serviette wischte sie sich den Zucker von den Fingern und dachte an ihren großen Bruder.

Als Kind war sie sehr belastend für ihn gewesen. Sie wusste das, weil er es ihr oft gesagt hatte. Sie hatte immer das Gefühl gehabt, dass Zane liebevoller war, als er sich anmerken ließ, und dass er nur eine so harte Schale hatte, weil ihr Vater es erwartete.

Ihre Lippen verzogen sich zu einem Lächeln, als sie daran dachte, wie sie sich in sein Schlafzimmer geschlichen hatte, wenn es draußen stürmte.

Sie hatte Gewitter schon immer gehasst. Sie hatte keine Angst vor dem Donner. Nein, sie hatte Angst vor den Blitzen. Immer wenn es blitzte und schaurige Schatten an die Wand geworfen wurden, hatte sie sich vorgestellt, wie ihre Puppen lebendig wurden und versuchten, in ihr Bett zu klettern, um sie zu verletzen. Dann hatte sie leise die Tür geöffnet und war in Zanes Zimmer geschlüpft. Sie hatte es so oft getan, dass er nichts sagte, sondern sie einfach mit der Hand hinein gewunken und die Bettdecke zurückgezogen hatte. Sie schliefen bis in die frühen Morgenstunden Rücken an Rücken und dann war sie zurück in ihr Bett gegangen, bevor ihre Eltern aufwachten.

Sie hatte eine Bilderbuch-Kindheit gehabt. Sie hatte in einer wohlhabenden Nachbarschaft gelebt und es war ihr nicht schwergefallen, Freunde zu finden. Aber ihre beste Freundin fand sie erst an dem Tag, als sie Skylar traf.

Skylar war wunderschön, mit hellroten Haaren und großen, neugierigen Augen. Sie hatte sie in ihrem Vorgarten gesehen. Catty hatte geweint und geschrien, weil sie mit dem kleinen rothaarigen Mädchen spielen wollte, bis ihre Mutter endlich nachgegeben und das Auto gewendet hatte. Schon in jungen Jahren hatte Catty gewusst, wie sie ihren Willen durchsetzen konnte.

Dieser Moment hatte dazu geführt, dass Skylar fast jeden Tag zu ihrem Haus kam.

Skylar hatte eine ganz andere Persönlichkeit als sie. Skylar liebte es, die Kleidung ihrer Barbies farblich zu koordinieren und dafür zu sorgen, dass alles zusammenpasste, wohingegen Catty es bevorzugte, die Kleider wild zu mischen und dafür zu sorgen, dass alles dramatisch aussah … Skylar räumte ihre Spielsachen auf, wenn sie mit dem Spielen fertig waren, während Catty keine Zeit damit verschwenden wollte, etwas so Langweiliges zu tun. Sie hatte immer ein anderes Spiel zu spielen, ein anderes Abenteuer im Hinterhof zu erkunden oder eine andere Möglichkeit,

Zane zu irritieren. Sie wollte nicht warten, da sie immer Angst hatte, etwas zu verpassen.

Zu der Zeit wusste sie nicht, dass Skylar auch in anderer Hinsicht anders war. Während Catty ein Grauer Wolf war, war Skylar ein Roter Wolf. Rote Wölfe waren die Todfeinde der Grauen Wölfe.

Für Catty spielte die Rasse aber keine Rolle. Skylar war ihre Freundin und das war alles, was zählte.

Obwohl ihre Freundin nie über ihr häusliches Leben gesprochen hatte, wusste sie, dass es nicht ideal war. Nicht mal im Ansatz.

„Ich dachte, ich hätte Jackson Square gesagt." Die tiefe, männliche Stimme ließ sie in ihrem Stuhl zusammenzucken.

„Du sagtest halb sieben. Es ist erst sechs." Sie drückte ihre Hand auf ihre Brust, während ihr Herz wie ein Hammer gegen ihre Hand klopfte.

„Keine Zeit ist besser als die Gegenwart." Er griff sie am Ellbogen und brachte sie auf die Beine. „Lass uns gehen."

„Fass mich nicht an." Sie machte sich keine Mühe, die Wut in ihrer Stimme zu verbergen. Sie riss ihren Arm aus seinem Griff und sammelte den Rest ihres Frühstücks ein, um es in einen nahegelegenen Mülleimer zu werfen.

Er beschattete sie bei jedem Schritt, die Hitze seines Körpers erstickte sie fast.

Sie drehte sich um und starrte ihn an. „Hast du noch nie von persönlichem Freiraum gehört?"

„Ich gehe nur sicher, dass du nicht wegrennst." Sein Ton war hart und flach und unverfroren, so dass es nicht schwierig war, ihn zu hassen.

„Wohin sollte ich wohl gehen?" Die Worte hinterließen einen bitteren Geschmack in ihrem Mund und trafen einen wunden Punkt. Sie ballte ihre Hände zu festen Fäusten und zitterte mit jedem Herzschlag. „Es ist nicht so, als wäre ich schnell genug, um vor dir davonzulaufen."

„Lass uns gehen." Er deutete mit der Hand in Richtung Jackson Square.

Sie eilte über den Zebrastreifen, bevor das Licht grün wurde. Sie musste nicht über die Schulter schauen, um zu sehen, ob er ihr folgte. Sie konnte ihn spüren.

Zu dieser frühen Morgenstunde waren nur wenige Leute unterwegs. Die Künstler hatten nicht einmal angefangen, ihre begehrten Plätze rund um den Platz einzurichten.

„Hier ist es gut", knurrte er.

Er blieb hinter den Schatten der Sträucher und Bäume stehen, um seinen großen Körper zu verbergen, und verschränkte die Arme vor der massiven Brust.

Er war groß. Größer als die Mehrzahl der Werwölfe, die sie kannte, mit kräftigen, breiten Schultern, die sich mit der Geschmeidigkeit einer großen, tödlichen Safari-Katze bewegten.

Er trug dunkle Jeans, schwarze Biker-Stiefel und ein weißes T-Shirt, das zum Zerreißen gespannt war. Sie war sich nicht sicher, ob er versuchte, seinen muskulösen Körper zu zeigen, oder ob das Kaufhaus kein Shirt in seiner Größe anbot. Bei seiner Größe war es wahrscheinlich schwierig, passende Kleidung zu finden.

Er hatte immer noch dieselbe verdammte, schwarze Lederjacke an, in der sie ihn letzte Nacht gesehen hatte. Eine Schweißperle kräuselte sich an seiner Schläfe und sie wusste, dass ihm heiß sein müsste. Wenn ihm jetzt noch nicht heiß war, würde es so sein, wenn die Sonne hoch am Himmel stand. Sie wollte ihm sagen, dass er die Jacke nicht brauchte, um einschüchternd zu wirken. Er war auch ohne sie einschüchternd genug.

Sie begegnete seinem Blick und verlagerte ihr Gewicht, grub die Spitze ihres Tennisschuhs ins taunasse Gras und färbte damit das weiße Material grün.

Seine dunkelblauen Augen bohrten sich in ihre. Sein

Gesicht war ganz hübsch, aber der Blick, den er ihr verpasste, milderte ihre Gedanken über sein körperliches Erscheinungsbild.

Sein rabenschwarzes Haar streifte seine Schultern. Eine raue Brise strich über seine Locken und wehte seinen männlichen Geruch direkt in ihre Nase.

Ihr Körper verspannte sich und etwas bewegte sich tief in ihrem Bauch. Schauer rasten durch ihren Körper und sie war sich nicht sicher, ob es an ihrer Angst oder an der Anziehung lag. Er roch wie kein Werwolf, dem sie je zuvor begegnet war.

In diesem Moment wusste sie, dass sie in Schwierigkeiten war.

* * *

„Avocado-Geschmack. Kannst du das glauben?" Jaxon hielt den grünen Damen-Tanga hoch und fuchtelte damit unter Barretts Nase. „Ich dachte, sie machten nur Tangas mit Süßigkeiten-Geschmack."

„Du musst es ja wissen." Barrett biss die Zähne zusammen und schob die Wäsche aus seiner Sicht. Es war schlimm genug, dass er versuchte, alle im Dunkeln zu halten, wo Lucien war, aber jetzt hatte Granny die Baracken gestürmt und sie war bis an die Zähne mit essbarer Unterwäsche bewaffnet.

„Sie machen alle Arten von Aromen, nicht nur Süßigkeiten", betonte Granny gegenüber der Gruppe interessierter Werwölfe. „Es gibt Hühnchen und Waffeln, Taco und Bohnen und natürlich Speck. Wenn man einen Kartoffelchip so würzen kann, kann man das auch mit einem Tanga machen."

Die leichten Kopfschmerzen, die an seiner Schläfe begonnen hatten, als er gesehen hatte, wie die alte Dame hereingestürmt war, wurden jetzt zu einer Migräne. Sie hatte gesagt, sie würde ein paar Snacks für seine Wächter abgeben.

Er hatte nicht bemerkt, dass sie Tangas verteilte.

„Speck ist ziemlich gut", knurrte Jayden, dem ein roter Tanga aus dem Mundwinkel ragte. Sein Reißzahn bearbeitete das Kleidungsstück wie ein Hund, der eine Rippe abnagt.

„Hey, kombiniere es mit diesem Avocado-Geschmack und schau, wie das schmeckt." Jaxon warf den grünen Tanga und Jayden fing ihn mit einer Hand. Jayden stapelte die Unterwäsche zusammen und fing an sich an ihr auszutoben.

„Was habe ich in meinem früheren Leben getan, dass das Schicksal mich in diese Hölle verfrachtet hat?", murmelte Barrett vor sich hin. Er hatte eine Menge Scheiße, um die er sich Sorgen machen musste, anstatt Jayden den ganzen Tag zusehen zu müssen, wie er Unterwäsche ansabberte. „Warum bringst du die überhaupt hierher?" Er warf der alten Frau einen Blick zu.

„Weil ich das Jelly-Bean-Sortiment mit Tangas und BHs bestellt habe." Granny schürzte die Lippen. „Diese Idioten in der Fabrik haben versagt und mir das Football-Fantasy-Ensemble geschickt." Ihre Augenbrauen zogen sich so weit zusammen, dass sie beinahe zwischen ihren Falten verschwanden. „Und meine Damen wollen keine Unterwäsche, die nach einer Super-Bowl-Party riecht."

„Also, ich weiß ja nicht. Diese Teile sind verdammt gut. " Jaydens Augen wurden glasig, als er den Schritt verschlang.

„Das denkst du jetzt noch, aber warte, bis du die Bewertungen gesehen hast. Es gab mehr Unfälle mit diesem Paket von Tangas, als du glauben würdest." Granny stützte die Hände auf ihre dünnen Hüften.

„Wie meinst du das?" Jaxon hörte auf zu kauen, ließ die Unterwäsche fallen und schenkte Granny seine volle Aufmerksamkeit.

„Es gibt scharrenweise Berichte, dass Männer dadurch

vor Lust wild werden. Sobald sie anfangen zu essen, können sie nicht mehr aufhören. Deswegen wurde einer Frau in Mississippi von ihrem Mann der große Zeh abgebissen, der nicht darauf warten konnte, dass sie ihre Unterwäsche hochzog. Er roch Speck und verlor die Kontrolle."

Barrett wurde ein wenig übel.

„Was hat die Frau getan?", fragte Jayden und griff nach einem weiteren Paar aus der Schachtel mit Taco-Geschmack.

„Anscheinend war es nicht das erste Glied, das sie verloren hatte. Sie hat ihren kleinen Finger eingebüßt, als sie ihrem Mann half, Fallen für Nutria-Ratten aufzustellen."

„Verdammt, sie hat ihren Finger in einer Falle verloren?" Barrett drehte sich um.

„Nicht ganz. Als sie zurückkehrte, um die Fallen zu überprüfen, war da eine lebende Nutria-Ratte. Dieses Mistvieh klammerte sich an ihren kleinen Finger und biss ihn ab. Als würde man in einen Schokoriegel beißen."

„Verdammt." Jayden zuckte zusammen, griff aber dennoch nach einem weiteren Satz Unterwäsche, offensichtlich fasziniert von Grannys Geschichten.

„Jetzt versucht sie, das Unternehmen wegen eines unsicheren Produkts und wegen Traumatisierung zu verklagen. Sie sagte, ihr Mann könne sich nicht helfen, er fühle sich zu ihren Schubladen hingezogen wie eine Biene zum Honig."

„Jesus", murmelte Barrett und rieb seine Hand über sein Gesicht.

Jaxon schnaubte.

„Ach bitte, Granny", flehte Jayden.

„Ich glaube, sie versucht nur, schnelles Geld zu machen. Jede Frau, die mit ihrem Ehemann Nutria-Ratten fangen geht, weiß, worauf sie sich einlässt, wenn sie diese Tangas mit Speck-Geschmack kauft." Granny starrte ihn an.

„Warum hast du sie dann hierher gebracht?" Barrett rieb sich den Nasenrücken. Seine Kopfschmerzen näherten sich nun der Stärke eines Hurrikans und es würde ihn nicht wundern, wenn er ein Aneurysma bekam. Andererseits müsste er dann immerhin nicht mehr Granny und ihren Geschichten über Tangas zuhören, sondern würde aus seinem Elend befreit werden.

„Die Firma möchte nicht, dass ich sie zurückschicke. Sie sagen, sie werden sie nicht länger produzieren. Zu viel negatives Feedback. Also habt ihr Jungs Glück und dürft sie haben." Sie nahm einen Karton, öffnete ihn und schüttete den Inhalt auf den Tisch. Bunte Strings – Grün, Pink und Rot – schmückten den Tisch wie ein Strip-Club auf Mardi Gras.

„Versuch mal diese hier. Sie schmecken nach Waffeln und Hähnchen." Granny hielt sie ihm mit einem Lächeln hin. „Du siehst aus wie ein Waffel-Hähnchen-Typ."

„Kein Interesse." Er runzelte die Stirn und hoffte, die alte Frau in stille Unterwerfung zu erschrecken.

„Taco?" Sie bot ihm einen roten Tanga an.

„Nein!" Er schüttelte den Kopf und versuchte, seine Stimme ruhig zu halten. „Schau, du kannst das Zeug nicht hier lassen. Ich führe keinen Laden für Erwachsene." Außerdem hatte er größere Probleme, wie zum Beispiel dafür zu sorgen, dass seine Wächter nicht bei lebendigem Leibe gehäutet wurden.

„Ich denke, Lucien würde die Waffel mögen." Jaxon wühlte sich durch die auf dem Tisch ausgebreiteten Tangas. „Apropos, wie lange wird er weg sein?" Er traf Barretts unbeugsamen Blick.

„So lange es dauert." Er kniff die Augen zusammen und forderte damit Jaxon heraus, die Angelegenheit auf sich beruhen zu lassen. Stille breitete sich zwischen ihnen aus und Jaxon zuckte schließlich mit den Achseln und aß weiter.

„In der Zwischenzeit: esst Jungs!" Granny klatschte in die Hände und lächelte.

KAPITEL 9

„*L*ass uns das zu Ende bringen. Ich gehe nicht zurück nach Jonesboro." Catty hob ihr Kinn und pikste ihren Finger in seine Brust, trotz ihres rasenden Herzschlags. Sie würde nicht zulassen, dass ein Fremder in die Stadt kam und ihr Vorschriften machte, egal wie groß er war.

„Worüber redest du?" Seine Brauen zogen sich zusammen und er kratzte sich an seiner unrasierten Wange.

„Ich weiß, dass meine Eltern dich geschickt haben, um mich zu finden." Die bitteren Worte schienen vom Gebüsch widerzuhallen, während sie verzweifelt versuchte, ihre Stimme selbstsicher wirken zu lassen. „Das kannst du vergessen. Ich gehe nicht zurück."

„Deine Familie hat mich nicht geschickt." Sein langsamer und vorsichtiger Ton war wie ein Schlag gegen ihre Brust.

Ihr Herz fühlte sich an, als würde es tausend Kilogramm wiegen und sie hatte das Gefühl, dass es jeden Moment aus ihrer Brust fallen und mit einem dumpfen Schlag im Gras landen würde.

„Es war nicht meine Familie, die dich geschickt hat?" Sie

räusperte sich und schüttelte sich mental. Was hatte sie überhaupt gedacht? Warum würden sie sie zurückwollen, wenn sie wüssten, womit sie ihr Geld verdiente?

Sie spürte, wie die Hitze in ihrem Gesicht aufstieg, zwang sich jedoch, den Augenkontakt aufrechtzuerhalten.

„Nein, sie haben mich nicht geschickt." Er blickte sich um und sah sie mit zusammengekniffenen Augen an.

„Was willst du dann von mir?" Er war vielleicht total heiß, aber sie war zu schlau, als dass sie einem gutaussehenden Gesicht trauen würde. Er hatte etwas vor.

„Ich brauche einige Informationen. Mit den Arkansas Wächtern ist etwas los. „Einige werden vermisst."

„Und?", schnaubte sie. „Vielleicht waren sie es leid, nur Befehlen zu folgen und haben beschlossen zu gehen." Sie verstand den Wunsch, ihren eigenen Regeln zu folgen und nicht unter dem Kommando anderer zu leben, nur zu gut.

„Catty, spiel nicht mit mir. Ein Mädchen wie du, das in einem Strip-Club arbeitet, in dem es mehr Werwölfe gibt als Menschen, muss etwas gehört oder gesehen haben." Er lehnte sich näher an sie heran. Sein Zorn, seine Frustration und sein Duft schlängelten sich wie eine Ranke um sie. Er war sauer, wirklich sauer, aber sie konnte nicht anders. Ohne nachzudenken, lehnte sie sich ihm entgegen, um besser an ihm schnuppern zu können.

„Was machst du?"

Sie trat einen Schritt zurück und schüttelte den Kopf. ‚An dir riechen' erschien ihr nicht als die klügste Antwort, also entschied sie sich, das Thema zu wechseln.

„Ich habe keine Ahnung, wovon du redest. Ich habe nichts über irgendwelche Wächter gehört. Ich bin nicht die Art Mädchen, mit dem sich ein Wächter abgibt." Sie grinste. Da hast du wohl falsche Informationen bekommen."

„Ich bekomme nie falsche Informationen." Seine Augen loderten.

Ihr Herz geriet ins Wanken und eine Schweißperle rollte über ihre Schläfe und tropfte auf ihr T-Shirt. Diese verdammte Hitze in Louisiana. Mittlerweile sah sie sicherlich aus wie eine nasse Ratte.

„Hör mal, Kumpel." Sie drückte ihren Finger in seine Brust. Er rührte sich nicht. „Ich weiß nichts über vermisste Wächter. In Louisiana gibt es nicht gerade viele Wächter, seit Edward Boudier im Staat regiert."

„Edward Boudier? Der Rudelführer?" Er blinzelte.

„Genau der." Sie zuckte mit den Schultern. „Er scheint zu glauben, dass es dem Staat ohne Wächter gut geht und hat sie haufenweise gefeuert. Vielleicht macht das auch dein Rudelführer."

* * *

LUCIEN WUSSTE, dass sich Edward Boudier wie ein Arschloch gegenüber Barrett verhielt, seit die Louisiana-Assassinen nach Arkansas gekommen waren, ohne Barrett davon in Kenntnis zu setzen. Das Ganze war von Anfang an ein Schlamassel. Lucien war überrascht gewesen, dass Barrett nicht härter mit Boudier umgegangen war.

Aber jetzt, da Heimy gehäutet worden war und Mitchell vermisst wurde, würde der Louisiana-Rudelführer eine härtere Haltung gegenüber illegalen Aktivitäten innerhalb des Staates einnehmen. Er würde mehr Wächter wollen.

Es sei denn, Barrett hatte Edward nichts von den vermissten Wächtern erzählt.

„Du willst mir also sagen, dass zivile Werwölfe trotz der gegenwärtigen Situation kein Problem damit haben, dass es weniger Wächter gibt?" Seine Augen bohrten sich in ihre. Sie sollte lieber ehrlich zu ihm sein. Er war nicht hier, um Spiele zu spielen.

„Zivilisten haben kein Mitspracherecht." Sie legte den Kopf auf die Schulter und verschränkte die Arme.

Der Wind drehte sich. Ihr Duft – weich, angenehm, sexy – überflutete ihn. Sein Verstand verschwamm und er konnte seinen Körper nicht kontrollieren, als sein Blick auf ihren vollen Mund fiel. Sein Schwanz drückte gegen seine Jeans. In diesem Moment verlangsamte sich die Zeit und alle Geräusche waren ausgeblendet. Von der Wölbung ihrer Lippen bis zum Glitzern ihrer Augen war er im Zauber ihres Duftes gefangen und konnte sich auf nichts anderes als auf sie konzentrieren.

Wie schmeckte ihr Körper? Wie klang sie, wenn sie kam? Wie sah sie nach einem Orgasmus aus?

Schockiert trat er zurück, atmete tief ein und schüttelte die überraschenden erotischen Gedanken, die wie aus dem Nichts gekommen waren, ab.

Frauen hatten normalerweise keine Wirkung auf ihn. Nicht so, wie sie es tat. Wenn er geil war, zahlte er für eine Frau. Es war viel weniger kompliziert und die Frauen fragten nie, warum er seine Jacke beim Sex anbehielt. Viele fanden das heiß und sexy.

Als er in Cattys blau-graue Augen sah, pochte sein Herz in seiner Brust. Er blickte zu der aufgehenden Sonne hinauf und schob seine Reaktion auf die Hitze der Stadt.

Sicher hatte es nichts mit ihr zu tun.

„Jeder hat ein Mitspracherecht. Es ist die Pflicht des Rudelführers eines jeden Staates, seine Werwölfe zu schützen."

Ein Schatten der Trauer überzog Cattys Augen, bevor ihr Gesicht zu einer gleichgültigen Maske wurde. Härte legte sich auf ihre hübschen Züge und er wusste, dass sie ihm heute keine weiteren Informationen geben würde.

„Ich denke, ich werde deine Zeit nicht mehr in Anspruch nehmen." Er trat zurück und stützte die Hände in die Hüften.

Ihre Wimpern flatterten für eine Sekunde. Sie hielt den Atem an und wartete gespannt, als hätte er vor, sie zu überlisten.

Das tat er nicht. Es war nicht sein Stil.

„Gut. Ich habe Dinge zu erledigen." Sie hob das Kinn und drehte sich auf der Stelle um.

Er beobachtete das Schwanken ihrer Hüften, als sie wegging. Selbst in abgeschnittenen Jeans-Shorts und einem weiten Hemd hatte das Mädchen einen Körper, bei dem die Männer auch am frühen Morgen innehielten und sich umdrehten, um sie zu beobachten.

Ein Künstler, der gerade dabei war, seine Kunstwerke aufzustellen, hielt inne und sah Catty mit lustvollen Augen an. Lucien knurrte kurz, bevor er sich am Riemen riss. Der Mann sah den Ausdruck in Luciens Gesicht. Sein Lächeln verblasste und er machte sich schnell wieder an die Arbeit.

Er sah ihr nach, bis sie um die Ecke bog. Er würde ihr ein paar Sekunden geben, bevor er ihr folgte. Er wusste, wie man jemanden beschattete, ohne entdeckt zu werden.

Indem er sich in den Schatten aufgehalten hatte, hatte er in dieser Stadt schon einmal überlebt. So plante er, wieder zu überleben.

* * *

MIT EINEM HERZEN, dass ihr bis zum Hals schlug, war Catty auf halbem Weg durch die Gasse, bevor sie über ihre Schulter blickte. Wie selbstverständlich hatte sie erwartet, dass der große Werwolf ihr folgen würde. Die leere Gasse ließ einen Funken Enttäuschung in ihr aufflackern.

Sie schüttelte den Kopf. Nein, sie würde nicht enttäuscht sein. Sie war erleichtert.

Sie hielt ihre Hände zu Fäusten geballt an ihrer Seite und ging weiter. Das weiche Antippen des Gummis ihrer Tennisschuhe gegen die Pflastersteine hallte leise zwischen den beiden Gebäuden wider. Die aufgehende Sonne und die Schatten der Gasse schützten sie nicht vor der Hitze des Tages. Die Luftfeuchtigkeit würde ihre Fühler in jeden Winkel der Stadt ausstrecken und kein Lebewesen unberührt lassen.

Sie zog ihr verschwitztes Hemd von ihrem Bauch und verfluchte die Hitze.

Sie griff in ihre Hosentasche und holte ein Haargummi heraus. Sie befestigte ihr nassgeschwitztes Haar mit dem winzigen Gummiband. Eine warme Brise strich über ihren Nacken und ein loser Schweißtropfen rollte aus ihren Haaren.

Sie fuhr sich mit der Hand über die Stirn und warf einen Blick in beide Richtungen. Nachdem ein Auto vorbeigerollt war, überquerte sie eilig die Straße und bog nach links ab in Richtung eines heruntergekommenen Stadtteils.

Dies war kein Teil der Stadt, in den sie sich je nachts alleine wagen würde, aber jetzt, da die Sonne über dem Horizont aufging, fühlte sie sich sicher genug, um ihn zu durchqueren, ohne sich Sorgen machen zu müssen, überfallen zu werden.

Dies war ein Gebiet mit hoher Kriminalität, besonders nach Einbruch der Dunkelheit. Obwohl Drogen in der Nachbarschaft reichlich vorhanden waren, gab es hier auch viele ältere Menschen. Das waren die Menschen, die dort ihr ganzes Leben gelebt hatten und es sich nicht leisten konnten, auszuziehen. Ihre Nachbarschaft war von den Drogendealern übernommen worden und die älteren Menschen konnten nirgendwo hin.

Sie blieb stehen, als sie bei Mrs. Willis' Haus ankam. Das Schrotflintenhaus, das vor vielen Jahren in strahlendem Gelb lackiert worden war, hatte schon bessere Tage gesehen. Nach Stürmen wie dem Hurrikan Katrina hatte das Haus eher die

Farbe einer mit Kaffee befleckten Tischdecke als eines hellen freundlichen Gelbs. Ein weißer Lattenzaun, von dem die Farbe abblätterte, und das kleine Tor, das in der Mitte durchhing, waren weitere Beweise dafür, dass das Haus verfallen war.

Ab und zu kniff Catty ihre Augen zusammen und stellte sich das Haus in seiner glorreichen Zeit vor, als es wie ein malerisches Porträt des typischen amerikanischen Traums aussah. Es war ein Segen, dass Mrs. Willis vor einigen Jahren aufgrund ihres unbehandelten Grünen Stars erblindet war. Es würde sie sehr traurig machen, wenn sie wüsste, wie ihr Haus jetzt aussah.

Sie stieß das kaputte Tor auf und ging den unebenen Ziegelsteinweg zur Haustür entlang. Die Veranda war klein und leer mit einem alten weißen Schaukelstuhl. Im Frühjahr war Catty vorbeigekommen und hatte einige violette Petunien an der Veranda aufgehängt. Mrs. Willis mochte den Geruch und hatte Catty versichert, dass sie sehr schön waren. Für einige mag es wie eine reine Geldverschwendung anmuten, da Mrs. Willis die Blumen niemals sehen würde, aber das war es wert, wenn es der alten Frau ein Lächeln auf die Lippen zaubert.

Sie klopfte energisch an die Holztür. „Mrs. Willis, ich bin es, Catty."

Sie warf einen Blick auf den ungepflegten Hof des Nachbarn. Das Gras musste dringend gemäht werden und die Büsche neben dem Haus sahen aus, als wären sie seit über einem Jahr nicht mehr geschnitten worden. Eine alte Lincoln-Limousine stand auf dem Hof und ruhte mit nackten Rädern auf vier Holzklötzen.

Die anderen Häuser auf der Straße waren auch nicht viel besser. Mrs. Willis würde zusammenbrechen, wenn sie sehen könnte, wie sehr die Nachbarschaft heruntergekommen war.

Sie hatte versucht, Mrs. Willis zu einem Umzug zu bewegen, aber die alte Dame war stur. Sie sagte, es sei achtzig Jahre lang ihr Zuhause gewesen und sie würde nicht umziehen. Sie sagte, die einzige Art und Weise, wie sie ihr Zuhause verlassen würde, sei in einem Sarg.

Die Tür knarrte auf und enthüllte Mrs. Willis in einem einfachen gelben Baumwollkleid und einer grauen Schürze.

„Catty, Liebes." Die Aufregung in Mrs. Willis' Stimme berührte sie und plötzlich verspürte sie etwas Heimweh. „Ich habe dich heute nicht erwartet. Komm rein, komm rein."

„Es ist mein freier Tag und ich wollte Sie besuchen kommen." Sie umarmte die Frau und atmete den wohlriechenden Duft des Drogerieparfüms ein.

„Ich bin froh, dass du gekommen bist. Ich bin mir nicht sicher, ob ich Kekse für Tee habe, aber du kannst gern nachsehen." Mrs. Willis legte ihre Hand auf ihre Kehle und runzelte die Stirn. Da sie im Süden aufgewachsen war, war es ihr sehr wichtig, eine gute Gastgeberin zu sein, auch nachdem sie ihr Augenlicht verloren hatte.

„Ich habe ein paar Beignets gegessen und könnte unmöglich noch etwas essen", lehnte sie höflich ab, als sie eintrat. Der Lüfter an der hohen Decke erzeugte eine leichte Brise und war eine willkommene Erleichterung von der Hitze.

Sie sah sich um und bemerkte den Staub auf dem Beistelltisch neben der Couch.

„Ich hoffe, ich habe Sie nicht gestört. Ich wollte eigentlich nicht einfach so bei Ihnen auftauchen." *Aber ich brauchte einen sicheren Ort vor Luciens Augen.*

So wie er sie ansah, hatte sie bei diesem Mann ein gewisses Gefühl verspürt. Sie wollte der Emotion keinen Namen geben. Er war vielleicht heiß, aber er war gefährlich. Und sie hatte genug von gefährlichen Werwölfen. Sie wollte jemand sicheren.

Im Moment würde eine Beziehung warten müssen. Ihr Liebesleben war offiziell sekundär geworden.

„Du weißt, ich liebe es immer, dich zu sehen, Liebes."
Mrs. Willis klopfte mit ihrem Stock auf den Boden, als sie ins
Wohnzimmer schlurfte. „Shelly kam gestern und hat geputzt.
Es war nicht ihr normaler Tag, aber sie sagte, sie brauche
zusätzliches Geld für Schulkleidung, also ließ ich sie
machen."

Catty biss die Zähne zusammen. Shelly war die Enkelin
von Mrs. Willis. Sie hatte sie einige Male getroffen. Sie war
einmal gekommen, als Catty zu Besuch war, und hatte ihre
Großmutter nach Geld gefragt. Mit ihren dunklen Haaren
und blauen Augen war Shelly attraktiv und wusste, wie sie
sich anziehen musste, um ihren Körper zu betonen. Sie hatte
keine Tätowierungen oder Piercings und schien nett zu sein.
Aber da war etwas an dem Mädchen, dem Catty nicht traute.

Als sie herausfand, dass Shelly Mrs. Willis' Haus für
Geld putzte, hatte sie sich vorgenommen, die Möbel und
Böden zu überprüfen, wenn sie zu ihr kam. Zwar wurden
die Böden gefegt und Gegenstände wurden aufgehoben,
aber eine gründliche Reinigung fand keineswegs statt.
Nichts war abgestaubt, die Toiletten waren nicht geputzt
und die Teppiche wurden nicht gesaugt. Sie wollte Mrs.
Willis mit ihrem Verdacht in Bezug auf ihre faule Enkel-
tochter aber nicht beunruhigen, deshalb hielt sie
den Mund.

„Mag sie die Schule immer noch?" Sie versuchte ihren
Ton locker zu halten, als Mrs. Willis in Richtung ihres
Schaukelstuhls schlurfte. Catty legte sanft ihre Hand auf den
Arm der Frau, um sie zu begleiten.

„Ja, sie ist gut in der Schule. Sie sagt, dass sie im Unter-
richt gut vorankommt." Mrs. Willis setzte sich in den Schaukelstuhl, der seit Generationen im Besitz ihrer Familie war.
Und obwohl er wie eine Maus quietschte, versicherte sie
stets, dass sie ihn liebte und es keinen Grund gäbe, einen
andere zu kaufen.

„Du bist mächtig früh auf. Musstest du letzte Nacht arbeiten?", fragte Mrs. Willis.

Catty biss sich beunruhigt auf die Lippe, als ihr Job zur Sprache kam. Sie hatte Mrs. Willis angelogen, als sie gefragt hatte, was sie beruflich machte. Sie wusste, wie die Frau reagieren würde, fände sie heraus, dass sie eine Stripperin war. Stattdessen hatte sie ihr erzählt, dass sie in einem Supermarkt arbeitete.

„Ich mache mir Sorgen, weil du so spät in der Nacht arbeiten musst. Nachts ist es besonders schlimm mit der Kriminalität in der Stadt, wenn die Leute glauben, Gott würde nicht hinsehen. Aber glaub mir, Gott schaut immer zu."

Catty drehte sich der Magen um. Das war es, wovor sie Angst hatte.

„Ich war in der Gegend und dachte, ich sollte bei Ihnen vorbeigehen und sehen, ob Sie etwas brauchen oder ob ich etwas für Sie tun kann."

„Wie lieb von dir. Weißt du, Shelly kann Besorgungen für mich erledigen, aber in letzter Zeit hatte sie es eilig, wenn sie vorbeikam. Sie hat keine Zeit für einen ordentlichen Besuch." Sie schüttelte den Kopf und lehnte ihren Stock gegen ihr Knie.

„Ich bin sicher, dass sie viel zu tun hat." Sie war sich allerdings nicht sicher, womit sie beschäftigt sein sollte.

„Wie wäre es, wenn ich Ihnen eine Tasse Tee mache?" Catty stand auf, bevor Mrs. Willis Nein sagen konnte.

„Du bist so aufmerksam, Liebes. Danke."

Sie ging in die Küche und runzelte die Stirn, als sie den Zustand der Schränke sah. Sie waren alle offen und das Geschirr darin durcheinander. Keinesfalls so, wie Mrs. Willis normalerweise ihre Küche aufgeräumt haben wollte.

Sie füllte den Teekessel schnell mit Wasser und stellte ihn auf den Herd. Sie drehte die Hitze hoch und richtete ihre

Aufmerksamkeit wieder auf die Schränke. Sie ging zum ersten und räumte das Geschirr so leise wie möglich ein.

„Findest du dich zurecht, Catty?"

„Jawohl, meine werte Dame. Ich hole Ihnen Ihr hübsches Porzellan heraus", log sie.

Nachdem sie die Teller aufgeräumt hatte, schloss sie den Schrank und ging zum nächsten über. Sofort erspähte sie das blau-weiße Porzellanmuster. Das komplizierte Muster war keine Fälschung und sie wusste, dass das Set schon seit Jahren im Besitz von Mrs. Willis' Familie sein musste. Es war sicher sehr wertvoll. Catty war immer besorgt, dass jemand einbrechen und es stehlen und Mrs. Willis dabei verletzen würde.

Der Wasserkocher pfiff, als sie mit dem Aufräumen der Schränke fertig war. Sie stellte zwei Tassen und Untertassen auf die Theke, fand die Teekanne und zog zwei Teebeutel heraus.

Sie goss das heiße Wasser über die Beutel und sah zu, wie das Wasser hellbraun wurde. Sie öffnete den Schrank, um das silberne Tablett herauszunehmen.

Es war nicht da. Vielleicht war es woanders abgelegt worden, als Shelly sauber gemacht hatte.

Sie fand stattdessen ein Holztablett und stellte die Tassen darauf. Sie schnappte sich ein paar Zitronenkekse, die sie in der Speisekammer gefunden hatte, und legte sie ebenfalls auf das Tablett.

„Bitte sehr." Catty lächelte, als sie das Tablett auf den Couchtisch stellte.

Sie reichte Mrs. Willis eine Tasse auf einer Untertasse, bevor sie sich auf die Couch setzte und ihren Tee auf ihren Schoß stellte.

„Ah, auch Kekse. Du bist so ein Schatz, Catty. Deine Mutter muss so stolz sein, so ein tolles Mädchen wie dich zu haben."

Sie zuckte zusammen. Ihre Mutter wäre alles andere als stolz.

„Also sag mir, was dich heute wirklich hierher bringt." Mrs. Willis nahm einen Schluck von ihrem Tee, als sich ein Lächeln um ihre runzligen Lippen legte. „Ich sehe vielleicht nicht so gut, aber ich merke es, wenn ein Mädchen Probleme mit einem Mann hat. Du, mein liebes Mädchen, hast so ein Problem. Willst du mir seinen Namen sagen?"

KAPITEL 10

„*H*urensohn." Barrett warf das Päckchen quer durch den Raum und ballte die Hände zu festen Fäusten. Sein Herz klopfte, als die Wut in seinem Bauch anschwoll.

Er wusste, ohne sie zu öffnen, was die Kiste beinhaltete. Der eiserne Blutgeruch durchdrang den Raum und ließ die Wut durch seine Adern pulsieren.

Sein Blick wanderte durch den Raum, bevor er auf dem fleckigen Stück Papier landete, das auf seinem Schreibtisch lag. Es hatte an der Außenseite des Pakets geklebt, das der FedEx Mann zugestellt hatte. Der Mann konnte gar nicht schnell genug wegkommen, nachdem Barrett ihn mit einem bedrohlichen Blick bedacht hatte. Der Zusteller war ein Mensch gewesen und hatte keine Ahnung von dem schrecklichen Inhalt der Kiste gehabt.

Er warf einen Blick auf das kaum lesbare Gekritzel.

„Ihre Wölfe werden für Ihre Arroganz bezahlen, Barrett. Seien Sie sich dessen sicher. Ich werde jeden Wächter häuten, bis keiner von ihnen mehr übrig ist."

Im Inneren der Schachtel war eine Hand. Er konnte nur vermuten, dass es Heimys war.

Seine Gedanken rasten, als er versuchte, dahinterzukommen, wer hinter einer so schrecklichen Tat stecken könnte. Er wusste, dass er als Rudelführer sicherlich viele Werwölfe verärgert hatte, aber es gab nichts, was diese Art von Vergeltung verlangte.

Ein schweres Klopfen erklang an der Tür. Bevor er demjenigen sagen konnte, dass er zur Hölle gehen sollte, öffnete sich die Tür und Jaxon trat ein.

Jaxon musste den Ausdruck auf Barretts Gesicht gesehen haben, denn er blieb sofort stehen. Seine Augenbrauen zogen sich zusammen und seine Nasenflügel flackerten, als er den schwachen Geruch von Blut wahrnahm.

„Ist hier jemand gestorben?"

„Noch nicht", knurrte Barrett.

Jaxon hob die Hände und seine Augen verengten sich. „Hat das etwas mit Lucien zu tun?"

„Vielleicht."

„Wenn er Hilfe braucht, dann schick mich." Jaxon hob das Kinn, als würde er sich auf Barretts Zorn vorbereiten.

„Er braucht keine Hilfe. Er kommt gut allein zurecht." Barrett warf einen Blick auf das Rudelführer-Siegel, dass die Wand bedeckte. *Dienen und beschützen.* Das war die Aufgabe der Wächter. Sie riskierten ihre Leben für die zivilen Werwölfe. Wer würde also sein Leben für die Wächter riskieren?

Das Ganze machte ihn wahnsinnig wütend.

„Ich weiß, dass du ihn auf eine Mission geschickt hast und er hat mir nichts darüber verraten, wohin er wollte. Aber wenn er in Schwierigkeiten steckt, dann sag es mir, damit ich ihm helfen kann."

Barrett drehte sich zu dem jüngeren Werwolf um und

schnappte ihn am Kragen seines T-Shirts. Er hob ihn vom Boden und hielt ihn auf Augenhöhe.

„Versuch mir nicht zu sagen, wie ich meine Arbeit erledigen soll, Jaxon. Du vergisst deinen Platz." Adrenalin schoss durch seinen Körper. Seine Muskeln verlangten danach, etwas zu schlagen, bis es blutete.

„Beruhige dich, Mann", sagte Jaxon ruhig.

Das musste er Jaxon lassen. Er war kein Feigling, wenn man ihn in die Mangel nahm. Er bettelte auch nicht.

Barrett blinzelte, löste seinen Griff und trat zurück. Sein Magen verkrampfte sich voller Bedauern. Er hatte noch nie Hand an einen seiner Wächter gelegt.

„Mein Fehler, Boss." Jaxon erhob seinen Kopf, zog sich aber nicht zurück. „Ich hätte meine Grenzen nicht überschreiten dürfen." Er fuhr sich mit der Hand durch sein Haar. „Es ist nicht so, dass ich dir nicht vertraue. Ich mache mir Sorgen um Lucien."

„Ich weiß." Barretts harter Blick landete auf dem Paket. Er machte sich auch Sorgen um seinen Wächter. Aber Jaxon musste das nicht wissen.

„Ich werde es dich wissen lassen, wenn ich dich brauche, Jaxon."

Jaxon nickte und sah aus, als wollte er noch etwas sagen, sich aber eines Besseren besann. Ohne ein weiteres Wort wandte sich der Werwolf zur Tür und verließ den Raum.

Barrett musste richtig damit umgehen, die Dinge ruhig halten. Er würde nicht zulassen, dass noch einer seiner Männer verletzt wurde, weil er es geschafft hatte, irgendeinen Psychopathen zu verärgern.

Sein Bauch sagte ihm, dass es in dieser Angelegenheit keine einfachen Entscheidungen gab. Er setzte alles auf Lucien.

Wenn Lucien nichts herausbekam, waren sie alle so gut wie tot.

* * *

LUCIEN WARTETE in den dunklen Schatten eines heruntergekommenen Hauses. Er konnte sich nicht vorstellen, warum sich Catty in diesem Teil der Stadt aufhielt, wenn sie nicht etwas vorhatte. Vielleicht war sie abhängig von irgendwelchen Drogen und er hatte es nicht bemerkt.

Seine Augenbrauen zogen sich zusammen, als er sich an ihre Treffen erinnerte. Er schüttelte den Kopf. Sie nahm keine Drogen. Sie hatte weder die üblichen Anzeichen von Drogenkonsum noch hatte er es an ihr riechen können.

Ihr Duft.

Er schloss die Augen und atmete tief ein. Sie roch heiß und süß, wie eine Brise, die mitten in einem sengend heißen Sommer vom Meer wehte.

Ihr Duft war so einzigartig wie ihr frecher Mund. Wer hätte gedacht, dass sie so willensstark wie Zane wäre?

Er stieß ein leises Kichern aus, als er versuchte, sich vorzustellen, wie ihr Leben gewesen sein musste, während sie aufwuchs. Und was war passiert, dass sie hier gelandet war?

Er hatte die Angst in ihren Augen gesehen, als sie dachte, ihre Eltern hätten ihn geschickt, um sie zu finden. Und die Enttäuschung, die folgte, als er sagte, ihre Eltern hätten ihn nicht geschickt.

Catty verbarg sich hinter einer Mauer. Eine Grenze, die sie zwischen sich und den Männern, für die sie tanzte, gezogen hatte. Er hatte im Club gesehen, wie sie ihre Maske der Sexualität aufgesetzt hatte, und er hatte es gesehen, als sie sie nicht aufrechterhalten konnte.

Sie gehörte nicht in die Eingeweiden dieser Hölle.

Er roch einen Hauch von Marihuana. Er drehte seinen Kopf in Richtung des Rauches und sein Blick traf auf einen pickeligen Drogensüchtigen.

„Bist du auf der Suche nach einer Party?" Der Mann nickte zu seinem Joint und blickte nervös über seine Schulter.

Lucien bezweifelte, dass die Polizei es wagen würde, sich in diese Crack-verseuchte Gegend zu wagen.

„Nein", knurrte er und schaute zurück zum Haus.

„Ich habe auch härteres Zeug, wenn du das lieber willst, Mann." Der Mann steckte seine Hand in seine Jeans-Tasche und zog einen Beutel mit Crack heraus. Seine Hand zitterte, als er sie ausstreckte.

„Kapierst du es nicht? Zisch ab!" Er beugte sich nach vorne und machte einen Schritt auf den Kerl zu.

Die Augen des Anderen weiteten sich, als er verstand, dass er abhauen sollte. Er steckte seinen Beutel mit Drogen in die Tasche und rannte die Straße hinunter.

„Dämliches Arschloch." Lucien sah den Kerl an, bis er die Gasse entlang verschwand.

„Was hast du in dieser Gegend erwartet?", fragte Catty.

„Ich könnte dir dieselbe Frage stellen. Du kommst mir nicht wie ein Junkie vor." Er drehte sich um und sah Catty an. Sie hatte es geschafft, sich an ihn heranzuschleichen. Das war nicht gut. Das war ganz und gar nicht gut.

„Ich bin ja auch keiner." Sie schaute ihn mit einem stechenden Blick an und verschränkte die Arme über ihrer fantastischen Brust. „Aber das wusstest du schon. Lüge mich nicht an. Ich weiß, dass du keine Drogen an mir riechen kannst."

„Warum hältst du dich in dieser Gegend auf? Weißt du nicht, was solche Jungs mit Mädchen machen, die wie du aussehen?" Er knurrte beinahe die Worte, als noch so eine Gestalt vorbeiging und Catty offen ansah.

„Ich schaue hier nach einer Freundin." Sie verengte ihren hübschen Blick und er glaubte für einen Moment, dass Flammen aus ihren Augen schießen würden.

Er trat näher an sie heran.

„Ach ja? Wer ist diese Freundin?" Er ballte die Hände zu Fäusten an seinen Seiten, um sie nicht an den Armen zu packen. Ihre Unverschämtheit stieß ihm auf eine Weise auf, die er nicht beschreiben konnte. Er war aus einem bestimmten Grund hier, einer Mission. Und er hatte absolut keine Zeit für ihre frivolen Spielchen.

„Nun, wenn du es wissen musst ..." lächelte sie. „Der Name meiner Freundin ist Fick Dich Selbst." Sie zeigte ihm einen Vogel, drehte sich auf dem Absatz um und marschierte den Bürgersteig entlang.

Das Blut pochte zwischen seinen Ohren. Mit wem glaubte sie, dass sie es zu tun hatte?

Er stieß sich von der Seite des Hauses ab und ging ihr nach.

Er packte ihren Ellbogen mit seiner Hand und wirbelte sie herum. „Kein Wunder, dass deine Familie nicht nach dir gesucht hat."

Ihre Zuversicht glitt von ihrem Gesicht und für einen Moment sah er ein kleines verletztes Mädchen.

Sein Magen verkrampfte sich. Das war ein Tiefschlag. Er hätte es nicht einmal ansprechen dürfen. Er hatte sie verletzen wollen, um eine echte Reaktion zu sehen. Aber selbst er hatte nicht diese Reaktion gewollt.

Er ließ seinen Griff los und milderte seine Stimme.

„Entschuldigung. Das hätte ich nicht sagen sollen." Er fuhr sich mit der Hand durch sein Haar.

Sie zuckte mit den Schultern und setzte wieder die Gleichgültigkeit auf, die sie so geübt auf dem Gesicht trug. „Selbst wenn du es nicht gesagt hättest, würdest du es immer noch denken. Also ist es dasselbe. Du denkst, weil ich eine Stripperin bin, muss ich eine Hure sein, drogenabhängig sein. Für dich bin ich ein Niemand. Ein Niemand, der keine Familie hat."

„Das ist nicht fair. Und es ist nicht das, was ich ...“ Er schaute auf den Boden und steckte die Hände in die Taschen. Seine Brust schmerzte und er verlagerte sein Gewicht.

„Hör auf.“ Sie hielt ihre Hand hoch. „Hör einfach auf. Es ist egal.“ Sie warf einen Blick auf das Haus, das sie besucht hatte, und nickte. „Wenn du wissen willst, was ich hier gemacht habe, dann schau selbst.“

Er sah auf und die Haustür ging auf. Eine zierliche ältere Frau trat auf die Veranda. Sie hatte eine große dunkle Sonnenbrille und einen Stock. Lucien wusste sofort, dass die Frau blind war.

„Ist sie eine Verwandte?“ Er fühlte sich wirklich wie ein Arsch. Er war nicht besser als sein Bruder. Statt mit Gewalt tat Lucien mit seinen Worten weh.

Ihr Gesicht wurde weicher. „Nein. Nur jemand, der freundlich zu mir war, als ich hierhergezogen bin. Ich traf sie eines Tages im Supermarkt. Ihre Pflegerin war high und versuchte, ihr Geld an der Kasse zu stehlen, und ich ertappte sie dabei. Seitdem habe ich mich um sie gekümmert. Sie hat nicht viele Besucher, also schaue ich nach ihr.“ Sie zuckte mit den Schultern.

„Du hilfst ihr.“ Er kniff die Augen zusammen und rieb sich mit seiner Hand über das Gesicht.

„Ja, nun, vielleicht mache ich es, um mein Karma auszugleichen.“ Sie grinste und ging weg. „Du weißt schon, um meine Sünden auszugleichen.“

Er zwang seine Füße, sich zu bewegen und holte sie ein. „Es tut mir leid. Ich habe das, was ich gerade gesagt habe, nicht so gemeint. Ich kenne dich nicht, also kann ich dich nicht beurteilen.“

Sie sagte nichts.

Sie würde es ihm schwer machen. Wenn er Informationen wollte, würde er zu Kreuze kriechen müssen.

Er atmete tief ein und aus. „Mein Karma sieht momentan

nicht sonderlich positiv aus. Hast du irgendwelche Vorschlä-
ge?" Er begegnete ihrem Blick.

Ihre Mundwinkel zuckten und drohten zu einem Lächeln
auszubrechen. „Vielleicht solltest du deine Nase nicht in
meine Angelegenheiten stecken. Das wäre ein toller Start."

„Ich wünschte, ich könnte das." Er konnte es wirklich
nicht. Er musste die vermissten Wächter und dann seinen
Bruder finden. „Catty, es gibt Dinge, die ich hier herausfinden muss. Deswegen bin ich hier. Ich denke, du weißt
vielleicht etwas darüber, wonach ich suche."

Sie blieb stehen und trat nah an ihn heran. Da war es
wieder. Das heiße Kribbeln, das zwischen ihnen entstand,
obwohl sie sich nicht berührten. Es war heiß genug, ohne
dass sie so nahe bei ihm stand, aber gütiger Gott, es schien
ihr Innerstes wie einen Vulkan explodieren zu lassen.

Sie neigte ihren Kopf und starrte ihn mit harten
Augen an.

„Süßer, ich bin sicher, es gibt viele Frauen, die alles tun
würden, was du willst. Aber ich weiß wirklich nicht, wovon
du sprichst. Vielleicht ist das der Grund warum ich noch
lebe. Ich versuche, unsichtbar zu bleiben." Sie schüttelte den
Kopf und trat zurück. „Entschuldige, aber ich bin nicht dein
Mädchen."

„Ich denke schon, dass du das bist." Er holte seine Geld-
börse hervor und zog etwas Geld heraus.

„Wenn du willst, dass ich dir eine Lüge erzähle, damit du
mir etwas Geld bezahlen kannst, dann mach genauso weiter."
Sie presste ihre vollen Lippen wütend zu einem schmalen
Strich zusammen.

„Wie viel?"

„Wofür? Schau mal, ich habe dir gesagt, ich habe keine
Informationen." Ihre Augen verengten sich.

„Wie viel für eine Nacht?"

Ihre Augen weiteten sich und ihr fiel die Kinnlade runter.

Sie drückte ihren Mund zusammen und ballte ihre Hände zu Fäusten. „Hör mal, Arschloch, ich bin keine Hure."

„Ich habe nicht behauptet du wärst eine." Er sah sich um, als ein paar Kerle vorbeigingen, die Catty mit Interesse beäugten. „Und du musst deine Stimme senken", zischte er.

Ein Typ blieb vor ihnen stehen und nickte Catty zu. „Wenn du sie nicht nimmst, werde ich es tun." Er griff in die Tasche und zog einen Zwanzig-Dollar-Schein heraus. „Wie viel für einen Blowjob, Schätzchen?"

Flüssiger Zorn erfüllte Luciens Blick, als der Mann Cattys Arm packte. Er verpasste dem Kerl einen harten Schlag in sein Gesicht und schlug ihn zu Boden.

„Wage es nicht, sie anzufassen." Er riss den Kerl am Kragen seines fleckigen T-Shirts vom Boden. Die Augen des Mannes rollten in seinem Kopf zurück und sein Kopf kullerte zur Seite. Lucien schlug ihm noch einmal ins Gesicht.

„Lucien, hinter dir!" Catty schrie auf.

Er ließ den Kerl los, der zu Boden fiel. Schmerz zog sich durch seine Schulter. Er wirbelte herum. Ein Mann hielt ein Messer, das noch sein Blut an der Klinge hatte. Der Kerl hatte Lucien in den Arm geschnitten.

Adrenalin pumpte durch seine Adern und durchströmte seinen Körper. Wut ersetzte den Schmerz. Rache ersetzte die Kontrolle.

Er sah von der Wunde in seinem Arm auf, traf den Blick des Angreifers und lächelte.

„Jesus, Alter. Was für einen Scheiß hast du genommen, dass du das nicht spürst?" Der Kerl wich zurück und stolperte über seine eigenen Füße, als er versuchte wegzulaufen.

„Lucien, wir müssen gehen." Catty zog an seinem Arm.

Er richtete seinen Blick von dem Arschloch, das ihn verletzt hatte, zu dem am Boden liegenden Typen. Sie zogen schnell eine Menschenmenge an, als Schläger wie Kaker-laken aus den Häusern strömten.

„Wir müssen gehen", sagte Catty.

Er sah sich um. Er mochte vielleicht ein Werwolf sein, aber da waren dreißig Menschen, die entweder betrunken oder high waren und alle waren sie bewaffnet. Selbst wenn er es mit ihnen aufnehmen könnte, bestand eine hohe Chance, dass Catty verletzt werden würde. Er konnte es nicht riskieren. Er musste sie von hier wegbringen.

„Komm." Er nahm ihre Hand und eilte die nächste Gasse entlang.

KAPITEL 11

„*L*ucien." Catty riss ihre Hand aus seiner und hielt an.

„Was ist?" Er drehte sich um und stierte Catty an.

„Dein T-Shirt und deine Jacke sind mit Blut getränkt." Sie streckte die Hand aus und berührte seinen Rücken. Sie hielt ihre blutbefleckten Finger hoch. „Man kann das Blut auf deiner Jacke zwar nicht erkennen, aber du hinterlässt bei jedem Schritt, den du gehst, eine Blutspur."

Er atmete zischend ein, als seine Zellen begannen, den brennenden Schmerz zu registrieren.

„Jemand wird die Polizei anrufen, wenn er all dieses Blut sieht. Wir müssen dich verarzten. Jetzt." Sie begegnete seinem Blick.

Er sah die Straße hinauf zu seinem Hotel. „Mein Hotel ist fünf Blocks von hier entfernt."

Sie schüttelte den Kopf. „Nein, das ist zu weit. Meine Wohnung ist näher." Sie griff seufzend nach seiner Hand. „Komm schon, hier entlang." Sie bog links ab und blieb dicht am Gehweg. Die Leute begannen sich zu rühren und er bemerkte einige Blicke von Leuten, an denen sie vorbeigingen, die aber nichts sagten.

Als sie es bis zu ihrer Wohnung geschafft hatten, hämmerte seine Schulter vor Schmerzen. Er war sich nicht sicher, ob die Nässe an seinem Hemd Blut oder Schweiß war, aber er vermutete, dass es ein bisschen von beidem war.

Sie eilte durch die Eingangstür des Gebäudes. Das Äußere gab nicht viel her, alter Ziegelstein, an dessen einer Seite Efeu wuchs. Als er das dunkle Foyer betrat, bemerkte er, dass das Dekor nicht besser wurde.

„Wir sollten die Treppe nehmen, dann sind wir schneller."

Sie hatte recht.

Sie traten in den dritten Stock. Es gab eine alte Tapete und die gedämpfte Beleuchtung erhellte die dunklen, schmuddeligen Böden nur wenig. Vor langer Zeit war der Komplex wahrscheinlich stilvoll und schön gewesen, aber die Zeit und die fehlende Erhaltung hatten sich durch ihre Schönheit gefressen und ihren Glanz getrübt. Das Gebäude befand sich am Rande des gefährlichen Teils der Stadt und wenn der Stadtrat nicht beschloss, diesen Teil der Stadt zu sanieren, würde es weiter verfallen.

Sie kramte in ihrer Tasche nach ihrem Schlüssel und schloss die Tür auf. Sie winkte ihn mit der Hand hinein.

Er trat ein und nahm sofort den sanften Duft von Jasmin wahr. Sein Blick streifte durch den kleinen Raum und landete auf den Kerzen, die auf dem Nachttisch standen. Die Holzböden knarrten unter seinen Füßen, als er weiter in den kleinen Raum ging. Es war wie ein Loft mit einem Bett in der Mitte, wo ein Wohnzimmer hätte sein sollen.

„Setz dich und lass mich mal deine Schulter anschauen." Sie nickte zu ihrem Bett.

„Ist schon in Ordnung. Gib mir ein paar Bandagen und ich mache es selbst." Auf keinen Fall würde er zulassen, dass sie ihn berührte. Sie würde ihm wahrscheinlich bei der erst-besten Gelegenheit die Kehle aufschlitzen.

„Bist du immer so unhöflich?"

„Ich bin nicht unhöflich." Er war ehrlich. Da bestand ein großer Unterschied.

„Setz dich." Sie nickte in Richtung des Betts. Er gab zögerlich nach. Die Matratze quietschte unter seinem Gewicht. Der Schmerz in seinem Arm passte zu dem Schmerz in seiner Schulter.

Er warf einen Blick durch den Raum und studierte ihre Wohnung. Es war ein Studio-Apartment mit Holzfußboden und Ziegelmauern. Das Schlafzimmer und das Wohnzimmer befanden sich im selben Raum und rechts davon befand sich eine kleine Küche, nur durch einen Vorhang getrennt. Eine Tür führte aus dem Wohnzimmer in ein kleines Badezimmer.

Im ganzen Raum waren persönliche Dinge verteilt, wodurch sich der kleine dunkle Raum weniger eng anfühlte.

An der Wand stand ein kleiner Schreibtisch, der zugleich als Schminktisch fungierte. Darauf waren Lippenstifte und Lidschatten verstreut und auch ein Laptop stand darauf.

Ihr Bett hatte kein Kopfteil, war aber mit einem Haufen Kissen in allen Rosatönen dekoriert. Die Bettdecke passte zu den Kissen.

Er bemerkte ein seidiges Tanktop und das passende Höschen in der Nähe seines Stiefels. Er ignorierte den sengenden Schmerz in seiner Schulter, bückte sich und hob die rosafarbenen Kleidungsstücke auf.

Er roch daran. Sie hatte letzte Nacht darin geschlafen und ihr Duft haftete noch daran.

Er schloss die Augen, als sich sein Schwanz vor Geilheit bewegte und so hart wurde, dass es schmerzte. Seine Hand umklammerte die Bettdecke, als er darum kämpfte, die

Bilder von Cattys leicht bekleidetem Körper aus seinem Kopf zu bekommen.

„Hier, nimm das."

Er starrte sie an. Sie drückte ihm ein Glas, das halb mit bernsteinfarbener Flüssigkeit gefüllt war, in die Hand. Ein scharfer Hauch verriet ihm, dass es Jack Daniels war. Er hasste Jack Daniels.

„Es wird gegen die Schmerzen helfen." Sie sah ihn ernst an.

Das Adrenalin verließ seinen Körper und der Schmerz nahm mit jedem Atemzug zu. Er setzte das Glas an seinen Mund und trank den gesamten Whiskey in einem Zug. Er verzog das Gesicht, als die Flüssigkeit seinen Hals hinunterrann.

„Kein Fan von Whiskey?"

„Ich bevorzuge Bier."

„Ich mag ihn auch nicht", gab sie zu. „Eine meiner Freundinnen hat die Flasche beim letzten Mal hier gelassen. Irgendein Typ im Club hatte ihn ihr gegeben." Sie kniete sich auf das Bett und legte ihr Verbandsmaterial neben sich. „Zieh deine Jacke aus."

Er betrachtete sie einen Moment, zog dann zögerlich die Lederjacke von seinen Schultern und legte sie über seinen Schoß.

„Dieser Schnitt ist nicht allzu tief." Sie wickelte eine weiße Binde um die Wunde an seinem Arm und klebte sie fest. Als sie fertig war, griff sie nach dem Saum seines Shirts.

Er schlang seine Finger um ihr Handgelenk. „Das T-Shirt bleibt an."

„Aber wie kann ich die Blutung an der Schulter stoppen, wenn du dein Shirt noch an hast?"

„So." Er riss den Ärmel seines T-Shirts ab und schob ihn über seinen Bizeps.

Sie schüttelte den Kopf, sagte aber nichts. Vielleicht war

sie zu dem Schluss gekommen, dass es besser wäre, nicht mit ihm zu streiten.

„Dieser Schnitt ist tiefer. Wenn du ein Mensch wärst, müsste er genäht werden."

„Dann ist es ja gut, dass ich ein Werwolf bin."

„Ja, gut", murmelte sie. Ihr Haar streifte seinen Bizeps, als sie ihn verarztete. Sein Körper wurde warm und fester. Ihr Geruch war überall um ihn herum und hielt ihn mit unsichtbaren Händen gefangen – schloss ihn ein und weigerte sich, ihn gehen zu lassen.

„Ist deine Freundin auch eine Stripperin?" Er nickte zu der Whiskey-Flasche.

„Das ist sie. Hast du ein Problem mit Stripperinnen?" Sie hielt den Verband über seine Wunde und reckte ihren Hals über seine Schulter, um seinen Blick erwidern zu können.

Ihr Duft und die Hitze ihres Körpers fühlten sich an wie der Blitz eines Sommergewitters. Er atmete tief ein und er hätte schwören können, dass er sie an seinen Lippen schmecken konnte.

„Nein, habe ich nicht." Er biss die Zähne zusammen. Sie war viel zu nahe für seinen Geschmack. „Du verstehst das falsch."

Ihr Mund öffnete sich und es erforderte seine ganze Kraft, um nicht die letzten drei Zentimeter näher zu rücken und seine Lippen gegen ihre zu drücken. Als er seinen Blick auf ihre Augen richtete, wurde ihm klar, dass sie ihn dabei erwischt hatte, wie er ihren Mund anstarrte.

„Denk nicht einmal daran." Sie stierte ihn an.

„Woran soll ich nicht denken?" Er schluckte.

„Denk nicht daran, mich zu küssen." Sie sah ihn an, als könnte sie ihn mit ihren Blicken töten. „Dich zu küssen ist das letzte, was ich tun sollte."

Er reagierte instinktiv, bevor sein Verstand verarbeiten konnte, was er tat.

Er legte seine Hand um ihren Nacken und näherte sich ihr, bis sich ihre Lippen berührten. Sein Mund bedeckte ihren, hart und unerschrocken.

Er schob seine Zunge in ihren Mund und schmeckte ihre würzige Süße. Er knurrte, als er den Kuss vertiefte. Er wollte sie in ihrer Gänze schmecken, um sie ein für alle Mal aus dem Kopf zu bekommen.

Sie drückte ihre Hand gegen seine Brust und unterbrach den Kuss.

„Anscheinend hörst du nicht zu", sagte sie atemlos. „Ich sagte, du sollst mich nicht küssen." Sie stieß sich weg und ging in die Küche.

Was hatte er getan? Mit brennendem Körper zitternd vor Lust, stand er auf und ging zum Fenster. Er musste auf etwas schauen, das nicht sie war.

Er wünschte, er würde bereuen, was er getan hatte. Aber das tat er nicht. Er wünschte, er hätte sie aus seinem System entfernt. Aber das hatte er nicht. Er wünschte, er würde sie nicht noch einmal küssen wollen. Aber er wollte sie nochmal küssen.

Er stützte seinen Arm am Fensterrahmen ab und betrachtete den Boden.

Er hatte die Kontrolle verloren.

Eine Vision seines Bruders hallte in seinem Kopf wider und hinterließ einen bitteren Geschmack in seinem Mund. Wenn er nicht die Kontrolle über seine Handlungen erlangte, würde er in denselben verdammten Abgrund stürzen und zu dem werden, was er am meisten verabscheute.

Er würde zu seinem Bruder werden.

Aber er war nicht wie sein Bruder.

Er holte tief Luft, hielt sie an und zählte bis zehn, bevor er ausatmete. Er warf einen Blick auf den Verkehr, sah, wie Autos und Motorräder sich im Schneckentempo die Straße entlang bewegten. Ohne Eile und ohne jemanden zu sehen oder etwas tun zu müssen. Das war die Stimmung, die er von New Orleans kannte.

Die Stadt war so ganz anders als er. Er hatte Orte, an denen er zu sein hatte und Menschen die es zu finden galt. Er hatte eine Mission und dazu gehörte sicher nicht, Zanes Schwester ins Bett zu bekommen.

„Scheiße!" Er betastete die Wunde in seiner Schulter, als der Schmerz mit voller Intensität zurückkehrte. Als Werwolf würde er bald genug heilen. Der Schmerz war nicht schlimmer als der hinter seinem Reißverschluss.

„Ich glaube, ich habe klar gemacht, dass ich kein Interesse habe." Ihre Stimme rauschte über ihn und er drehte sich um.

Die Wut, die er in ihren Augen gesehen hatte, war verschwunden. An ihrer Stelle befand sich die robuste, selbstbewusste Barriere, die sie wie eine schwere Rüstung zu tragen schien.

„Es tut mir leid. Ich hätte dich nicht küssen sollen." Er zwang die Worte heraus, trotz des Dranges, sie in seine Arme zu nehmen und sie erneut zu küssen.

Sie kniff die Augen zusammen und legte den Kopf schief. „Ich glaube dir beinahe."

Sein Kopf schnappte nach oben. „Ich habe stets Respekt gegenüber Frauen. Ich habe nie eine Frau zu etwas gezwungen, was sie nicht tun wollte. So ein Typ bin ich nicht."

„Ich sagte, ich glaube dir fast. Warum hast du gedacht, du könntest dir nehmen, was nicht dir gehört?" Sie ging auf ihn zu, bis sie sich direkt gegenüber standen, sich viel zu nahe waren.

Sein Körper tobte vor Lust, als ihr Geruch überwältigend wurde. Er trat einen Schritt zurück, um sich wieder zu beruhigen.

Sie trat einen Schritt vor.

Er drehte seinen Körper vom Fenster weg, so dass er nicht mit dem Rücken dagegen stieß, und trat zur Seite. Aber als sie noch einen Schritt weiter in seinen persönlichen Bereich machte, prallten seine Beine rückwärts gegen das Bett.

Grinsend trat sie näher und drückte gegen seine Brust.

Er hatte keine Wahl, als sich zu setzen. Als sein Körper auf dem Bett landete, spürte er, wie seine Entschlossenheit nachließ.

„Verrate mir etwas, Lucien." Sie spreizte seine Beine und setzte sich auf seinen Schoß. „Verrate mir, was lässt einen Mann glauben, er habe irgendein Recht auf den Körper einer Frau?"

Ihr süßer Hintern drückte sich in seine Jeans. Sein Schwanz wurde hart und pochte. Er grub seine Hände in die Bettdecke, um sich davon abzuhalten, sie sich zu greifen.

„Das tun sie nicht. Ein Mann, der etwas wert ist, respektiert eine Frau."

„Hmmmm." Sie rutschte näher, bis sich ihre süße Mitte direkt über seiner Erektion befand.

Er biss die Zähne zusammen und knurrte.

Sie grinste, drückte ihre Hände an seine Brust und warf ihn nach hinten aufs Bett. Sie war im Vorteil ihm gegenüber, beugte sich über seinen Bauch und zu ihm hinunter. Ihr warmer Atem traf seine Wange, als sie sich an sein Ohr lehnte.

„Liegt es daran, dass einige Männer denken, nur weil ein Mädchen sich auszieht, um Geld zu verdienen, ist sie eine Hure?" Ärger blitzte hinter ihren Augen auf.

„Nein."

Sie fuhr mit dem Finger über seine Brust. Als sie die Spitze seiner Jeans erreichte, schob sie ihren Finger hinein und berührte das Fleisch an seinem Bauch.

„Wenn das stimmt, warum bist du dann so hart?", grinste sie.

„Wegen einer schönen Frau eine Erektion zu bekommen ist eine natürliche Reaktion."

„Du denkst, ich bin schön?" Sie hielt seinen Blick.

„Du weißt, dass du das bist." Die Worte kratzten in seinem Hals, als Schweiß durch seine Haut drang.

„Und wenn ich das täte, würdest du trotzdem aufhören, wenn ich Nein sagen würde?" Sie lehnte sich zurück und griff nach ihrem Shirt. Langsam, sehr langsam, hob sie es über ihren Kopf und enthüllte einen schwarzen BH und einen flachen Bauch.

Er versuchte zu schlucken, aber sein Mund fühlte sich an wie Schmirgelpapier.

„Catty, du spielst mit dem Feuer."

„Nein, Lucien, du spielst mit dem Feuer." Ihr Grinsen verwandelte sich in etwas Hartes. „Ich kenne Männer wie dich. Männer, die denken, nur weil sich ein Mädchen für Geld auszieht, dass das auch Sex beinhaltet. Dass wir es doch wollen." Ihre Stimme klang schneidend, scharf genug, um Stahl durchzuschneiden.

„Das habe ich nie gesagt." Das Blut pulsierte in seinen Ohren.

„Aber vorhin hast du mir Geld angeboten."

„Ich habe dir Geld für deine Zeit angeboten. Nicht für Sex."

„Also, wenn ich das ausziehen würde" – sie fuhr sich mit der Fingerspitze unter den Träger ihres BHs – „dann würdest du das nicht als Zeichen dafür verstehen, dass ich von dir gefickt werden will?"

„Catty, hör auf", warnte Lucien.

„Warum, kannst du deine Triebe in Gegenwart einer nackten Frau nicht unterdrücken, Lucien?" Sie grinste und griff um ihren Rücken, um ihren BH zu öffnen.

Er packte ihre Hand. „Lass den Mist, Catty."

„Warum? Ist es nicht das, was du willst?" Sie beugte sich nieder und knabberte spielerisch an seinem Ohr.

Er packte ihre Taille und drehte seinen Körper so, dass er über ihr lag.

Angst durchflutete ihre Augen, bevor sie dieselbe selbstbewusste kalte Maske aufsetzte, die sie normalerweise trug.

„Ich verletze keine Frauen. Du kennst mich verdammt noch mal nicht, also hör auf, mich mit jedem anderen Arschloch in einen Topf zu werfen, das dich jemals verletzt hat. Du hast diesen Schwachsinn angefangen, dass ich denken würde du wärst eine Hure, nur weil du eine Stripperin bist. Um ehrlich zu sein, geht es mich nichts an. Hör auf, dich wie eine Göre zu benehmen und werde verdammt nochmal erwachsen." Er stand vom Bett auf, hob seine Jacke vom Boden auf und ging zur Wohnungstür.

„Lucien, warte."

„Warum?" Er drehte sich nicht zu ihr um. Er war, ob ihrer Annahmen in Bezug auf ihn, mehr wütend als geil.

Er hörte das sanfte Reiben von Kleidern über ihren Körper. Als er sich umdrehte, war sie angezogen und stand mit den Händen in den Taschen ihren Jeans hinter ihm. Ihre Wangen waren rot und sie schaute nach unten.

„Es tut mir leid, dass ich dich beleidigt habe." Sie hob den Blick zu ihm.

Er sagte nichts. Das unangenehme Gewicht in seiner Brust ließ ihn wegschauen. „Ich bin nicht zum Spaß hier. Ich bin hier, um deinem Bruder zu helfen. Und deine Spiele helfen niemandem weiter." Er drehte sich um und griff den Türknauf.

„Lucien, warte. Ist Zane in Schwierigkeiten?" Sie packte ihn am Arm.

„Die Wächter sind alle in Schwierigkeiten."

Sie blinzelte und wurde ein wenig blass. „Also ist er jetzt ein Wächter."

„Ja, wieso? Hast du etwas gegen Wächter?", schoss er zurück.

„Natürlich nicht. Ich wusste es nur nicht. Das ist alles." Sie schluckte, bevor sie sprach. „Du kannst noch nicht gehen. Ich habe deine Schulter noch nicht verbunden."

„Mir geht es gut. Die Blutung hat aufgehört." Er öffnete die Tür und ging hinaus.

Er trat auf die Straße und die Hitze des Tages legte sich auf ihn wie eine nasse Decke. Er warf einen Blick auf seinen Arm. Sein Körper zeigte bereits Zeichen der Heilung. Er traf die Blicke von Passanten, die mit großen Augen auf sein blutiges Hemd starrten. Er warf ihnen einen bösen Blick zu und sie wandten schnell ihre Augen ab und eilten davon.

Er musste von ihr wegkommen, sich beruhigen, nachdenken. Was auch immer zwischen ihnen passiert war, durfte nicht wieder passieren. Niemals wieder.

KAPITEL 12

Catty war wie angewurzelt, ihre Gelenke und Muskeln weigerten sich, sich zu bewegen. Als die Tür hinter Lucien zufiel, verhärtete sich ihr Magen und schmerzte vor Bedauern.

Sie hatte sich wie eine Schlampe ihm gegenüber aufgeführt. Sie hatte versucht, ihn dazu zu bringen, sein wahres Gesicht zu zeigen. Sie wusste, dass er etwas verbarg, etwas, das er ihr nicht erzählen wollte. Sie wusste, dass sie den Worten der Menschen nicht trauen konnte. Aber sie konnte ihren Taten vertrauen.

Sie hatte sich praktisch auf ihn geschmissen. Etwas, das sie noch nie zuvor gemacht hatte. Aber er hatte sie zurückgewiesen. Etwas, was noch kein Mann zuvor getan hatte.

Obwohl es ein Test war, war er nicht beeindruckt gewesen von ihrer einzigen großartigen Eigenschaft. Ihrem Körper.

Sie wollte ihm nachgehen, sich entschuldigen, sich erklären und ihm sagen, dass sie eigentlich nicht so war. Aber es war riskant. Vor allem jetzt, wo er den Grund dafür verraten hatte, aus dem er hier war: um den Wächtern zu helfen.

Sie legte eine Hand auf ihren schmerzenden Bauch. Zu viele Probleme kamen mit einer Geschwindigkeit auf sie zu, die sie nicht kontrollieren konnte.

Zane war ein Wächter und er war in Schwierigkeiten. Er war ihr Bruder und wenn sie ihm helfen konnte, dann würde sie es tun.

Wenn die Wölfe im Strip-Club Wind davon bekamen, dass sie mit Lucien zu tun hatte, der in Verbindung zu den Arkansas-Wächtern stand, würde sie das teuer zu stehen kommen. Die Werwölfe in Louisiana hassten Wächter. Sie mochten niemanden in ihrem Geschäft und Wächter hatten die Macht, sie unter Kontrolle zu halten. Vor allem Big Mike mochte keine Wächter. Wenn er herausfand, dass sie versucht hatte, den Wächtern zu helfen, würde ihr Boss Blut sehen wollen – und zwar ihres.

Ich muss helfen. Auch, wenn ich irgendwann dafür bezahlen muss.

* * *

BARRETT REDUZIERTE die Geschwindigkeit seiner Harley Davidson Breakout, als er sich der einsamen Einfahrt der staubigen Landstraße näherte. Er wusste, dass das schwarze Denim-Finish seines Bikes mit Staub bedeckt sein würde, wenn er sein Ziel erreichte.

Er hatte sein Motorrad nachts über die einsame Landstraße gejagt, als wären ihm Höllenhunde auf den Fersen. Er musste sich von seinem Rudel, seinen Verpflichtungen und seiner Hilflosigkeit entfernen.

Er musste ein paar Antworten finden.

Die heiße Nachtluft klebte an seinem T-Shirt und ließ den Schweiß von seinem Körper tropfen. In seinem Heimatstaat South Carolina war er mit Feuchtigkeit und Hitze groß geworden. Er konnte mit allem umgehen, was Arkansas ihm in den Weg stellte.

Er verlangsamte sein Motorrad, als sein Scheinwerfer auf den fünf Meter hohen Eisenzaun fiel, der den isolierten Friedhof umgab, von dem nur wenige wussten.

Er musste jemanden treffen. Jemanden, der vielleicht Antworten hatte oder ihn zumindest in die richtige Richtung weisen konnte.

Heute, nachdem die Wächter zum Abendessen aufgebrochen waren, war ein weiteres Paket eingetroffen. Als er diesmal die kleine Schachtel öffnete, lag darin mehr als ein Tattoo.

Es war Heimys Mittelfinger.

Anscheinend hatten die Arschlöcher ihm erst eine Hand abgeschnitten und nun schnitten sie ihm nacheinander die Finger der anderen Hand ab. Es war ausgeschlossen, dass der Werwolf nach all dem noch am Leben war. Barrett wusste, dass die Entführer mit ihm spielten und ihn wissen ließen, wie sehr sein Wächter gelitten hatte, bevor er seinen letzten Atemzug gemacht hatte.

Barrett hatte geschworen, seine Werwölfe zu schützen, und er würde seinen Schwur halten.

Er hatte Heimy im Stich gelassen, aber er würde sicher niemanden anderen enttäuschen.

Er stellte den Motor ab und stieg von seinem Motorrad. Er ging auf den Friedhof und sah sich um. Er schaute auf sein Handy, um zu sehen, wie spät es war.

Er war zu früh.

Er entdeckte einen großen Grabstein in Form eines Baumstamms und ging hinüber. Er steckte die Hände in die Taschen und lehnte sich gegen den Stein. Menschen waren seltsam, sie wollten große Grabsteine, nur um sogar noch nach ihrem Tod angeben zu können. Wussten sie nicht, dass sich niemand an einen erinnerte, nachdem man gestorben war? Nicht einmal, wenn man das größte Denkmal von Allen aufstellte. Das Einzige, woran sich die Leute erinnerten, war, was man für sie getan hatte. Gutes oder Schlechtes.

Ein paar Minuten später vernahm er weiche Schritte und lenkte seine Aufmerksamkeit in die Richtung, aus der sie kamen.

„Ich habe mich schon gefragt, ob du überhaupt auftauchen würdest." Barrett stieß sich von dem Grabstein ab und begrüßte Jack Welbourn, den Rudelführer von Mississippi.

„Ich halte immer meine Versprechen, obwohl deine Frage nach einem Treffen sehr kurzfristig kam." Die große Gestalt trat ins Mondlicht und lächelte. Jack trug einen schwarzen Anzug und Halbschuhe.

„So gekleidet reist man doch nicht auf einer Harley, Jack." Barrett deutete auf seine Kleidung.

„Leider hatte ich keine Zeit, meine Harley zu benutzen." Jack runzelte seine fleischige Stirn. „Ich musste mein Privatflugzeug nehmen, um nicht zu spät zu diesem Treffen zu kommen. Es ist eine ganz schöne Strecke von Mississippi bis hierher."

„Bist du in Little Rock gelandet?"

„Ach nein. Ich bleibe gern unter dem Radar. Also bin ich ungefähr eine Meile von hier gelandet. Auf einer kleinen Landebahn hinter dem Wald." Er nickte über seine Schulter. „Ich habe eine Karte aller Landebahnen in den Südstaaten. Man weiß ja nie, wann man eine Notlandung machen muss."

Barrett kannte den wahren Grund. Jack wollte nicht mit Barrett gesehen werden, besonders, seit er herausgefunden hatte, was mit seinen Wächtern passiert war. Es könnte seine Mississippi-Wächter in Gefahr bringen.

„Ich bin in einer beschissenen Situation, Jack." Er rieb sich die Hand übers Gesicht und traf den Blick des anderen Rudelführers.

„Das habe ich schon mitbekommen." Der Mississippi-Rudelführer zog die Brauen zusammen, als er den kleinen Pfad entlangging, der sich vom Friedhof in den dichten Wald schlängelte. Barrett ging neben ihm.

Jack Welbourn war zwanzig Jahre älter als Barrett. Als Barrett den Posten des Rudelführers von Arkansas angenommen hatte, gehörte Jack zu denen, die ihn willkommen geheißen hatten, ohne sich an seinem Alter zu stören. Jack war hart, aber fair, so wie auch Barrett in seinem eigenen Staat.

„Ich muss sagen, dass ich noch nie gehört habe, dass unsere Wächter gejagt wurden."

„Hattest du noch nie vermisste Wächter?" Barrett sah ihn scharf an.

„Nein. Alle meine Wächter sind dort wo sie sein sollen." Besorgnis zeichnete sich in seiner harten Stimme und auf seinem ernsten Gesicht ab.

„Entschuldige, dass ich frage, aber führten vielleicht einige ihrer Missionen bis nach Arkansas?" Er hasste es zu fragen, aber er musste es wissen.

Jack blieb stehen. Sein Blick richtete sich auf Barrett. „Willst du damit sagen, meine Werwölfe hätten andere Wächter gejagt?" Seine Stimme wurde dunkler. Der ältere Rudelführer war zwar einige Jahre älter als Barrett, aber der alte Werwolf war immer noch ein Berg aus Muskeln.

„Wie gesagt. Es tut mir leid." Barrett sah weg und fuhr sich mit den Händen durch seine Haare. Seine Muskeln zuckten und er musste die angestaute Feindseligkeit hinauslassen, die seinen Körper langsam vergiftete. „Aber meine Wächter werden vermisst und ich erhalten Pakete mit ihren abgetrennten Gliedmaßen." Sein Bauch zog sich vor Ekel zusammen.

Jack nickte und entspannte sich. „Deine Wut ist nachvollziehbar. Wenn es meine Männer wären, würde ich auch den

Kopf von jemandem haben wollen." Er schüttelte den Kopf. „Ich habe so viel wie möglich gefragt, ohne zu viel zu verraten. Niemand in Mississippi hat etwas gehört. Ich habe sogar noch mehr Wächter an die Staatsgrenze geschickt, um die Sicherheit zu erhöhen."

„Scheiße." Barrett ballte seine Faust und rammte sie gegen den Stamm einer Eiche. Der Baum krachte und splitterte und man konnte sein Inneres sehen.

„Ich weiß, das ist schwierig, aber du musst einen klaren Kopf bewahren. Dein Vater würde nicht wollen, dass du dich so aufführst."

„Mein Vater ist tot. Es ist egal, was er von mir hält."

Jack legte sanft eine Hand auf seine Schulter. „Barrett …"

Er schüttelte ihn ab. Er wollte nicht über seinen Vater sprechen. Er hatte zu viele aktuelle Probleme, mit denen er sich beschäftigen musste, um sich jetzt mit der Vergangenheit zu befassen. „Schau mal, gibt es noch jemanden, irgendjemanden in deinem Staat, der vielleicht einen Hinweis darauf hat, was hier vorgeht?"

Jack runzelte die Stirn und schaute weg.

„Du kennst jemanden."

„Es gibt Leute, die man nie um Hilfe bitten sollte, Barrett. Sobald du sie einmal fragst, wirst du auf immer in ihrer Schuld stehen. Glaub mir, du willst dich nicht mit dem Teufel einlassen." Er stellte sich breitbeinig hin und starrte ihn an. Die Intensität entging Barrett nicht. Jack wusste allerdings nicht, dass Barrett bereit war, alles zu riskieren.

„Wenn es bedeutet, denjenigen aufzuhalten, der meine Wächter umbringt, werde ich gern meinen Leib und meine Seele dem Teufel überlassen."

Jack warf einen Blick auf den Boden und sah dann wieder auf. „Wenn du diese Hexe getroffen hast, wirst du vermutlich anders denken."

* * *

„Wow, wann hat es hier je so gut ausgesehen … ach was rede ich da, es hat hier noch nie so gut ausgesehen." Catty stellte die Reinigungsmittel wieder in den Schrank und überprüfte, ob sie eine Stelle in ihrer Wohnung vergessen hatte, die sie noch putzen musste.

Sie war immer noch sehr erregt, obwohl sie ihre Wohnung von Oben bis Unten saubergemacht hatte. Ihre Muskeln schmerzten vom Schrubben des Bodens, aber ihre Gedanken zappelten umher wie eine Katze in einer Papiertüte. Sie räumte von Zeit zu Zeit auf, aber saubermachen? Sie hatte noch nie geputzt.

Aber heute hatte sie etwas gebraucht, um sich von Lucien abzulenken und von der Art, wie er sie angesehen hatte, bevor er durch die Tür ging.

Sie setzte sich schweren Herzens und voller Bedauern vor das Fenster. Sie sah auf die belebte Straße hinunter. In der ganzen Stadt brach die Nacht herein und lockte ihre Opfer mit billigen Ausschweifungen.

Als Lucien Zane erwähnt hatte, war sie von einem Wasserfall von Schande überschüttet worden. Ging es ihrem Bruder gut? Und in was für Schwierigkeiten steckte er? In welchen Schwierigkeiten steckten die Wächter? Jetzt, da Lucien hinausgestürmt war, würde sie es nie erfahren.

„Was hast du dir nur dabei gedacht, Catty?" Sie legte ihren Kopf gegen das Fenster und kniff die Augen zusammen.

Kein Wunder, dass ihr Leben so durcheinander war. Sie handelte immer ohne nachzudenken und musste sich dann den Konsequenzen stellen.

Selbst als Stripperin mied sie die Konsequenzen. Sie versteckte sich.

Aber sie hatte es satt, sich zu verstecken. Sie wollte mehr. Sie wollte eine Richtung in ihrem Leben, einen Zweck.

Seufzend stand sie auf und ging zu ihrem Laptop. Sie schaltete ihren Computer ein und setzte sich an ihren kleinen Schreibtisch.

Entscheidungen spontan zu treffen, hatte ihr bisher nicht geholfen. Sie brauchte einen Plan mit einer klaren Richtung.

Das war einer der Gründe, warum sie ihr Zuhause verlassen hatte. Sie hatte dort keinen Lebensinhalt oder langfristigen Plan. Sie konnte dem perfekten Image ihrer Familie nicht gerecht werden.

Sie war nicht so schlau wie Zane oder so kultiviert wie ihre Mutter. Sie war nicht so entschlossen wie ihr Vater. Sie hatte sich wie ein unbändiges Kind gefühlt, wie eine Zigeunerin. Die Leute hatte sie immer gefragt, was sie als Erwachsene tun wollte, und sie hatte nie eine Antwort darauf gehabt. Das einzige Mal, dass sie wirklich geantwortet hatte, war, als Skylar sie gefragt hatte.

Skylar wollte Dinge bauen, um Menschen zu helfen. Es schien so edel und so ganz anders als das, was Catty wollte. Aber als Skylar sie immer wieder fragte, platzte Catty heraus, dass es ihr egal war, was sie tat, solange sie gesehen wurde.

Catty hatte den Atem angehalten und darauf gewartet, dass Skylar sie verurteilte und sich über sie lustig machte. Aber das tat Skylar nicht.

Catty starrte die Suchleiste an und tippte ein: *Wie finde ich den perfekten Job.* Sie drückte die Eingabetaste.

Sie scrollte auf der Seite mit den Suchergebnissen nach unten, bis sie zu einem Test kam, der versprach, zu ermitteln, für welchen Job sie am besten geeignet war. Sie schnappte sich eine Tasse Tee und ließ sich nieder, um die Fragen zu beantworten.

Egal, wie das Ergebnis lauten würde, sie würde der Empfehlung folgen. Von jetzt an hielt sie an einem Plan für ihr Leben fest.

* * *

LUCIEN HIELT seinen Kopf unter den Wasserstrahl. Das heiße Wasser war längst aufgebraucht, aber er wollte noch immer nicht aus der Dusche. Er brauchte die eisige Kälte, um Catty aus seinem Kopf zu bekommen.

Er drehte das Wasser ab, schnappte sich ein Handtuch und rieb es über sein langes, dunkles Haar, bevor er es auf den Boden warf. Er kroch in die Mitte des Bettes, legte sich auf den Rücken und ließ die kühle Luft über seinen nackten Körper gleiten.

Er hatte angerufen und Barrett über Catty auf dem Laufenden gehalten. Der hatte ihm gesagt, er solle bei dem Mädchen bleiben, um zu sehen, ob sie sich verplappern und etwas verraten würde.

Lucien war genauso weit davon entfernt, etwas über die Wächter herauszufinden, wie zu dem Zeitpunkt, als er angekommen war. Er hatte auch keine Spur von seinem Bruder. Nachdem er Cattys Wohnung verlassen hatte, hatte er einige Bars aufgesucht, um Fragen zu stellen, doch niemand konnte ihm Auskunft über seinen Bruder geben.

Er traute Catty nicht, nicht nach der Show, die sie abgezogen hatte. Wenn sie wusste, wer hinter den vermissten Wächtern steckte, dann wollte sie es nicht preisgeben. Sie könnte zu tief drin stecken und zu viel Angst haben, um etwas zu sagen. Wenn sie herausfand, dass er ein Wächter war, könnte er der Nächste sein, der dran glauben musste.

Als es an seiner Tür klopfte, spannten sich seine Muskeln an und er stand im Bruchteil einer Sekunde auf. Er schnappte sich eine saubere Jeans und zog sie an. Er nahm seine Pistole von der Kommode und ging zur Tür, um durch den Türspion zu schauen.

„Was wollen Sie?", knurrte er.

„Ich habe einen Umschlag für Sie, Sir." Der junge Mann

auf der anderen Seite der Tür war höchstens zwanzig Jahre alt. Schmächtiger Körperbau, dunkles, fettiges Haar und, nach dem Gestank der Angst, die aus ihm strömte, zu urteilen, höchst wahrscheinlich menschlich.

Er steckte seine Waffe in die Rückseite seiner Jeans und öffnete die Tür.

Der Kerl warf einen Blick auf Lucien und seine Augen wurden groß und rund.

„Also?" Lucien streckte die Hand aus.

Der Mensch blinzelte, schien sich zu erinnern, warum er überhaupt hier war, und schob Lucien einen Umschlag in die Hand.

„Sie können jetzt gehen", bellte Lucien, als der Typ sich nicht bewegte.

Der Mensch stolperte fast über seine eigenen Füße, während er den Flur entlang rannte.

Lucien schüttelte den Kopf und schloss die Tür. Er war normalerweise nicht ruppig mit Leuten, aber seine Geduld hing heute an einem dünnen Faden.

Er setzte sich auf die Bettkante und öffnete den Umschlag. Er zog ein Blatt Papier mit einer Nachricht heraus, die in Barretts Handschrift verfasst war.

Ich arrangiere für dich ein Treffen mit der Hexe. Sei morgen um Mitternacht in Yazoo City, Mississippi. Gehe auf dem Friedhof der Stadt zum Grab der Hexe. Sie hat Informationen bezüglich der vermissten Wächter.

„Yazoo City?" Da er in Louisiana aufgewachsen war, hatte er den Namen schon einige Male gehört, zumeist im Zusammenhang mit Legenden. Da er selbst eine städtische Legende war, erinnerte er sich nicht wirklich an die Geschichten über die Hexe. Jetzt wünschte er, er hätte besser zugehört.

Das Rumpeln seines Magens hallte im leeren Raum und erinnerte ihn an die späte Uhrzeit. Er zog seine Lederjacke von der Stuhllehne. Sein Blick richtete sich auf den Schlitz im Leder. Ruiniert.

Er würde sich eine neue Jacke kaufen müssen, sobald er mit dieser Mission fertig war.

Die Jacke war ein Teil von ihm, ein Teil von dem, der er jetzt war. Er würde niemanden seine Verletzlichkeit sehen lassen.

KAPITEL 13

„Noch ein Mojito", seufzte Catty und schob ihr Glas in Richtung des Barkeepers. Sie hatte vorgehabt, in ihrer freien Nacht Zuhause zu bleiben, aber dort würde sie nur wahnsinnig werden. Also war sie ausgegangen und hatte gehofft, es würde sie ablenken, wenn sie trank. Sie musste sich entspannen.

„Was ist los, Schätzchen? Hat dir jemand das Herz gebrochen?" Ein Mann setzte sich auf den Barhocker neben sie und lehnte sich zu ihr hin. Er war Ende dreißig, gut gekleidet, hatte blonde Haaren und blaue Augen. Wenn das räuberische Lächeln auf seinem menschlichen Gesicht nicht gewesen wäre, hätte sie ihn für hübsch gehalten.

„Nicht ganz." Es gab Menschen, die glaubten, dass sie gar kein Herz hätte. Es war sehr wahrscheinlich, dass einer dieser Leute Lucien war.

„Belästigt er dich?" Luciens tiefe Stimme verwandelte ihren Bauch in Wackelpudding und ließ ihr Herz in die Kehle springen.

Sie drehte sich um.

Er stand da und trug immer noch seine Lederjacke und sah grimmig aus.

„Niemand stört hier irgendwen." Sie stützte ihren Fuß gegen die Sprosse des Hockers und versuchte, ihre Stimme ruhig und gleichmäßig zu halten. Ihre Worte klangen seltsam in ihren Ohren.

Lucien schaute an ihr vorbei, nahm ihren Drink und schüttete den Inhalt auf den Boden.

„Hey, warum hast du das gemacht?" Ihre Mundwinkel senkten sich und sie verschränkte die Arme.

„Wir waren mitten im Gespräch, Kumpel." Der Kerl grinste und stützte die Ellbogen auf die Theke. Er schenkte Catty ein weiteres Lächeln, das ihr eine Gänsehaut verpasste.

„Tatsächlich führen wir kein Gespräch und ich bin nicht daran interessiert, eins zu beginnen."

„Moment mal. Du hast ja Nerven, dich so hochnäsig zu benehmen, obwohl du dich wie eine Zwei-Cent-Nutte kleidest." Der Mann stand auf.

Ihr fiel die Kinnlade runter. „Hör mal, Arschloch …"

„Zuerst entschuldigst du dich", knurrte Lucien den Kerl an „und dann wirst du deine Mutter anrufen und ihr erzählen, was du gesagt hast und was für ein Stück Dreck du heute Abend warst."

„Lass mich dir etwas sagen …" Das trügerische Lächeln des Mannes glitt ab und wurde zu einem Zähnefletschen, das Catty zusammenzucken ließ.

„Ich bin noch nicht fertig." Lucien rückte dem Mann so nah auf die Pelle, bis sie Brust an Brust standen. Der Mensch war vielleicht stark, aber Lucien war stärker. „Du wirst nie wieder in diese Bar kommen und eine Frau belästigen. Und wehe, du versuchst nochmal, etwas in den Drink zu mischen."

„In den Drink mischen? Wie meinst du das?" Sie versuchte aufzustehen, ihre Beine in Bewegung zu setzen, aber das Signal drang nicht in ihr Gehirn. Ihr Körper fühlte sich schwerelos an, als würde sie auf einer weißen, aufgedunsenen Wolke schweben.

„Ich habe gesehen, wie er etwas in deinen Drink getan hat." Luciens spie eher Gift, als das er redete und zwar die Art, die innerhalb von Sekunden tödlich war.

„Ich rufe die Polizei." Der Barkeeper schnappte sich ein Telefon hinter der Bar und begann die Nummer zu wählen. „So einen Scheiß lasse ich in meiner Bar nicht zu."

„Das ist nicht nötig. Ich arbeite als verdeckter Ermittler", antwortete Lucien. „Ich kümmere mich um diese Angelegenheit."

Catty runzelte die Stirn. Verdeckter Ermittler. Als ob.

„Gut, okay", stotterte der Mann und sein Gesicht wurde blass. „Es tut mir leid, was ich gesagt habe. Ich habe es nicht böse gemeint. Ich werde einfach gehen."

„Du gehst nirgendwo hin. Du musst immer noch deine Mutter anrufen." Lucien streckte die Hand aus. „Gib mir dein Handy."

„Wie bitte?" Er rieb sich die Handflächen über das Hosenbein und warf einen unsicheren Blick durch den Raum.

„Gib mir dein Handy. Und zwar plötzlich. Oder ich werde dir den Hals umdrehen. Du kannst schlecht mit einer gequetschten Kehle mit deiner Mutter sprechen."

Der Kerl blinzelte und grub in seiner Hosentasche herum. Er holte sein Handy heraus und reichte es Lucien.

„Dein Passwort."

„Was?"

„Wie ist dein Passwort?"

„GroßerSchwanz."

„Nicht nur ein Arschloch, sondern auch ein Lügner", schnaubte Lucien.

Catty presste die Augen zusammen und versuchte, ihre durcheinander geworfenen Gedanken zu sortieren. Was auch immer er ihrem Getränk beigemischt hatte, musste stark sein. Der Barkeeper schob ihr ein Glas Wasser herüber und sagte ihr, sie solle es trinken. Das tat sie, behielt jedoch Lucien fest im Blick.

Sein tiefschwarzes Haar fiel ihm auf die Stirn und berührte seine Schultern, während sein Atem mit jedem Atemzug schwerer wurde. Seine Lippen waren spöttisch über seine weißen Zähne gezogen und seine Hände waren zu Fäusten geballt. In seiner Lederjacke sah er aus, als wäre er bereit, jeden Moment zu töten.

Die Drogen mussten ihr Gehirn beeinflusst haben, weil sie anfing, sich vorzustellen, wie sie nackt in seinen Armen lag. Sicher war er heiß, aber er hatte ein ruhiges, tödliches Verhalten, als könnte er von jetzt auf gleich ausrasten.

Wenn es jemanden gab, für den sie keinerlei solcher Gedanken haben sollte, dann war er es. Wenn Big Mike herausfand, dass sie sich außerhalb des Clubs mit einem Werwolf traf, wäre ihr Leben in Gefahr.

Sie nahm das, was sich vor ihr abspielte, nur verschwommen wahr.

Der Mann hielt das Telefon an sein Ohr. Die nächsten Minuten bestanden darin, dass er seiner Mutter gestand, was er getan hatte und versuchte, sich zu entschuldigen. Lucien nahm dem Mann das Handy aus der Hand und begann der Mutter des Mannes zu sagen, dass er sicherstellen würde, dass er die Hilfe bekam, die er brauchte.

Er legte auf und drückte dem Mann das Handy gegen die Brust. „Du wirst gehen und nie wieder einer Frau Schaden zufügen. Wenn doch, werde ich es herausfinden. Ich habe überall Augen. Du kannst dich nicht vor mir verstecken. Haben wir uns verstanden?"

Der Mann steckte einen Finger unter seinen Kragen und zog daran. Über seiner Oberlippe und auf seiner Stirn perlte Schweiß und sein Kinn zitterte. Er nickte mehrmals, bevor er zurücktrat und schließlich durch die Eingangstür flüchtete.

„Geht es dir gut?" Lucien trat zwischen ihre Beine und lehnte sich nah an sie heran. Sein warmer Atem kitzelte sie auf den Wangen.

„Mmmm." Ihr Bauch kribbelte und sie schloss die Augen. Sein Duft wusch über sie wie eine Flutwelle von sexy Alpha-Männchen.

„Catty?" Der unverkennbare Ton von Sorge lag in seiner Stimme. Sie öffnete ihre Augen und sah, dass er sie intensiv anschaute. Er legte seine Hände auf ihr Gesicht, während er es einer sorgsamen Musterung unterzog.

In ihrem Kopf sagte sie ihm, er solle gehen, wegtreten und aufhören, sie anzufassen. Aber sie schien sich nicht dazu bringen zu können, diese Worte auszusprechen.

„Lucien." Sein Name kam wie ein Stöhnen aus ihrem Mund.

„Komm schon." Er griff sie am Ellbogen und hob sie auf die Beine. Ihre Beine gaben nach.

Er hob sie in seine Arme, bevor sie fallen konnte. Sie schlang ihre Arme um ihn und vergrub ihr Gesicht in seiner Halsbeuge.

Das war ein großer Fehler. Ihr wurde heiß in der Magengegend und sie spürte, wie Lust durch ihren Körper strömte.

„Ugh", stöhnte sie.

„Wir gehen", flüsterte er gegen ihre Wange, seine Stimme war tief und eindringlich.

Er eilte den Bürgersteig hinunter und machte lange Schritte, als er sie von der Bar wegtrug. Sie öffnete die Augen und sah über seine Schulter. Er ging nicht zu ihrer Wohnung. Sie hätte ihn fragen sollen, wohin er sie brachte, aber im Moment interessierte es sie wirklich nicht, wohin sie gingen.

„Ich bringe dich zu meinem Hotel."

„Kannst du Gedanken lesen?", murmelte sie gegen seinen

Hals und ihre Lippen strichen über seine Haut. Sein Hotel war der einzige Ort, an dem sie gerade jetzt sein wollte.

„Wenn ich Gedanken lesen könnte, würde ich nicht immer noch versuchen, Informationen aus dir herauszuholen, oder?", nörgelte er.

„Oder vielleicht würdest du dann erkennen, dass ich keine Informationen habe." Sie stütze ihren Kopf auf seine Schulter.

„Vielleicht", sagte er sanft. „Oder vielleicht bist du nur eine harte Nuss, die es zu knacken gilt."

„Willst du damit sagen, dass du mich öffnen willst?" Sie hob den Kopf und lächelte.

Er blieb stehen, sein Herz schlug schnell gegen ihren Körper und er sah auf sie herab.

Als er weiterging, legte sie den Kopf zurück und schloss die Augen. „Du vertraust den Leuten wirklich nicht, oder?"

Er passte seinen Griff an. „Ich habe zu viele Gründe, niemandem zu vertrauen." Seine Finger berührten seitlich ihre Brust. Vergnügen schoss durch ihren Körper bis zu ihrem Kern. Ihr Atem wurde zu einem Keuchen, als sie ihr Gesicht in seinen Hals vergrub.

Sie öffnete ihre Augen lange genug, um die Frauen auf dem Bürgersteig zu sehen, die Lucien ungeniert bewundernde Blicke zuwarfen. Entweder bemerkte er es nicht oder es war ihm egal, da er sie alle ignorierte.

Er blieb vor dem Hotel stehen und öffnete die Tür. Er ging durch das Foyer und trat in den leeren Aufzug.

Ihr Herz überschlug sich in ihrer Brust. Sie war sich nicht sicher, was passieren würde, sobald sie sein Zimmer betraten, aber sie wollte ihm sicher nicht ein zweites Mal einen falschen Eindruck von sich vermitteln.

„Lucien, ich kann laufen."

„Das wird nicht passieren."

Ihr Herz wurde heiß und taumelte.

Der Fahrstuhl klingelte und er stieg mit ihr in seinen Armen aus.

Er blieb stehen und schloss die Tür auf. Sobald sie drin waren, trat er die Tür mit seinem Stiefel zu.

Er legte sie vorsichtig auf das Bett und kniete sich vor ihr nieder.

Sie blinzelte langsam und begegnete seinem Blick.

„Siehst du verschwommen?"

„Nein." Sie hielt seinen Blick.

„Hast du Herzrasen."

„Ja."

Er runzelte die Stirn. „Hast du Schwierigkeiten beim Atmen?"

„Ja." Wie könnte sie leicht atmen, wenn er ihr so nahe war?

Er drückte seine Hand an ihre Stirn. „Du glühst."

„Du hast ja keine Ahnung." Sie klammerte sich an die Bettdecke, um nicht nach ihm zu greifen und ihm die Kleider vom Leib zu reißen.

„Lucien, hör auf." Sie zog seine Hand von ihrem Kopf und drückte sie an ihre Brust. „Es ist nicht wegen der Droge oder was auch immer dieses Arschloch mir gegeben hat, dass ich mich so fühle." Sie hatte nur einen Schluck genommen, bevor Lucien sie unterbrochen hatte.

„Was ist es dann?"

„Du bist es."

KAPITEL 14

„Was meinst du?" Luciens Finger kribbelten, das Verlangen, sie zu berühren, war so stark, dass es schmerzte. Hatte er sie richtig verstanden? Was sagte sie da? Er brauchte absolute Klarheit, bevor er irgendwelche Schlüsse zog.

„Anscheinend bin ich wirklich eingerostet, wenn es um Verführung geht." Sie vergrub ihr Gesicht in ihren Händen.

„Catty." Ihr Name auf seinen Lippen ließ Lust durch seine Adern pulsieren. Spielte sie wieder mit ihm? Würde sie ihn wieder fallen lassen?

„Ich will dich, Lucien. So sehr ich mich kenne und weiß, dass du eine schlechte Idee bist, kann ich dennoch nicht anders, als dich zu wollen." Sie drückte ihre Handfläche an seine Brust. Sein Herz schlug mit aller Macht.

„Ich weiß, dass du es auch fühlst." Ihr geneigter Kopf forderte ihn dazu heraus, es abzustreiten. „Ich kann deine Erregung riechen."

Er hatte sie in dem Moment gewollt, als er in die Bar gegangen war und gesehen hatte, wie dieser Kerl mit ihr flirtete. Er hatte versucht, es zu leugnen, es tief zu vergraben, aber es ging einfach nicht.

„Das sind die Drogen, die aus dir sprechen. Du weißt nicht, was du da sagst." Er wickelte seine Finger um ihr schmales Handgelenk.

„Die Droge hat in der Sekunde nachgelassen, als du mich aufgehoben hast. In der Sekunde, in der ich deinen Duft gerochen habe, reagierte mein Körper auf dich. Vertraue mir, es ist nicht die Droge. So habe ich mich auch gefühlt, als du mich im Club angefasst hast."

„Ich spiele keine Spielchen, Catty."

„Ich auch nicht."

Er runzelte die Stirn.

„Okay, dann erledige ich die ganze Arbeit. Ich bin nicht zu stolz, um zuzugeben, dass ich mich zu dir hingezogen fühle. Selbst, wenn du dich nicht dazu bringen kannst, es zu sagen." Sie drückte beide Hände an seine Brust und schubste ihn.

Er setzte sich auf den Boden und streckte die Beine vor sich aus. Wie hypnotisiert beobachtete er, wie sie aufstand und langsam auf ihn zukam. Der Schwung ihrer Hüften und ihr Duft ließen sein Verlangen nach ihr schmerzen. Er steckte in einem Traum fest und konnte sich nicht bewegen.

Sie zog sich das Shirt über den Kopf. Sie hielt das Kleidungsstück zwischen ihren Fingern und ließ es auf den Boden fallen. Ihre Augen klebten an seinen, als sie nach dem Knopf ihrer abgeschnittenen Jeans-Shorts griff. Sie streifte die Shorts über ihre schlanken Hüften und glitt aus ihnen heraus.

Sein Herz schlug schneller, laut und wütend und beharrlich.

Sie stand in zueinander passenden schwarzen Slip und BH vor ihm, ihre Kurven und Geheimnisse waren kaum bedeckt. Sein Schwanz wurde hart, als sein Blick sie verschlang.

„Catty, pass auf, was du da entfesselst. Wenn wir erst einmal angefangen haben, bin ich vielleicht kein Gentleman und höre nicht mehr auf." Seine Augen verengten sich und seine Nasenflügel flatterten, als ihr weiblicher Duft ihn traf.

„Gut. Denn ich mag keine Gentlemen." Sie kniete sich zu seinen Füßen auf den Boden und begann, seine Biker-Stiefel auszuziehen. Nachdem sie ihn von seinen Socken befreit hatte, kroch sie zwischen seinen Beinen hoch, fummelte an dem Knopf seiner Jeans und machte schließlich den Reißverschluss auf.

„Jesus, Catty." Sein Herz dröhnte in seinem Kopf.

„Lass mich, Lucien." Sie sah ihn zwischen ihren langen, dunklen Wimpern an.

Er holte tief Luft, um ihre Schönheit einzuatmen.

Sie hakte ihre Finger in seine Gürtelschlaufen und zog daran. Seine Erektion ließ seine Boxershorts zu einem Zelt werden, als sie seine Jeans von seinen Beinen zog.

„Du solltest die Jacke ausziehen. Du wirst sie nicht brauchen." Sie schnurrte und setzte sich auf seine Hüften.

Seine Muskeln spannten sich an, als er seine Lederjacke auszog und auf den Boden fallen ließ.

Sie griff nach seinem Hemd. Er packte ihre Hände und Panik drang durch seine Brust.

Sie runzelte die Stirn und ließ sein Hemd los.

Er war mehr als seine Narben. Er würde nicht zulassen, dass etwas aus seiner Vergangenheit ihn noch kontrollierte.

Scheiß drauf.

Er zog sein Hemd über den Kopf. Ihre Augen weiteten sich erfreut, als sie die zahlreichen Tattoos an seinen Armen und seiner Brust wahrnahm. Er konnte sich keine Tattoos auf dem Rücken stechen lassen, aber das hinderte ihn nicht daran, sein restliches Fleisch zu verzieren.

Ihre Lippen öffneten sich, als sie mit ihrer Hand über seine Brust fuhr und seine Bauchmuskeln entlang glitt, bis ihre Fingerspitzen den elastischen Bund seiner Boxershorts erreichten.

„Schöne Tattoos", murmelte sie, als ihre Hand in seine Unterwäsche eintauchte.

Sein Schwanz zuckte beim weichen Griff ihrer Fingerspitzen.

Sie schaute in sein Gesicht, schlang ihre Finger um seinen Schaft und griff fest zu.

Er knurrte vor Vergnügen. Er legte seine Hände an ihr Gesicht und zog sie zu sich heran.

„Bist du sicher, dass du das willst?" Er suchte in ihren blau-grauen Augen nach dem Hauch eines Zögerns.

„Ich bin mir sicher, seit du in meinem Zimmer warst." Sie lächelte schüchtern, bevor sie ihre Lippen gegen seine drückte.

Er schnaufte, als er seine Zunge in ihren süßen Mund tauchte, sie schmeckte und sie in diesem Moment für sich beanspruchte. Sie stöhnte gegen seine Lippen.

Sie schlang ihre Finger um seinen Hals, klammerte sich an ihn und drückte ihren schlanken Körper an ihn. Sein Herz donnerte in seiner Brust, Lust durchzog jede Zelle seines Körpers und löste intensive Wünsche aus, von denen er nicht einmal wusste, dass er sie hatte.

„Mehr." Sie wiegte sich gegen seine Erektion und drückte ihn zurück auf den Boden. Sie unterbrach den Kuss und griff zwischen ihre Körper, nahm ihn in die Hand und streichelte ihn, bis er sich gegen ihre Handfläche drückte.

Er packte ihre Hand. „Langsamer. Ladies first." Er grinste sie an, bevor er den Verschluss ihres BHs fand und ihn öffnete. Der BH glitt über ihre Arme und sie warf ihn hinter sich. Sein Mund wurde feucht, als er sie zu sich hinunterzog.

Er nahm einen hübschen rosa Nippel in seinen Mund und fing an, daran zu nuckeln.

„Oh Gott, ist das gut." Sie drückte seinen Kopf an ihre Brüste.

Er leckte und saugte an ihrer Brust, bis sie sich auf ihm krümmte.

„Ich will dich in mir spüren", sagte sie mit heiserer Stimme und nach Luft schnappend.

„Wie gesagt, Ladies first." Er leckte ein letztes Mal an ihrem Nippel, dann hakte er seine Finger an beiden Seiten ihres Höschens und zog daran. Das Spitzenhöschen riss und er warf die Fetzen zu Boden.

Sie lächelte und rieb ihre Feuchtigkeit gegen ihn.

„Noch nicht", gebot er und packte ihre Hüften.

Er zog sie nach oben, bis sich ihre Schenkel auf beiden Seiten seines Gesichts befanden.

„Oh", schrie sie, als er sie mit einer langsamen Bewegung zwischen ihren Beinen leckte.

Sie zitterte unter ihm, als er ihre Hüften fester hielt. Er küsste und schmeckte sie, während sie sich gegen seinen Mund rieb. Verdammt, er könnte das den ganzen Tag machen und würde nie genug von ihrem Geschmack bekommen, davon wie sie sich anfühlte, von den erotischen Lauten, die sie von sich gab.

Seine Hände fuhren über ihren Brustkorb bis zu ihren schönen Brüsten. Er fuhr mit dem Daumen über ihre verhärteten rosa Nippel und sie stöhnte. Sie griff hinter sich, packte seinen Schwanz und drückte ihn. Er stöhnte in ihre rosafarbenen Falten und stieß ihn gegen ihre Hand. Er massierte sanft ihre Brustwarzen zwischen seinen Fingerspitzen und sie spannte sich an.

„Lucien", rief sie, als ihr Kopf zurückfiel. Ihr Körper zitterte, als sie ihren Orgasmus in einem ungehemmten, wilden Vergnügen zur Schau stellte.

Als sich ihr Körper entspannte, rollte er sie sanft zur Seite. Er zog seine Unterwäsche aus und küsste sich ihren Körper hinauf.

* * *

„Ich bin in meinem gesamten Leben noch nie so intensiv gekommen", murmelte sie. Sie summte immer noch von dem Orgasmus, den er ihr gegeben hatte, und sie wusste nicht, ob sie die Kraft hatte, sich zu bewegen.

„Das war nur zum Aufwärmen. Ich bin noch lange nicht fertig." Er grinste und küsste die zarte Stelle an ihrem Hals.

Ihr Magen wurde bei seinem Lächeln und seiner Berührung wieder warm. Sie schlang ihre Arme um seinen Hals und zog ihn näher, um ihn zu küssen. Ihre Handflächen glitten über seine Schultern und erinnerten sich an die tiefen Linien seiner definierten Muskeln und rohen Kraft.

Sie konnte nicht aufhören, ihn anzufassen. Sie wollte jeden Bereich seines Körpers entdecken und dann wieder von vorne anfangen.

Er küsste sie intensiv und hart. Sie wölbte sich gegen ihn. Ihre Finger liefen über seinen harten Bauch und dann zu seinem Brustkorb. Sie brauchte mehr.

Sie bewegte ihre Hände zu seinem Rücken und er zuckte zusammen. Er ergriff ihre Hände und hielt sie zurück. Seine großen Augen waren voller Unsicherheit.

„Was ist los?" Sie sah zu ihm auf, während ihr Körper nach seinem schrie.

„Berühre nicht meinen Rücken", sagte er sanft und sah dann für einen kurzen Augenblick weg.

Sie wusste, dass sie gar nicht erst fragen sollte. Sie hatte diesen gequälten Blick schon einmal gesehen, als sie ihr Spiegelbild gesehen hatte.

„Es ist in Ordnung, Lucien. Ich werde dich nicht verletzten." Sie drückte einen sanften Kuss auf seine muskulöse Brust. Diese intime Geste ließ ihn zittern. „Ich will nur bei dir sein."

Er ließ ihre Hände los und drückte seine Finger an ihre Lippen. Sie öffnete ihre Lippen und saugte die Finger einzeln in ihren Mund. Als sie fertig war, war nur noch Verlangen in seinem Blick.

Er war genauso erregt wie sie. Aber er vertraute ihr einfach nicht. Er war wie ein Tier im Käfig.

Es gab nur eine Art und Weise, wie man mit einem verängstigten Tier umgehen sollte.

Sie musste langsam vorgehen.

KAPITEL 15

„*I*ch werde dich nicht anfassen. Aber ich möchte, dass du mich berührst." Die Worte glitten an ihren Lippen vorbei, schwebten und hingen in der dicken Luft zwischen ihnen.

Sie hatte das noch nie gemacht. Sie wusste nicht, ob sie das jetzt tun könnte. Sie wusste nur, dass sie Lucien so haben wollte, wie sie ihn haben konnte.

Sie hob ihren Blick zu seinem und weigerte sich, wegzusehen. Seine Augen flackerten und blitzten vor Lust und ließen Schmerzen, Not und Verlangen in ihrem Bauch aufsteigen.

„Wie oft hast du das mit einem Mann gemacht? Zugelassen, dass du verwundbar warst?"

„Noch nie. Ich habe das noch nie zuvor gemacht." Sie lehnte sich auf dem Boden zurück, ihr Blick auf ihn gerichtet. Ihr Gesicht wurde rot und ihre Brust flatterte, sie glitt mit ihren Händen über ihren flachen Bauch zu ihrem Brustkorb. Seine Augen verfolgten ihre Bewegungen und sein Atem wurde unregelmäßig.

Sie unterdrückte die Schüchternheit, die ihre Brust verklemmte.

Das sollte ihr nicht peinlich sein. Schließlich zog sie sich aus, um ihren Lebensunterhalt zu verdienen. Warum war sie dann so nervös?

Sie hielt an ihren Brüsten inne und fuhr sich mit den Daumen über die Brustwarzen. Vergnügen strömte durch das empfindliche Fleisch und ein Stöhnen entwich ihren Lippen.

Er knurrte leise und lustvoll und seine Nasenflügel weiteten sich.

Vertrauen drang in ihre Brust und übertönte die Unsicherheit. Sie würde sich ihm öffnen und völlig seiner Gnade ausgeliefert hingeben.

Sie legte ihre Arme über ihren Kopf und sah zu ihm auf. „Lucien."

„Heute Nacht gehörst du nur mir." Er stöhnte leise und bedeckte ihren Körper mit seinem. Er stützte sein Gewicht auf die Ellbogen und schwebte über ihr, als er sich positionierte, um in ihre feuchte Öffnung einzudringen.

Sie biss sich auf die Lippe und versuchte, dem überwältigenden Bedürfnis zu widerstehen, ihre Arme und Beine um ihn zu wickeln.

„Bitte, Lucien. Ich will dich jetzt in mir haben." Sie wölbte sich in seine Richtung.

„Langsam, Liebes", flüsterte er gegen ihre Wange, bevor er ihren Mund mit einem feurigen Kuss bedeckte.

Er drang in sie ein, dehnte und füllte sie. Er war groß und sie war seit einiger Zeit nicht mehr mit einem Mann zusammen gewesen. Der kurze Schmerz wurde jedoch bald durch süße Lust ersetzt.

„Oh Gott", stöhnte sie. Sie hob die Hüften und versuchte, sich an ihm zu reiben.

„Fuck, Catty. Tue ich dir weh?", stöhnte er an ihrem Hals. „Du bist wirklich eng."

„Es ist eine Weile her." Sie schlang ihre Beine um seine und hielt ihn in ihrem Körper fest. „Wage es nicht, darüber nachzudenken, aufzuhören. Nicht jetzt."

„Ich will das hier. Ich will dich." Er küsste sie. Sie öffnete ihren Mund unter seinem, schmeckte seine heißen Lippen und prägte sich seinen Duft ein.

Er begann, langsam und methodisch seinen Schwanz in ihren Körper zu pumpen. Der Rhythmus war so berauschend, dass sie fast vergaß zu atmen. Sie hatte noch nie zwei Orgasmen so dicht hintereinander gehabt, aber Lucien war dabei das zu ändern.

Die Bewegung seiner Hüften wurde schneller und er rutschte in ihre feuchte Hitze hinein und wieder heraus.

Er nahm ihre Hände, verschränkte seine Finger mit ihren und streckte sie über ihren Kopf.

Sie festigte ihren Griff und hielt seinen Blick, als er in sie hineinstieß und wieder hinaus glitt und jeden Zentimeter ihrer Haut in Brand setzte.

Ihr Körper spannte sich an. Sie war fast soweit, Lust machte sich in ihr breit.

„Lucien." Sie zog sich fest um seinen Schaft zusammen und kam hart.

Er neigte den Kopf und saugte an ihrer Brustwarze, während er hart und schnell in sie eindrang. Genuss strömte durch ihre Adern.

Er hielt sie während ihres Orgasmus fest in seinen starken Armen. Er knurrte, vergrub sein Gesicht in ihrem Nacken und biss zu. Er stieß in sie und ließ seinen Samen tief in sie hinein spritzen.

Als er fertig war, fiel er auf sie, ihre Körper waren schweißnass, ihre Atmung flach vor Befriedigung.

Sie ließ ihre Hand über seine Seiten gleiten.

Er versteifte sich.

„Alles okay. Ich wollte deinen Rücken nicht berühren. Ich will nur deinen Arsch anfassen." Sie griff seinen Hintern und küsste ihn auf den Hals.

Er lachte, als er sich von ihr hoch stieß.

„Du bist nicht wie die meisten Frauen, Catty."

„Ich bin ja auch keine." Sie nagte sanft an seiner Schulter.

Er drückte sie an seine Brust. Sie schloss ihre Augen und genoss das Gefühl von ihm so nah bei ihr.

„Lucien?"

„Ja?", murmelte er, als seine Finger kleine Kreise auf ihren Rücken streichelten. Sie kuschelte sich tiefer an ihn.

„Was ist mit deinem Rücken passiert?"

Er hielt inne und sie konnte die unsichtbare Mauer spüren, die zwischen ihnen entstand.

„Ich verurteile niemanden. Du brauchst keine Angst davor haben, mir zu vertrauen, Lucien." Sie umarmte ihn fester.

„Ich habe keine Angst", sagte er steif.

„Du kannst meine Narben nicht sehen. Aber ich trage sie jeden Tag meines Lebens." Sie kniff die Augen zusammen und verzog das Gesicht. „Ich kann nicht nach Hause gehen. Nicht nach dem, was ich getan habe."

„Was meinst du?" Er hob ihr Kinn mit seinem Finger.

Sie öffnete die Augen und begegnete seinem ernsthaften Blick. „Wie kann ich Schande über meine Familie bringen, indem ich nach Hause gehe? Wenn ich nach Hause gehe, werden sie herausfinden, dass ich in New Orleans gestrippt habe. Das kann ich nicht verbergen." Sie schüttelte den Kopf. „Ich wünschte, ich hätte Arkansas nie verlassen. Jetzt kann ich nie zurückgehen."

„Du kannst immer zurückgehen." Seine Fingerspitzen berührten ihre Wange.

„Mein Vater ist ein angesehener Werwolf. Ich weiß, dass die Entscheidungen, die ich getroffen habe, Konsequenzen haben. Im Moment wissen sie nicht, wo ich bin oder was aus mir geworden ist. Sie sind frei von der Schande, mich als Tochter oder Schwester zu haben." Sie schaute weg und setzte sich auf.

„Du kennst deine Familie überhaupt nicht." Er setzte sich hin, legte seine Hände auf ihre Seiten und schaute in ihre Augen.

„Glaub mir, ich kenne meine Familie."

„Ich auch."

Sie blinzelte überrascht. „Du kennst meinen Vater?"

„Ja. Und deine Mutter. Aber ich kenne Zane besser."

„Es würde ihn umbringen, herauszufinden, was ich getan habe. Ich denke, es würde ihm am meisten wehtun. Wächter haben ihren Ruf zu schützen, weißt du." Sie schluckte schwer und sah weg. Sie konnte das Mitleid in seinen Augen nicht ertragen.

„Und ich denke, Zane würde es verstehen. Er weiß, dass jeder Fehler macht."

„Du verstehst das nicht. Ich habe mich dazu entschieden, mich auszuziehen. Nicht aus Verzweiflung, sondern wegen der Aufmerksamkeit. Um gesehen zu werden." Ihr Magen verdrehte sich und sie unterdrückte den Drang, sich zu übergeben. „Aber ich habe mich so geirrt. Wenn ich auf der Bühne stehe und meine Kleider ausziehe, sehen mich diese Männer nicht, sie lieben mich nicht, sie begehren mich nicht einmal. Sie wollen mich besitzen. Mich kaufen, benutzen und dann wegwerfen."

„Er ist immer noch dein Bruder. Er liebt dich immer noch."

„Du kennst ihn anscheinend nicht gut. Zane ist so geradlinig wie möglich. Es gibt bei ihm keinen Raum für Fehler." Sie zog ihre Beine bis zum Kinn und senkte den Kopf. „Selbst wenn ich nach Hause ginge, gäbe es keine Vergebung. Nicht für mich."

Er hob sie in seine Arme und setzte sie in seinen nackten Schoß. „Du bist zu streng mit dir."

„Nein, ich bin realistisch." Sie legte ihren Kopf an seine Schulter und kuschelte sich in seine Wärme. Trotz der Hitze der Nacht fühlte sie sich kalt im Inneren.

„Menschen ändern sich. Zane war vielleicht früher so hart, aber er hat einiges durchgemacht und er hat sich … verändert."

Sie riss den Kopf hoch. „Was durchgemacht? Ist er okay?"

Er grinste. „Es geht ihm gut. Er hat Skylar, die sich um ihn kümmert."

„Skylar? Sie sind zusammen? Aber sie ist ein Roter Wolf." Sie hatte gewusst, dass Skylar in jüngeren Jahren für ihren Bruder geschwärmt hatte, aber Zane hatte ihrer Freundin nie wirklich Beachtung geschenkt.

Er legte den Kopf schief. „Ja, Skylar. Hast du ein Problem damit, dass sie zusammen sind?"

„Natürlich nicht. Ich meinte es nicht so, wie es klang. Skylar war meine beste Freundin. Ich dachte, Zane würde sich mit jemandem seinesgleichen paaren …", sie biss sich auf die Lippe und stöhnte. „Das habe ich nicht gemeint. Gott, ich höre mich wie eine Idiotin an." Sie lehnte ihren Kopf an seine Schulter und wünschte, sie könnte aufhören zu reden.

Er lachte.

Sie schaute hoch. „Ich finde es toll, dass Zane und Skylar zusammen sind. Sie verdient jemanden, der sie wie eine Königin behandelt."

„Und was ist mit dir?"

„Kein Mann wird sich mit mir paaren wollen. Darüber denke ich also gar nicht erst nach." Sie schluckte die Bitterkeit in ihrem Mund hinunter.

„Ist es das, was du willst? Einen Partner zu finden?"

Sie starrte ihn lange an und versuchte ihre Gedanken in Worte zu fassen.

„Ich möchte einen Neuanfang, um zu entkommen und mir eine neue Zukunft aufzubauen. Vielleicht herausfinden, was ich gut kann." Sie schüttelte den Kopf. „Ich will vor allem ein anderes Leben."

„Warum fängst du dann nicht Zuhause an?"

Sie seufzte. „Weil ich es nicht kann. Diese Tür ist geschlossen. Während wir aufwuchsen, ging es immer um Zane. Er war das goldene Kind. Der Superstar der Familie. Er konnte nichts falsch machen." Sie fuhr mit den Fingern durch sein dunkles Haar, während sie sprach. „Verdammt, sogar Skylar hat mehr Aufmerksamkeit bekommen als ich."

„War die familiäre Situation von Skylar nicht schlecht? Voller Missbrauch?"

Wenn er so viel über Skylar wusste, stand er Zane näher, als er vermuten ließ.

„Ich glaube, ihr Vater hat sie sehr vernachlässigt. Ich bin mir nicht sicher. Sie hat nicht darüber gesprochen. Er hat mir immer Gänsehaut eingejagt."

„Ohne Zweifel." Er drückte sie näher an sich. „Möchtest du wissen, wie deine Eltern auf Skylar reagierten, als Zane sich mit ihr paarte?"

„Nein. Ich muss es nicht wissen."

„Aber ..."

„Aber nichts." Sie schüttelte den Kopf. „Sieh mal, sie haben sie vielleicht in die Familie aufgenommen, aber bei mir ist das anders. Ich werde mit anderem Maß gemessen." Sie schaute weg. „Das war schon immer so."

Stille breitete sich zwischen ihnen aus. Sie wollte aufstehen und gehen, bevor noch etwas über ihre Vergangenheit gesagt wurde.

„Ich wurde verbrannt." Seine Stimme schnitt durch die Stille.

„Was?" Sie riss den Kopf hoch.

„Du hast gefragt, was mit meinem Rücken passiert ist. Ich wurde verbrannt, als ich jünger war." Er schaute weg. Sie wusste, wie schwer es für ihn war, seine Vergangenheit mit ihr zu teilen.

„Oh mein Gott, Lucien." Sie berührte seine Wange. „Das muss schrecklich für dich gewesen sein."

„Es war nicht gerade ein Picknick." Er schnaubte.

Ihr Herz brach für ihn. „Was ist passiert?"

„Du und ich sind uns ähnlicher, als du denkst." Er sah sie nachdenklich an. „Wir wurden beide in hochrangige Familien geboren. Ich komme aus Louisiana."

„Wirklich?"

„Meine Familie, die Sauvages, kam vor vielen Generationen aus Frankreich hierher. Meine Urgroßeltern wurden reich, als sie eine eigene Reederei gründeten. Bald waren sie eine der reichsten Familien in New Orleans."

„Ich hatte keine Ahnung. Ich dachte, du bist nur ein heißer Biker."

Sein Gesichtsausdruck wurde weicher und er grinste, bevor er sich zu ihr lehnte, um sie zu küssen. Ihr Körper erhitzte sich bei seiner Berührung. So sehr sie ihn auch immer wieder wollte, sie wollte auch seine Geschichte hören.

„Also, was ist passiert?"

„Ich war achtzehn und wollte Wächter werden. Mein Bruder versuchte, dem Rudel von Louisiana beizutreten, schaffte es aber nicht. Als er herausfand, dass ich mich beworben hatte, wurde er wütend. Wütender als ich ihn je gesehen hatte. Es war Winter und in unserem Garten gab es ein Lagerfeuer. Ich hatte einige Freunde da und wir haben Bier getrunken und er und ich haben uns gestritten. " Luciens Augen wurden glasig, als würde er das Geschehen direkt vor sich sehen. „Mein Bruder hat mich letztendlich ins Feuer geworfen."

„Aber warum ist es nicht verheilt?" Werwölfe hatten Elemente im Blut, die sie in unglaublicher Geschwindigkeit heilen ließen.

„Weil mein Bruder, nachdem ich von meinen Freunden aus dem Feuer gezogen wurde, Salz auf meinen Rücken geworfen hat. Er wollte mich fürs Leben zeichnen, damit die Wächter mich nicht aufnehmen würden."

„Was für ein Arschloch." Cattys Eingeweide verkrampften sich vor Ärger. Sie schlang ihre Arme um seinen Hals und zog ihn näher, um ihm den Schmerz zu nehmen. „Hat er gesagt, warum er das getan hat?"

„Das musste er nicht. Er war neidisch. Wenn er nicht den Wächtern beitreten konnte, wollte er sichergehen, dass ich auch nicht die Chance dazu bekam. Er ist in dieser Nacht fortgegangen. Nach einer Weile zog ich von Louisiana nach Arkansas."

Er hob sie von seinem Schoß. Er stand auf und zog sie mit sich hoch. „Ich habe noch nie zuvor jemandem meinen Rücken gezeigt." Er ließ ihre Hände los und machte einen Schritt nach hinten. Er fuhr sich mit der Hand über die Stirn und sah sie dann unsicher an.

Er drehte sich um und zeigte ihr seinen Rücken.

Ihr Atem stockte in ihrem Hals, als sie das entfärbte, fleckige Fleisch sah, das einst glatt gewesen war. Sie trat näher und legte ihre Hand in die Mitte der vernarbten Stelle.

Er zischte.

Sie riss ihre Hand zurück. „Habe ich dir wehgetan?"

„Nein." Er schüttelte den Kopf und sah dann auf den Boden. „Es ist nur … niemand hat bisher meinen Rücken berührt. Nicht mal meine Mutter."

Das alles, was er erlebt hatte, ließ ihr Herz wie Glas zerbrechen. Wut, Trauer, Rache – das alles strömte gleichzeitig durch die winzigen Spalten. Sie trat näher, schlang die

Arme um ihn und presste die Lippen auf sein wütendes Fleisch.

„Es tut mir so leid."

„Ich will kein Mitleid. Mit Mitleid bin ich noch nie gut klargekommen." Die Härte in seiner Stimme ließ sie zusammenzucken.

„Ich habe kein Mitleid mit dir, Lucien. Es tut mir leid für all die Schmerzen, die du erlitten hast. Es tut mir leid, dass dein Bruder dir das angetan hat."

Er packte ihre Arme und zog sie fest um seine Taille. Sie lächelte und legte ihren Kopf gegen seine unebene Haut. Sie unterdrückte die Tränen der Wut in ihren Augen. Sie wusste, wie er sich fühlte.

Er fühlte sich wertlos.

Sie fühlte sich genauso.

„Da wir gerade reden, es gibt etwas über mich, das du wissen solltest." Sie räusperte sich.

„Was ist es?" Er drehte sich um.

„Selbst, wenn ich mit dem Strippen aufhöre, sind meine Aussichten auf Jobs offenbar ziemlich begrenzt. Ich war wirklich aufgeregt und motiviert, so ein Online-Quiz zu machen, um zu sehen, was ich im Leben will."

„Und?"

„Mein Ergebnis war ‚Persönlicher Kuschler'." Sie schüttelte den Kopf. Als sie es laut aussprach, merkte sie erneut, wie dumm das klang. „Das heißt, man umarmt Menschen, damit sie einschlafen können."

„So etwas gibt es?"

„In Japan schon." Sie sah verschämt weg.

„Und du hast das ernst genommen?" Ein langsames Lächeln schlich sich auf sein Gesicht.

„Ja! So erfährst du deine Berufung, dein Schicksal im Leben!" Sie sah ihn mit großen Augen an.

„Nun, hast du dieses Quiz noch einmal gemacht?"

„Ja, noch zweimal. Beim zweiten Mal sagte es Bestattungsdirektor."

Er lachte laut auf.

„Das ist nicht lustig, Lucien." Ihr Herz überschlug sich in ihrer Brust. Sie hätte es für sich behalten sollen.

„Es ist ein dummer Test. Er hat nichts zu bedeuten."

„Sagt der Kerl, der ihn noch nie ausgefüllt hat." Sie kniff die Augen zusammen.

„Ich habe ihn tatsächlich schon einmal ausgefüllt. Das Ergebnis sagte, ich sollte ein männliches Model sein."

„Ha! Siehst du! Es ist also doch passend." Sie senkte ihren Kopf. „Das letzte Quiz gab mir die lächerlichste Antwort von allen."

„Lächerlicher als Bestattungsdirektor?"

„Ja." Sie seufzte. „Anwalt."

„Was ist daran so lächerlich? Das ergibt für mich vollkommen Sinn. Du würdest das Erbe deiner Familie weiterführen." Er hob ihr Kinn mit seinem Finger. „Außerdem bist du stur und streitest gern."

„Man muss intelligent sein, um Anwalt zu werden." Sie schüttelte den Kopf. „Ich glaube nicht, dass ich das könnte."

„Ich denke, du traust dir nicht genug zu. Wir brauchen gute Anwälte, kluge Leute, die sich um andere kümmern. Ich habe gesehen, wie du auf diejenigen aufpasst, die sich nicht um sich selbst kümmern können. Wie Mrs. Willis."

Sein Glaube an sie ließ ihr Herz etwas schneller schlagen.

Er zog sie an seine muskulöse Brust. Die Straßenlaterne strahlte über sein sündhaft hübsches Gesicht. Sein schwerer, verschleierter Blick versengte sie. Die Energie verlagerte sich. Seine Erektion drückte sich in ihren Bauch. Ihr Körper wurde warm, als er ihren Mund mit seinem bedeckte.

„Ich will dich noch einmal", murmelte er gegen ihre Lippen und hob sie in seine massiven Arme.

„Gut. Ich will, dass du mich nimmst", sagte sie atemlos.

Er trug sie ins Bett und legte sie vorsichtig hin. Zeit und Lärm hörten neben ihnen auf zu existieren und es war, als wären sie die einzigen Menschen auf der Welt … Er bewegte sich zwischen ihren Beinen und küsste und berührte sie langsam.

Sie hatte sich noch nie geliebter und wertgeschätzter gefühlt, auch wenn es nur von kurzer Dauer war.

Sie wusste, dass in ihrem Leben ein Moment alles war, was sie erwarten durfte.

KAPITEL 16

*L*ucien kniff die Augen zusammen, als die blendende Morgensonne durch die Spitzengardinen drang. Er drehte sich zur Seite und zog Catty in seine Arme.

„Wir haben keine Zeit für eine weitere Runde." Sie lachte und versuchte, sich frei zu winden.

„Man hat immer Zeit für eine weitere Runde." Er vergrub sein Gesicht in ihren Hals.

Er fuhr mit seiner Hand zwischen ihre Beine und hielt plötzlich inne.

Er runzelte die Stirn. „Warum bist du schon angezogen?" Er schnüffelte an ihrem Hals. „Und geduscht hast du auch."

„Weil es fast acht Uhr ist und ich einen Kaffee brauche." Sie rollte sich herum und küsste ihn auf den Mund. „Außerdem hast du gestern Abend etwas über ein Treffen gesagt. Ich dachte, du musst früh aufstehen."

Er setzte sich im Bett auf und warf einen Blick auf die Uhr auf dem Nachttisch. „Scheiße."

„Entspann dich, ich bin sicher, du hast noch genug Zeit." Sie zog ihre Schuhe an und sah ihn an.

„Ich muss heute Nacht in Mississippi sein." Er schnappte

sich sein Handy, öffnete die Karte und überprüfte, wie lange die Fahrt dorthin auf seiner Harley dauern würde.

Er entspannte sich, als er sah, dass er genug Zeit hatte.

„Wo in Mississippi?" Sie nahm eine Bürste aus ihrer Handtasche und kämmte ihre blonden Haare. Die seidig blonden Strähnen glänzten wie Gold in der Morgensonne. Es juckte ihn in den Händen, mit seinen Fingern durch ihr Haar zu streichen. Die Art, wie es sich auf seiner Brust angefühlt hatte, als sie neben ihm schlief, war einer der intimsten Momente, die er jemals mit einer Frau geteilt hatte.

„Yazoo City." Er stand auf und zog sie zu sich.

Sie erstarrte. „Bitte sag mir, dass du nicht dorthin gehst, um sie zu sehen." Ihre Pupillen weiteten sich und ihre Lippen öffneten sich.

„Wen?"

„Die Hexe."

„Woher weißt du, wen ich vorhabe zu treffen?" Ein unbehagliches Gefühl kroch ihm den Rücken hinauf.

„Es gibt keinen anderen Grund für einen Werwolf, nach Yazoo City zu gehen, wenn er nicht nach Ärger sucht. Sie bedeutet nichts als Ärger." Sie schüttelte den Kopf.

„Kennst du sie?"

„Unglücklicherweise ja." Ihre schönen Augen verengten sich zu engen Schlitzen und sie presste ihre Lippen zu einer dünnen weißen Linie zusammen.

„Wenn ich dich bitten würde, nicht zu gehen, würdest du auf mich hören?" Sie warf ihm einen ernsten Blick zu.

„Nein." Er konnte nicht anders, als zu grinsen. „Sorry, Baby, aber ich habe hier einen Job zu erledigen."

Sie runzelte die Stirn. „Bin ich Teil des Jobs?"

„Der Job ist der Grund, warum ich nach dir gesucht habe. Aber was zwischen uns vorgeht, gehört nicht zum Job." Er schluckte und zog sie in seine Arme. Schuldgefühle stachen in seinem Bauch wie Bienen. Er war nicht ganz ehrlich zu ihr gewesen. Er hatte ihr nicht erzählt, was er war.

Er hasste es, sie anzulügen, vor Allem weil sie sich auf so viele Arten vor ihm entblößt hatte.

„Also, wieso kennst du sie?" Sie zog sich näher an seinen Schoß.

„Weil sie nicht die Fähigkeit besitzt, ihre Hände bei sich zu behalten, wenn es um die Freunde von anderen geht."

Eifersucht machte sich in ihm breit. Freund? Wie lange war das, worüber sie sprach, her?

Sie schnaubte. „Es ist schon ein paar Jahre her. Du kannst also aufhören, mich so anzustarren."

„Was ist passiert?"

„Ich habe sie eines Abends in einer Bar gesehen, als ich mit meinem Freund unterwegs war. Wir haben getanzt und sie hat immer wieder versucht, sich dazwischenzuschieben. Er hat sie immer zurückgewiesen. Es war ihr egal. Er ging uns ein paar Bier holen. Als er nicht zurückkam, suchte ich ihn. Ich fand ihn in der Gasse hinter dem Gebäude, während er gerade mit ihr Sex hatte. Er hatte diesen komischen, ausdruckslosen Blick in seinen Augen, als würde er direkt durch mich hindurch sehen. Ich wusste es damals nicht, aber sie hatte ihn mit einem Verführungszauber belegt."

„Das tut mir leid." Das tat es nicht. Er war froh, dass sie nicht immer noch mit dem Arschloch zusammen war,

„Ich denke, ein Typ, der schwach genug ist, um fremdzugehen, braucht keinen Zauber. Er hätte es wahrscheinlich sowieso irgendwann getan. Es ist besser, dass ich schon damals herausgefunden habe, dass ich keine Zeit mehr mit ihm verschwenden sollte." Sie zuckte mit den Schultern. „Wie du dir also denken kannst, werden die Hexe und ich so schnell keine besten Freundinnen werden." Sie sah ihn mit zusammengekniffenen Augen an. „Und deshalb komme ich auch mit dir mit."

„Vertraust du mir nicht?" Er hob seine Augenbrauen. Seine Brust füllte sich mit Wärme. Es fühlte sich gut an, jemanden zu haben, der beschützerisch ihm gegenüber war. Auch, wenn es nur für den Moment war.

„Ich vertraue ihr nicht." Sie stand auf und trat aus seiner Reichweite. Sie zeigte mit ihrem Daumen in Richtung Badezimmer. „Jetzt beeil dich und geh duschen. Wir müssen bei mir vorbeischauen, damit ich meine Jeans und Motorradstiefel anziehen kann."

* * *

Es war schon eine Weile her, seit Catty auf einer Harley mitgefahren war. Mit dem Wind in ihren Haaren und ihren Armen um Luciens Taille konnte sie nicht aufhören zu lächeln, als sie den Highway entlang rasten. Es war genau die Flucht vor der Realität, nach der sie sich so sehr gesehnt hatte.

„Geht es dir gut?", schrie Lucien gegen den Wind und das Gebrüll des Motors.

„Mir ging es nie besser." Sie legte ihren Kopf an seine warme Lederjacke und kuschelte sich an ihn. Sie hatte versucht, ihn zu überzeugen, die schwere Jacke auszuziehen, aber er bestand darauf, sie zu tragen.

Sie fuhren stundenlang und hielten nur ein paar Mal an, um zu tanken. Er versuchte, sie dazu zu bringen, etwas zu essen, aber die Hitze nahm ihr den Appetit. Sie war zu sehr darauf bedacht, wieder auf die Harley zu steigen und ans Ziel zu gelangen.

Würde Lucien sich zu der Hexe hingezogen fühlen? Würde sie ihn verführen, so wie sie so viele Männer bereits verführt hatte? Oder würde Lucien in der Lage sein, stark zu bleiben und sich aus eigener Kraft zu widersetzen?

Sie atmete tief ein und verdrängte ihre negativen Gedanken. Lucien war anders.

Er musste es einfach sein. Er war so ehrlich zu ihr gewesen und sie hatte gesehen, wie schwer es ihm gefallen war.

Auch wenn sie den genauen Grund nicht kannte, warum er sich mit den schmutzigen Geschäften in New Orleans befasste, glaubte sie, er sei vom Arkansas-Rudel angeheuert worden. Vielleicht sammelte er Informationen für das Rudel. Vielleicht war es persönlich. Sie war sich nicht sicher.

Sie war sich aber sicher, dass er kein Wächter war. Die Wächter hatten immer ihr Emblem auf ihrem Rücken tätowiert. Wächter waren tödlich und sie wahrten den Frieden unter der zivilen Werwolf-Bevölkerung. Sie konnte sich nicht vorstellen, dass Zane ein Wächter war. Sie waren die starken Männer des Rudelführers und ihr Bruder war immer eher der Denker gewesen.

Aber Menschen ändern sich. Das wusste sie besser als alle anderen. Sie wollte sich zum Besseren verändern.

Zumindest war Lucien kein Wächter.

Wenn jemand im Club Wind davon bekam, dass sie mit einem Wächter unterwegs war, würde sie das ihr Leben kosten. Sie wusste, dass Lucien sie niemals in Gefahr bringen würde.

* * *

LUCIEN VERLANGSAMTE SEINE GESCHWINDIGKEIT, als er die Stadtgrenze von Yazoo City, Mississippi, erreichte.

Es war weit nach Einbruch der Dunkelheit und die Straßen wurden von den Straßenlaternen und Scheinwerfern der Autos beleuchtet. Er bog ab und fuhr den steilen Hügel hinunter, der in das Herz der Stadt führte. Während er sein Tempo unter der Geschwindigkeitsbegrenzung hielt, setzten sie ihre Reise durch das historische Städtchen fort.

Die Straßen waren gesäumt von Eichen, viktorianischen Häusern und Bürgersteigen. Für einen Außenstehenden sah es aus wie eine normale Kleinstadt. Aber er ließ sich nicht täuschen. Seine Sinne waren in höchster Alarmbereitschaft und er spürte, wie eine übernatürliche Energie durch die Stadt floss, die stärker wurde, je näher sie ihrem Ziel kamen. Es fühlte sich an wie ein Fluch, der über der kleinen Stadt hing.

Als er den Eingang zum Glenwood Friedhof erreichte, parkte er und stellte den Motor ab.

Er stellte den Ständer auf, glitt vom Motorrad und hob dann Catty von der Maschine.

„Das kriege ich auch alleine hin."

„Ich weiß. Ich mag es nur, dich anzufassen." Er drückte sie an sich und gab ihr einen schnellen Kuss, bevor er sich kurz umsah.

„Das Tor ist verriegelt." Er runzelte die Stirn.

„Ja, ich dachte mir schon, dass es das sein würde. Das Grab der Hexe wurde so oft zerstört, dass sie angefangen haben, es nachts abzusperren."

„Woher wusstest du das?"

„Ich habe es bei Google herausgefunden." Sie zuckte mit den Schultern.

„Klettere auf meinen Rücken und ich werde den Zaun erklimmen."

„Ich kann selber klettern, Lucien."

„Das ist mir egal. Wenn du ausrutschst und auf den Zaun fällst, wirst du aufgespießt. Das kann ich nicht riskieren." Er zeigte auf seinen Rücken. „Komm schon."

Sie seufzte schwer und kletterte auf seinen Rücken.

Sein Körper wurde sofort warm, als sie ihre Lippen gegen

seinen Hals presste. „Nur damit du es weißt, schau ihr nicht in die Augen."

„Warum? Ist sie eine Medusa?"

„Das einzige, was sie hart wie Stein macht, ist dein Schwanz. Stell nur sicher, dass das nicht passiert." Der eisige Tonfall in ihrer Stimme und der Blick, den sie auf ihn richtete, ließ ihn erkennen, wie sehr sie die Hexe hasste.

Er lächelte. „Ich mag deine Eifersucht. Es macht mich an, dass du eifersüchtig bist."

„Hauptsache sie macht dich nicht an." Sie kletterte auf seinen Rücken und schlang ihre Arme um seinen Hals.

Er sprang, kletterte den Zaun hoch und landete auf der anderen Seite. Sie glitt von seinem Rücken.

Lucien nutzte die Gelegenheit, um seine Umgebung wahrzunehmen. Der Friedhof war leer und er konnte sehen, dass niemand in der Nähe war. Aber der unverwechselbare Klang der Musik der Siebzigerjahre driftete um sie herum.

„Was zum Teufel ist dieser furchtbare Klang?" Er zuckte zusammen, sah sich um und versuchte herauszufinden, woher das Geräusch kam.

„Ach ja. Ich habe vergessen, es dir zu erzählen. Unsere Hexe hört am liebsten ABBA." Sie legte den Kopf auf die Schulter und verschränkte die Arme. „Hört sich an, als würde sie ‚Dancing Queen' hören."

„Ach du Scheiße. Das wird eine Folter sein." Er hasste jegliche Musik außer Rockmusik. Vor allem hasste er die Musik der Siebziger.

Er nahm Cattys Hand und führte sie weiter entlang der Reihen von Gräbern und Grabsteinen.

Einige der Gräber wurden von Solarlampen beleuchtet, die die Angehörigen in der Nähe der Grabsteine aufgestellt hatten. Andere Gräber hatten künstliche und echte Blumen um sie herum. Auf dem Friedhof befanden sich nur wenige

Sicherheitslichter, wodurch einige Bereiche hell beleuchtet und andere stockfinster waren.

Catty sah von ihrem Handy auf. „Laut meiner Karte ist ihr Grab dort, nicht weit vom Springbrunnen und in der Nähe des komisch aussehenden Grabsteins."

Sie fanden die Erkennungszeichen und je näher sie kamen, desto lauter wurde die Musik.

Dort war ein Grabstein, der zerbrochen und mit großen Ketten umwickelt auf dem Boden lag. Einige der Kettenglieder fehlten.

„Ich vermute, die Ketten sollen sie hier festhalten", sagte er.

„Deshalb sind sie kaputt." Eine verführerische Frauenstimme kam von einem nahegelegenen Baum.

Eine Frau in einem weißen Sommerkleid trat aus dem Schatten heraus.

Das Sicherheitslicht in der Nähe beleuchtete ihr flammend rotes Haar, das wellenartig über ihre schmalen Schultern floss. Ihre Augen, ein strahlender Schimmer von elektrischem Grün, deuteten einen Hauch von Belustigung an, als sie sie beide mit Interesse betrachtete.

Sie schien Mitte zwanzig zu sein und sie war weit entfernt von dem Bild einer alten Hexe, wie es sich Lucien vorgestellt hatte.

„Ich habe erwartet, dass du alleine kommen würdest." Sie lächelte, als ihr Blick seinen Körper entlang streifte und sich in seinem Schritt festsetzte. Er fühlte sich unter ihrem vulgären Blick unwohl.

„Hallo, Ella", sagte Catty.

„Entschuldigung. Kennen wir uns?" Die Hexe richtete ihre Aufmerksamkeit auf Catty und funkelte sie an.

„Ja. Du hast meinen Freund in der Gasse in New Orleans gefickt." Cattys trockener Ton klang tödlich.

„Das grenzt die Auswahl nicht gerade ein, Schätzchen." Ella lächelte süß.

„Das überrascht mich nicht", knurrte Catty.

Ella stürzte sich auf sie. Catty stieß ein wildes Knurren aus und war bereit für den Kampf. Lucien trat zwischen die beiden Frauen.

„Mir wurde gesagt, dass du einige Informationen für mich hast. Über einige der vermissten Wächter." Er starrte die Hexe an.

Das Lächeln fiel von ihrem Gesicht. „Ich glaube, da hast du etwas Falsches gehört." Der Tonfall in ihrer Stimme war zu sicher, zu gezwungen, zu bereit, das Thema zu wechseln. Sie schnippte mit den Fingern und die Musik wechselte zu einem anderen Song von ABBA.

Lucien näherte sich der Hexe.

„Hör zu, verschwende nicht meine Zeit. Ich bin hier, weil mir gesagt wurde, dass du mir helfen könntest."

Sie hob die perfekt gezupften Augenbrauen und lachte leise. „Ich gebe keine Informationen kostenlos weiter. So spiele ich nicht." Sie setzte sich auf einen nahe gelegenen Grabstein und spreizte suggestiv ihre Beine. „Ich brauche etwas als Gegenleistung für die gewünschten Informationen."

Catty knurrte.

„Wirklich?" Lucien griff in die Jackentasche und zog einen Umschlag heraus. Darin befanden sich zehntausend Dollar, die Barrett zusammen mit der Wegbeschreibung gesendet hatte.

Er hielt das Geld Ella hin.

„Geld ist etwas, das ich nicht brauche, seit ich auf diesem Friedhof stecke." Sie schnaubte und trat auf ihn zu. „Wenn es jedoch noch etwas gibt, mit dem du verhandeln möchtest, dann können wir darüber reden." Sie fuhr mit dem Finger über seine Brust.

Er packte ihre Hand und schaute sie genervt an. „Wie kannst du in menschlicher Form erscheinen, wenn du doch tot sein solltest?"

„Das ist Teil dieses verdammten Fluches. Mein Körper kann nicht sterben und meine Seele ist an meinen Körper gebunden. Ich bin verflucht und stecke auf diesem Friedhof fest. Was nützt mir das Geld hier?"

„Der Legende nach bist du entkommen. Und hast die Stadt niedergebrannt." Lucien traute dieser Schlampe nicht einmal soweit, wie er sie werfen konnte.

„Nun, eigentlich war das eher ein Zufall." Sie zuckte mit den Schultern. „Ich wusste, dass ich einen Blutaustausch machen musste. Ich musste jemanden opfern, um zu entkommen. Das unschuldige Blut hat den Fluch geschwächt und mir so die Flucht ermöglicht. Beim ersten Mal bin ich geflohen und habe die Stadt Yazoo in Brand gesetzt, weil sie mich umgebracht hatten. Beim zweiten Mal, als niemand etwas davon mitbekam, bin ich bis nach New Orleans gekommen, bevor ich an diesem Ort zurückgesaugt wurde."

„Du musstest einen Menschen töten?" Catty starrte sie an.

„Ich bevorzugte jemanden mit übernatürlichem Blut. Menschliches Blut ist schwach und verschafft mir nur kurzzeitige Freiheit, bevor der Fluch mich hierher zurückbringt."

Catty stemmte die Hände in die Hüften. „Wen hast du getötet, um nach New Orleans gelangen zu können?"

Ellas Lächeln wurde räuberisch. „Einen Werwolf, jemanden wie dich."

Luciens Körper versteifte sich und sein Beschützerinstinkt floss durch seinen Körper. Er trat vor Catty und blockierte der Hexe die Sicht. „Aber es befreit dich nicht für immer."

„Nein. Ich merke es, wenn der Blutaustausch seine Kraft verliert. Mir wird schwindelig und ich werde ohnmächtig." Ihr Lächeln glitt von ihrem Gesicht. „Wenn ich meine Augen öffne, bin ich wieder in diesem Scheißloch." Sie starrte ihre Umgebung an und ihre grünen Augen funkelten vor Hass.

Cattys Handy klingelte. Der Klingelton, ein Lied von Miranda Lambert, brach die Stille des Friedhofs. Sie holte es aus ihrer Jeans-Tasche, schaute auf den Bildschirm und steckte es dann wieder weg.

„Was war das?" Ella reckte ihren Hals und sah mit großen Augen hinter Lucien.

„Das ist ein Handy", schnaubte Catty.

„Ich weiß, dass das ein Handy ist, Dummerchen. Ich meinte die Musik." Ihre Augen wurden glasig.

„Country Musik. Hast du sie noch nie gehört?" Er war kein Fan, aber es wäre eine Verbesserung gegenüber dem abscheulichen Siebziger-Zeug, das sie die ganze Zeit spielte.

„Ich sage euch etwas, ich will diese Musik." Ihre Augen leuchteten auf. „Im Austausch dafür gebe ich euch die Informationen, die ihr wollt."

Er gab nach. „In Ordnung. Ich werde dir eine CD kaufen."

„Nein. Ich will sie jetzt." Sie streckte Catty die Hand entgegen. „Gib mir dein Handy."

Catty runzelte die Stirn und begegnete Luciens Blick. Er nickte mit dem Kopf.

Widerwillig gab Catty ihr Handy aus der Hand. Ella hielt das Telefon in der Hand und schloss die Augen. Sie sprach ein paar Worte in einer Sprache, die er nicht erkannte, und das Telefon begann zu schweben. Die Musik drang wie rosafarbene Rauchschwaden aus dem Telefon. Ella öffnete ihre Lippen und ließ die rosafarbenen Wirbel und die Musik in ihren Mund. Als die letzte Musiknote das Telefon verließ, schloss sie den Mund und schluckte.

Das Telefon fiel wieder in ihre Handfläche.

Sie streckte Catty das Telefon entgegen, die es anstarrte, als wäre es eine zusammengerollte Schlange.

„Welche Musik auch immer du auf dein Handy heruntergeladen hast, ist weg." Ellas Singsang ging Lucien auf die Nerven. Wenn es ihm schon auf die Nerven ging, musste es Catty den letzten Nerv rauben.

Catty schnappte sich ihr Handy und steckte es in die Tasche.

„Du bist dran. Sag mir, wer die Wächter entführt. In welchen anderen Staaten werden Wächter vermisst?" Lucien ballte die Fäuste. Er war die Spielchen dieser Hexe satt und forderte Antworten.

Die flirtende Rundung ihres Mundes und das Funkeln in ihrem Blick waren verschwunden. Ihr Blick war leer und seelenlos wie der eines Toten. Sie hatte tote Augen.

Ihre Augen wurden glasig, als sie geradeaus blickte und sich auf ein unsichtbares Bild konzentrierte.

„Lucien, die einzigen Wächter, die vermisst werden, sind die aus Arkansas. Wenn die Wächter in den anderen Staaten erfahren, was los ist, werden sie sich in Gefahr begeben, indem sie etwas sagen. Der Rudelführer von Mississippi ist ein Risiko eingegangen, indem er dich zu mir geschickt hat. Er weiß nichts von dem Plan."

„Welchem Plan?" Er trat vor. Sein Magen verdrehte sich, als das bevorstehende Unheil auf seine Schultern drückte.

„Der Plan, alle Wächter auszulöschen. Arkansas ist der Anfang. Ohne Wächter wird die Hölle auf dieser Erde ausbrechen."

„Wer steht dahinter?" Er packte sie am Arm und festigte seinen Griff.

Sie blinzelte und ihre Augen fokussierten sich wieder. Sie runzelte die Stirn und riss die Arme aus seinem Griff. „Das kann ich nicht erkennen. Ich weiß nur, dass du sie aufhalten musst. Wenn weitere Wächter gefoltert und getötet werden, werden die anderen Staaten uns nicht mehr den Rücken decken. Sie wollen Arkansas aus dem Weg räumen. Sie wissen, dass sie, um Arkansas zu vernichten, die Wächter vernichten müssen."

„Was meinst du damit?" Sein Herz pochte wie wild in seiner Brust. Dies ging weiter, als er sich je vorgestellt hatte.

„Sie wissen, dass sie euren Rudelführer Barrett Middleton beseitigen müssen, um Arkansas zu vernichten."

KAPITEL 17

„*W*er steckt dahinter?" Lucien packte sie an den Schultern und schüttelte sie.

„Wenn du nicht aufhörst, mich anzufassen, werde ich einen Zauber wirken, der deinen Schwanz abfallen lässt." Sie fauchte und riss sich aus seinem Griff.

„Ich kann nicht erkennen, wer dahinter steckt. Wer auch immer es ist, hat meine Fähigkeit blockiert. Es ist ein Verschleierungszauber." Sie kniff die Augen zusammen. „Und die einzige Hexe, die stärker ist als ich, ist eine Hexe in New Orleans. Emmalise." Hass strömte aus ihren Augen und kräuselte ihre Lippen. Sie sah nicht mehr aus wie eine attraktive Zwanzigjährige, die Zauber wirkte. Sie sah aus wie die tödliche, apokalyptische Legende, als die sie bekannt war.

„Sie ist diejenige, die mich hier eingesperrt hat. Sie ist diejenige, die mich gejagt, getötet und an diesen Friedhof gebunden hat."

„Hast du auch mit ihrem Freund geschlafen?" Catty hob die Augenbrauen.

„Es war ihr Ehemann."

„Gibt es eine Möglichkeit, wie du den Zauber brechen

könntest?", fragte Lucien, in dem Versuch, das Thema zu wechseln. Es war ihm egal, wer mit wem Sex hatte. Deshalb war er nicht hier.

„Ich brauche die richtigen Zutaten, aber ja, ich kann den Zauber brechen." Sie schaute zu ihm hoch. „Es wird jedoch nicht einfach sein."

„Einfach war noch nie mein Stil. Was brauchst du?" Je schneller er diese Informationen bekam, desto schneller konnte er sich mit handfesten Beweisen bei Barrett melden. Lucien griff in seine Ledertasche und zog Stift und Zettel heraus.

Sie sah nach unten, während sie etwas auf dem Papier notierte. „Die Zutaten findet ihr nur im French Quarter. Sobald ich den Zauber gebrochen habe, kann ich euch alles sagen, was ihr wissen wollt."

„Ich traue ihr nicht, Lucien" Catty trat an seine Seite.

„Sie ist alles, was wir haben." Er traute ihr auch nicht.

Ella grinste und sah Catty scharf an. Sie gab Lucien den Zettel und den Stift zurück. Er steckte beides in die Tasche. „Mach dir keine Sorgen, Süße. Ich werde dir nicht deinen Geliebten nehmen. Ich habe einen anderen Werwolf im Auge: Barrett Middleton."

Interessant. Er würde seinen Rudelführer warnen müssen, niemals nach Yazoo City zu gehen.

Das Murmeln von Stimmen und Gelächter erregte seine Aufmerksamkeit. Er sah sich um und entdeckte in der Ferne eine Gruppe Teenager.

„Ich denke, wir bekommen Gesellschaft." Ellas Augen leuchteten hellgrün, als sie über ihre Schulter blickte. „Ihr beide solltet gehen."

Er beobachtete die Gestalten in der Ferne. Ein Haufen harmloser Teenager, die auf der Suche nach etwas Unfug waren.

„Tu ihnen nicht weh." Er warf ihr einen gefährlichen Blick zu.

„Das mache ich nie", sagte sie zuckersüß. Als sie sich zu den Stimmen umdrehte, erhaschte er einen Blick auf ihren Mund, in dem ein Reißzahn wuchs.

„Was genau ist sie?", murmelte er.

„Gerüchten zufolge ist sie mehr als eine Hexe. Im Moment will ich das aber nicht herausfinden. Komm schon. Wir müssen gehen." Catty zog an seiner Hand.

Er zögerte eine Sekunde und folgte ihr dann. Sie eilten zum Eingang und sie kletterte wieder auf seinen Rücken. Erneut stieg er mühelos über den Zaun und landete auf der anderen Seite.

Er startete den Motor seiner Harley und wartete darauf, dass sie aufstieg.

Er musste Barrett so schnell wie möglich die Informationen, die er gewonnen hatte, zukommen lassen. Sobald die Geschäfte morgen öffnen würden, würde er die Zutaten für den Zauber besorgen. Er hatte keine Zeit zu warten.

Es könnte sonst das Ende der Arkansas-Wächter bedeuten.

* * *

LUCIEN HATTE Catty lange nach Mitternacht bei ihrer Wohnung abgesetzt. Sie war enttäuscht, dass er nicht geblieben war, aber sie wusste, dass er arbeiten musste. Es hatte nicht lange gedauert, bis sie eingeschlafen war.

Sie erwachte erst lange nachdem die Sonne aufgegangen war, machte sich eine Tasse Kaffee und duschte. Während das lauwarme Wasser über ihren Körper spritzte, wanderten ihre Gedanken immer wieder zu Lucien. Etwas passte nicht zusammen.

Sie konnte das Gefühl nicht abschütteln, dass Lucien etwas vor ihr verbarg.

Ihr Bauchgefühl sagte ihr, dass er nicht auf der Seite der Bösen stand, aber in der Vergangenheit hatte sie sich mehrmals beim Charakter von Männern geirrt, also bestand noch guter Grund zur Sorge.

Sie stellte das Wasser ab und stieg aus der Dusche. Sie nahm ein Handtuch, ging aus dem Badezimmer und bewegte sich zu ihrer Kommode. Sie ließ das nasse Handtuch von ihrem Körper fallen und öffnete die Schublade. Es war zu heiß für einen BH, also zog sie ein dünnes T-Shirt und Shorts heraus, die sie in der Wohnung tragen würde.

„Das ist es was mir an dir gefällt, Catty. Du hast keine Angst, deinen Körper zu zeigen." Big Mikes Stimme durchbrach die Stille ihrer Wohnung.

Sie schrie und drückte die Kleider an die Brust, während sie verzweifelt versuchte, ihre Nacktheit zu verbergen. Ihr Herz donnerte gegen ihre Brust.

„Was zum Teufel machst du in meiner Wohnung?" Ihre Stimme zitterte, als sie ihren Chef anstarrte.

Er lächelte und stand vom Bett auf. „Ich habe dich den ganzen Tag nicht gesehen. Ich habe mir Sorgen um dich gemacht, also bin ich vorbeigekommen."

„Ich hatte den Tag frei." Sie nahm eine Decke von der Stuhllehne und wickelte sie um ihren Körper. Unbehagen schlängelte sich ihren Rücken hinauf und wickelte sich um ihren Hals. Big Mike war nie zuvor in ihre Wohnung gekommen. Irgendwas stimmte nicht.

„Ich weiß. Ich hatte gehofft, ihn mit dir zu verbringen. Ich bin schon letzte Nacht hier gewesen, aber du warst nicht da." Sein durchdringender Blick fixierte sie, als ob er ergründen wollte, ob sie log. Sie sah nicht weg und weigerte sich, sich von ihm einschüchtern zu lassen.

„Beschattest du mich jetzt etwa?" Ihr Herz raste in ihrer

Brust, als ihre Sinne immer aufmerksamer wurden. Sie wünschte, sie hätte eine Waffe. Die Kugel würde ihn nicht töten, aber es würde ihn auf jeden Fall bremsen und sie könnte entwischen, wenn sie müsste.

„Ich behalte gern alle meine Mädchen im Auge. Stelle sicher, dass sie nicht in Probleme geraten oder etwas tun, was sie nicht tun sollten." Er kniff die Augen zusammen. „Weißt du, was ich meine?"

„Wenn du andeuten willst, dass ich Drogen nehme, werde ich gern einen Urintest machen."

„Das ist nicht die Art Problem, die ich meine." Er trat zum Fenster und sah auf die Straße hinunter. „Ich habe gehört, du bist mit einem großen Kerl auf einer Harley unterwegs gewesen. Ich habe gehört, dass er ein Werwolf ist."

Ihr Herz überschlug sich in ihrer Brust. Sie zog sich schnell an, während er ihr den Rücken zuwandte. „Ich habe auch ein Privatleben, weißt du. Der Club besitzt mich nicht."

Er drehte sich langsam um und richtete seinen Blick auf sie. „Ist das so? Der Club bringt dir gutes Geld und bezahlt die Rechnungen. Klingt, als würdest du denken, du wärst zu gut für deinen Job."

„Das habe ich nicht gesagt." Sie spürte einen Kloß in ihrem Hals. Sie musste sich nicht mit ihm anlegen. Wenn sie endgültig so weit war, dass sie abhauen würde, würde sie einfach von der Erdoberfläche verschwinden. Sie würde unmöglich zu finden sein.

„Du fängst an, dich anders zu verhalten, Catty. Du bist nicht mehr so sehr darauf aus, die Kunden zufriedenzu-stellen wie früher."

Wut kochte in ihrem Bauch. Sie hatte im Club nie etwas anderes getan, als zu tanzen, trotz allem, was einige Mädchen verbreiteten. Sie wusste, dass es von Neid herrührte, also schüttelte sie es ab.

„Was soll das heißen?" Sie hob das Kinn und traf seinen Blick.

„Ich weiß es nicht. Sag du es mir." Er zuckte die Achseln und trat einen Schritt auf sie zu. Sein militärischer Kurz-haarschnitt und sein Ziegenbart ließen ihn einschüchternd wirken. Seine dunklen Augen blitzten misstrauisch auf, als er auf sie zu ging. Er testete sie und versuchte zu sehen, ob sie log.

„Was ich dir sagen kann, ist, dass ich es nicht mag, wenn du in meine Wohnung einbrichst, während ich unter der Dusche bin."

Sein Grinsen verschwand und Wut erfüllte seine Augen. Er machte einen Satz und packte sie am Hals. Er drückte zu und hob sie vom Boden.

„Du gehörst mir. Vergiss das nie." Sein heißer Atem und seine geknurrten Worte durchdrangen sie wie eine Kugel.

Panik füllte ihre Brust, als ihr der Sauerstoff abge-schnitten wurde. Sie versuchte, Luft zu holen, aber es gelang ihr nicht. Sie kämpfte gegen seinen Griff an, kratzte an seiner Hand und versuchte, sich zu befreien. Ihr Blick verschwamm und das drohende Unheil überflutete ihren Körper.

So musste sich der Tod anfühlen.

Er lockerte seinen Griff, ließ sie los und sie brach auf dem Boden zusammen.

Sein Blick wanderte über ihren Körper, bevor er ihre Augen traf. „Ich brauche dich heute Abend im Club."

„Aber ..." Sie hustete und atmete tief ein und verzog, ob des Brennens in ihrem Hals, ihr Gesicht.

„Kein Aber. Wir sind unterbesetzt. Sieht aus, als würde ein weiteres Mädchen nicht arbeiten kommen. Es ist die Touristensaison und ich muss das Haus füllen." Er starrte sie an. „Und stelle sicher, dass du besonders freundlich zu den

Kunden bist. Du musst unglaublich zuvorkommend sein. Verstehst du, was ich meine?"

Seine schweren Stiefel klopften gegen den Holzboden und er schlug die Tür hinter sich zu. Sie war allein auf dem Boden und starrte an die Decke. Verzweiflung umkreiste sie wie ein Hai.

Wenn sie nicht bald aus New Orleans herauskam, würde etwas Schlimmes passieren. Und wenn Big Mike herausfand, dass sie mit Lucien zusammen war, würde er ihn töten.

Sie würde nicht zulassen, dass Big Mike Lucien verletzte. Sie würde ihn beschützen, egal, was mit ihr geschah.

* * *

„SCHEIßE." Barrett starrte sein Handy an, nachdem er mit Lucien gesprochen hatte.

„Was?", fragte Ryker. „War das Lucien? Hat er etwas herausgefunden?"

„Offenbar ist unser Staat das Ziel dieser Angriffe."

Ryker war neben Lucien der einzige andere Wächter, der wusste, was los war.

„Es scheint, ich habe jemanden sauer gemacht." Wenn sie seine Wächter im Visier hatten, bedeutete das nicht anderes, als dass er das eigentliche Ziel war.

Ryker sah ihn nachdenklich an. „Sie wissen, wie viel dir deine Wächter bedeuten. Sie versuchen, dich zu verletzen, und sie wissen, dass sie das am besten erreichen, wenn sie deine Wächter verletzen."

„Wenn jemand ein Problem mit mir hat, soll er sich wie ein Mann benehmen und es an mir auslassen, anstatt sich wie ein Feigling zu verhalten und meine Männer anzugreifen."

Ryker nickte und runzelte dann die Stirn. „Es sei denn, es steht noch mehr auf dem Spiel."

Barrett ließ sich Rykers Worte für eine Weile durch den Kopf gehen.

Er ging um seinen Schreibtisch und zur Wand hinüber. Er drückte den versteckten Knopf an der Wand. Die Wand glitt zurück und enthüllte eine Geheimkammer. Der Raum war mit Waffen und Munition gefüllt und an der Wand war eine digitale Karte der Vereinigten Staaten.

Er stemmte die Hände in die Hüften und studierte die Karte. Seine Gefühle waren außer Kontrolle. Er wollte die Ärsche finden, die das taten, ihnen die Milz herausreißen und sie dann kastrieren.

„Ich hasse das, Ryker." Er drehte sich um und starrte den Wächter an.

„Ich weiß, Mann. Das gerät außer Kontrolle." Ryker fuhr sich durch sein dunkelbraunes Haar und sah auf den Boden.

„Es ist die Ungewissheit, die mich nachts wach hält. Ich weiß nicht, ob meine Männer leben und irgendwo gefoltert werden oder tot in einem Wald liegen."

„Du wirst denjenigen erwischen, der dahinter steckt, Barrett. Das schaffst du immer."

Barrett sah ihn an, sein Herz war voller Wut und schwer ob seiner Hilflosigkeit. Er war wie eine Atombombe, die darauf wartete zu explodieren. Die Auswirkungen wären tödlich.

„Aber wie viele meiner Wächter muss ich verlieren, bevor das passiert?"

KAPITEL 18

„**W**as zum Teufel ist falsch mit mir? Ich verbringe eine einzige Nacht mit Catty und jetzt kann ich ohne sie nicht einschlafen." Lucien schüttelte den Kopf und nahm noch einen Schluck von dem Kaffee, den er im nahe gelegenen Café erhalten hatte. Nachdem er sich letzte Nacht gedreht und gewendet hatte, brauchte er Koffein.

Er stand schon zu sehr unter ihrer Fuchtel.

Er war am frühen Morgen schon in Cattys Wohnung gewesen, aber sie war nicht da, also beschloss er, es beim Haus der alten Dame zu versuchen. Er mochte es nicht, dass sie alleine dorthin ging, aber er bezweifelte, dass sie auf ihn hören würde. Als er bei Mrs. Willis ankam, nahm er ihren Geruch nicht wahr. Er wusste sofort, dass sie nicht da war, also klopfte er nicht einmal.

Nachdem er letzte Nacht Barrett mit den neuesten Informationen versorgt hatte, hatte dieser ihn gefragt, ob er Verstärkung bräuchte. Lucien hatte abgelehnt. Er wollte keinen anderen seiner Brüder verlieren, wenn derjenige, der die Wächter im Visier hatte, ihn in New Orleans fand.

Er drehte sich nach links und überquerte den Jackson Square, wo sich ein paar Leute aufhielten. Es war früh genug, dass die Tarotkarten-Leser und die lokalen Künstler ihre Sachen noch einrichteten und sich auf den Tag vorbereiteten. Schon bald würden neugierige Touristen ankommen, um sich unbedingt einen Originaldruck von einem einheimischen Künstler zu kaufen oder von einem Hellseher einen Blick in ihre Zukunft werfen zu lassen. Die Hälfte der Wahrsager waren Betrüger und machten ihnen falsche Hoffnungen, während sie ihre Hände tief in die Taschen der Leichtgläubigen steckten. Die andere Hälfte war echt. Wenn die Menschen die Wahrheit wüssten, würden sie einen großen Bogen um sie machen.

Er blickte zu Andrew Jackson auf, als er an der grauen Statue vorbeiging. Nichts hatte sich verändert, seit er New Orleans vor Jahren verlassen hatte. Es roch sogar gleich. Wenngleich er die Morgengerüche vom Café du Monde gegenüber den Nachtgerüchen der Bourbon Street bevorzugte.

Ein junges Paar schlenderte durch den Park. Die Mutter hielt einen Becher heißen Kaffees zwischen ihren Händen, während ihr Mann sich bückte, um ihr kleines Mädchen auf seine Schultern zu heben. Diese einfache Geste zu sehen, ließ sein Herz schmerzen. Er hatte einmal angenommen, er würde eine Partnerin und ein oder zwei Kinder haben. Er hatte angenommen, dass er eine Familie haben würde, wie seine Eltern und deren Eltern vor ihnen. Er hatte angenommen, er würde ein Leben voller gemeinsamer Mahlzeiten haben, Kinder großziehen und bis spät in die Nacht mit der Partnerin seines Herzens Liebe machen.

Er hatte völlig falsch gelegen.

Der Verlust traf ihn wie ein Vorschlaghammer in den Bauch und er war selbst überrascht, dass er noch immer so

ein Leben wollte. Er wandte seinen Blick ab und unterdrückte seine Gefühle.

Er wusste nicht, warum es für ihn so wichtig war. Er
hatte einen Platz im Arkansas-Rudel, einen Ort, an dem er
nachts sein Haupt betten konnte, und er verdiente verdammt
gutes Geld als Wächter. Man zollte ihm Respekt und er war
angesehen.

Aber irgendwie schien es nicht genug zu sein. Er hatte
immer mehr gewollt.

„Lucien, was machst du hier, Schatz?" Der Klang von
Grannys Stimme ließ ihn erstarren. Die Haare in seinem
Nacken richteten sich auf und er sah sich um.

Die Farbe wich ihm aus dem Gesicht. Er erstarrte, als er
Granny und Haley direkt auf sich zukommen sah.

Es war zu spät, um wegzulaufen.

„Granny, Haley. Was macht ihr zwei hier?" Er zwang sich,
einen Schluck Kaffee zu trinken.

„Wir sind hier, um Sachen für Haleys Hochzeit zu besorgen." Granny schob ihre Handtasche höher auf ihre Schulter
und lächelte.

„Bekommt man dieses Zeug nirgendwo in Arkansas?"
Barrett hätte ihn vorwarnen sollen, wenn er gewusst hatte,
dass Granny auf dem Weg hierher war. Andererseits war die
alte Frau nicht die Art Mensch, die die Leute über ihren
Verbleib oder ihre Pläne unterrichtete.

„Haley kommt aus Louisiana, also dachten wir, wir
könnten ein paar niedliche kleine Lilien-Halsketten als
Geschenke für die Brautjungfern besorgen." Granny neigte
ihren Kopf und verengte ihren Blick. „Und, was machst du
hier? Ich dachte, du bist auf einer Motorradreise?"

„Das bin ich. Ich habe nur hier auf meinem Rückweg
gestoppt. Ich wollte ein paar Beignets und Kaffee besorgen,
bevor ich die nächste Etappe der Reise mache."

„Willst du mit uns mitkommen? Ich muss noch zu diesem

Süßwarenladen. Ich denke darüber nach, mein Geschäft zu erweitern. Und ich denke, ich kann meine eigene essbare Unterwäsche produzieren, anstatt mich auf das Unternehmen zu verlassen." Granny schürzte die Lippen und schüttelte den Kopf. „Nach dem letzten Fiasko sollte ich besser selbst essbare Höschen herstellen und ich versichere dir, dass dann niemandes Zeh abgebissen wird."

Haley schnaubte und unterdrückte ein Lächeln.

„Das ist ... schön. Aber ich habe einen Tourplan einzuhalten und habe keine Zeit." Das letzte, was er wollte, war, Granny zu helfen, eine neue Geschmacksrichtung für ihre Tangas zu finden.

„Schade." Sie verbarg die Enttäuschung in ihrem Tonfall nicht. „Ich nehme an, wir Mädchen sind wohl auf uns allein gestellt. Sei auf der Fahrt zurück nach Little Rock vorsichtig, Lucien", sagte sie über ihre Schulter, als sie weitergingen.

Einen Zeh abgebissen? Er musste Jayden fragen, worum es da ging.

Sobald sie außer Sicht waren, sah er sich um und stellte sicher, dass niemand ihre Unterhaltung gehört hatte. Selbst in einer Stadt, die so geschäftig war wie New Orleans, gab es überall Augen und Ohren. Er ging in Richtung der Apotheke und kam an den Künstlern und Tarot-Karten-Lesern vorbei.

„Eine negative Präsenz umgibt dich." Die Tarotkarten-Leserin schnippte die Karten zwischen ihren Fingern, während sie sprach.

Er blieb stehen und drehte sich um, die Haare an seinen Armen hatten sich aufgerichtet.

Die alte Frau mit der dunklen, runzeligen Haut sah auf und traf seinen Blick.

„Reden Sie mit mir?" Sein enger Blick streifte über den Platz und suchte nach jemandem, der ihn beschattete. Er sah nichts Außergewöhnliches.

„Ich weiß, du suchst nach Ärger. Und ich weiß, warum du hier in New Orleans bist."

Er trat einen Schritt näher und blieb stehen. Die sanfte Brise der heißen Morgenluft ließ ihrer blutrote Tischdecke flattern. Im Gegensatz zu den anderen Tarotkarten-Lesern hatte sie kein Schild. Nur eine rote Tischdecke und ein Kartenspiel verzierten ihren Tisch. Ein unbehagliches Gefühl breitete sich wie altes Leder auf seiner Haut aus.

„Hab keine Angst vor mir. Ich bin nur der Bote", sagte sie. „Ich gebe nur wieder, was ich in den Karten sehe."

„Ich habe keine Angst." Er konnte mit einer kleinen, alten Dame umgehen.

„Setz dich." Sie nickte in Richtung des Stuhls.

„Ich habe kein Geld", log er.

„Ich will dein Geld nicht. Sagen wir, das geht aufs Haus."

Er sah sich um und zögerte.

Er glaubte nicht an diesen Hokuspokus. Aber etwas in ihm sagte ihm, er solle sich anhören, was die alte Frau zu sagen hatte.

Widerwillig setzte er sich.

Sie mischte die Karten, ließ ihn sie teilen und mischte sie erneut. Sie hielt den Blick auf ihn gerichtet und legte die Karten vor ihm aus.

„Etwas wird zwischen dir und deiner Geliebten passieren. Den Tod kann man nicht aufhalten."

Sein Magen verkrampfte sich. *Catty.*

„Sie liegen falsch." Er schüttelte den Kopf. „Ich habe keine Geliebte."

„Hast du nicht?" Die alte Frau schnaubte.

Er knurrte und stand auf. Die Brise hob eine Karte vom Tisch und trug sie auf die Straße. Sie runzelte die Stirn und hastete ihr hinterher. Als sie sich wieder setzte, waren ihre Augen vor Angst geweitet, als sie die Karte zwischen ihren zitternden Fingern hielt.

„Was ist?"

Sie deutete mit dem dürren Finger auf die schwarze Katze auf der Karte. „Siehst du das? Etwas Böses umgibt dich. Etwas hasst dich und will dich auf die schlimmste Weise verletzen." Ihre Stimme zitterte, als sie sprach.

Er erinnerte sich daran, dass er nicht daran glaubte.

„Du musst auf dich aufpassen. Traue niemandem. Nicht einmal deinen Instinkten. Alles ist verschleiert, sodass du nicht erkennen kannst, wer böse und wer gut ist."

„Warten Sie." Er legte seine Hand auf den Tisch und lehnte sich an die alte Frau heran. „Sie sagten verschleiert. Warum haben Sie dieses Wort benutzt?"

Sie lehnte sich in den Stuhl zurück. „Ich gebe nur wieder, was ich sehe. Pass auf dich auf, hombre lobo."

Hombre lobo. Das spanische Wort für Wolfsmann. Sie war eindeutig ein Mensch. Er konnte es an ihrem Geruch erkennen. Woher zum Teufel wusste sie, was er war?

„Entspann dich. Ich bin schon lange dabei. Ich habe viele Dinge gesehen. Ich weiß zu viele Dinge." Sie schaute weg, als die Trauer ihr Gesicht verzerrte. „Ich bin keine Bedrohung für dich. Dein Geheimnis ist bei mir sicher."

Lucien suchte eine Lüge in ihrem verwitterten Gesicht. Er konnte keine erkennen.

„Danke", flüsterte er, bevor er wegging.

Er beschleunigte seine Schritte den Bürgersteig hinunter und sein Blick studierte die Menschen auf der Straße. Er wusste, dass er aufpassen musste, nicht wieder auf Granny zu stoßen. Wenn sie ihn in die Apotheke gehen sah, würde sie wissen wollen, ob etwas nicht stimmte. Sie würde nicht aufhören, bis sie mit einer Antwort zufrieden war.

Er blieb stehen, als er das abgenutzte Schild der Apotheke sah, das über dem Eingang hing. Ein *Geschlossen* Schild hing an der Tür. Er überprüfte die Geschäftszeiten und warf einen Blick auf sein Telefon.

Er musste noch zwei Stunden warten.

Verdammt. Er hatte keine zwei Stunden.

Er drückte sein Gesicht an das Glas und legte seine Hand um seine Augen. Holzregale säumten die Wand, alle gefüllt mit Phiolen, Flaschen und Gläsern. In der Nähe der Registrierkasse befand sich ein Bücherregal mit einigen Kerzen unterschiedlicher Form und Größe. Der Raum sah aus wie jeder andere Laden in New Orleans.

Die Bewegung eines dunklen Schattens in der Nähe der Raumecke fiel ihm auf. Er kniff die Augen zusammen und erkannte die Gestalt einer Person, die einige Flaschen in ein Regal stellte.

Er klopfte an das Fenster.

Die Gestalt, eine Frau, blieb stehen und drehte sich zu ihm um. Sie schüttelte den Kopf und deutete auf ihre Uhr an ihrem Handgelenk.

Er biss die Zähne zusammen und schüttelte den Kopf. „Das ist wichtig", rief er ihr durch das Glas zu.

Die Frau blieb stehen, verschränkte die Arme und blickte finster drein.

„Bitte."

Sie schüttelte den Kopf und ging zur Tür. Sie öffnete die Tür ein paar Zentimeter und musterte ihn durch die Lücke.

„Wir haben noch nicht geöffnet", schnaubte sie.

Er nahm ihren Geruch wahr. Sie war ein Mensch. Ihr dunkelbraunes Haar, das zu ihren dunklen Augen passte, war zu einem strengen Bob geschnitten. In ihrem dunkelblauen Rock und einem dazu passenden Oberteil sah sie eher aus wie eine Schulleiterin als jemand, der Zaubersprüche, Zaubertränke und Zauber vertrieb.

„Das ist wichtig", beharrte er.

„Es ist immer wichtig", gab sie zurück. „Lassen Sie mich raten, Sie brauchen einen Liebeszauber oder etwas, um einen geliebten Menschen zu heilen?" Sie sah ihn gelangweilt an.

„Nicht ganz. Wenn Sie sich diese Liste ansehen und mir sagen könnten, ob Sie überhaupt die Zutaten haben, wäre ich Ihnen sehr dankbar." Er zog die Liste hervor, die Ella ihm gegeben hatte, und steckte sie durch den Türspalt.

Die Besitzerin nahm die Liste, während ihr Blick auf ihn gerichtet blieb. Sie entfaltete das zerknitterte Papier und schaute nach unten. Ihr Blick flog über die Seite. Sie schluckte und schaute ihn mit geweiteten Augen an.

„Wer hat Ihnen diese Liste gegeben?" Ihre Stimme zitterte und sie drückte das Papier an ihre Brust.

„Jemand, der versucht, mir zu helfen, jemanden zu finden."

„Nur eine wahre Hexe würde die Zutaten für einen so mächtigen Zauber kennen." Sie ließ ihren Blick von einer Seite zur anderen schweifen und blickte über seine Schulter, bevor sie die Tür öffnete und ihm bedeutete, einzutreten.

„Beeilen Sie sich." Sie packte ihn am Arm und zog ihn hinein.

„Danke, dass Sie mich …"

„Still. Seien Sie leise und halten Sie sich von den Fenstern fern." Sie schloss die Tür und warf einen weiteren Blick nach draußen, bevor sie sich zu ihm umdrehte. „Das Letzte, was ich brauche, ist, dass Sie jemand in meinem Laden sieht." Sie eilte zum hinteren Teil des Ladens.

„Warum?" Er folgte ihr und rümpfte die Nase, als eine Reihe von Düften die Luft durchströmte.

Sie wirbelte herum. „Denken Sie nicht, dass ich dumm bin. Diese Zutaten" – sie wedelte mit seiner Liste in der Luft – „sind für einen bestimmten Zauber."

Sie packte ihn am Arm und zog ihn zu einem kleinen Raum im hinteren Teil des Ladens. Sie bedeutete ihm, einzutreten.

Er runzelte die Stirn und schüttelte den Kopf.

„Hören Sie, Sie werden mich in große Schwierigkeiten

bringen, wenn Sie nicht Ihren großen Hintern in diesem Raum bewegen." Sie warf wieder einen Blick zurück zum Fenster.

„In Ordnung." Widerwillig trat er in den Raum, sodass ihn niemand sehen konnte, der draußen vorbeiging.

„Für wen arbeitest du?" Sie kniff die Augen zusammen und duzte ihn jetzt. „Ich kann erkennen, dass du kein Hexer bist. Aber du bist auch nicht gerade menschlich."

„Wie haben Sie …" Er ballte seine Hände zu Fäusten.

„Ich kann Dinge spüren." Sie schüttelte den Kopf. „Und diese … diese Liste schreit geradezu nach Schwierigkeiten. Sie stinkt nach Tod."

Seine Haut kribbelte bei diesen Worten. Es würde den Tod bedeuten, wenn er die Zutaten nicht bekam.

„Aber irgendwie spüre ich, dass du kein Nein akzeptierst. Bleib hier und lass mich das alles zusammensuchen", sagte sie.

Er blieb im Schatten des kleinen Raumes und spähte hinaus, um sicherzugehen, dass sie tat, was sie versprochen hatte.

Sie ging von Regal zu Regal und steckte Gegenstände in eine kleine braune Tasche. Sie blieb vor den Kerzen stehen und biss sich auf die Lippe. Zögernd griff sie nach drei roten Kerzen und steckte sie in die Tasche.

„Kerzen stehen nicht auf der Liste." Er hatte die Liste sorgfältig gelesen, um sicherzustellen, dass er nichts vergessen würde.

„Sie sind nur für den Fall."

„Für welchen Fall?" Er runzelte die Stirn.

„Schau, Werwolf, nimm Hilfe an, wenn sie dir angeboten wird."

Er sträubte sich und knurrte. Sie wusste, was er war. Hatte er auf seiner Stirn ein Schild mit der Aufschrift ‚Werwolf'?

„Ganz ruhig." Sie trat zu ihm ins Zimmer und stieß die Tasche an seine Brust. „Ich habe mein ganzes Leben in New Orleans verbracht. Ich musste akzeptieren, dass hier mehr übernatürliche Scheiße passiert als an anderen Orten auf der Welt." Sie zögerte. „Nun, außer Charleston."

„South Carolina?" Er hob eine Augenbraue.

Sie winkte seine Frage ab und fuhr fort. „Ich gehe davon aus, dass die Person, der du diese Zutaten lieferst, genau weiß, wie gefährlich dieser Zauber ist."

„Anscheinend." Die eigentliche Frage war, wie gefährlich Ella war.

„Sei vorsichtig mit diesem Zauber. Du solltest dich wahrscheinlich fragen, ob es sich wirklich lohnt, ihn überhaupt zu wirken." Sie leckte sich nervös die Lippen.

„Das tut es." Er hatte keine Wahl. Er musste herausfinden, wer hinter der Entführung und Folter der Wächter steckte.

Sie nickte einmal. Ihr Gesicht hatte einen Ausdruck, der verhieß, dass sie wusste, dass etwas Schlimmes passieren würde und dass sie nichts damit zu tun haben wollte. „Du musst durch die Hintertür hinausgehen. Es darf niemand sehen, wie du mein Geschäft verlässt."

„Danke." Er folgte ihr durch einen anderen Raum zu einem Ausgang, der in die Gasse führte.

Sie öffnete die Tür, streckte ihren Kopf hinaus und sah in beide Richtungen. Sie trat zurück und nickte ihm zu, um sich zu verabschieden.

„Hier, du hast mir nicht gesagt, was die Sachen kosten." Er schob ihr ein Bündel Scheine zu.

Sie winkte ab. „Nein. Ich akzeptiere kein Geld."

„Aber ich kann nicht …"

„Ich möchte nicht, dass irgendetwas zu mir zurückverfolgt wird, wenn du die Büchse der Pandora öffnest." Sie warf ihm einen ernsten Blick zu. „Nur damit du es weißt, der

Zauberspruch kann nicht heute Nacht durchgeführt werden. Es muss morgen geschehen."

„Warum das?"

„Weil morgen Vollmond ist. Man braucht die Energie des Mondes für den Zauber." Sie schlug die Tür hinter ihm zu. Das Schloss rastete mit einem Klicken ein.

Er runzelte die Stirn und warf einen Blick auf die Tasche. Dadurch, dass sie in New Orleans lebte, kannte die Ladenbesitzerin wahrscheinlich einige echte Hexen und tatsächliche Zauber. Aber er hatte die Angst in ihrem Gesicht gesehen, als sie hastig alle Zutaten, die er brauchte, zusammen gesucht hat.

Was auch immer sie so in Angst versetzte, war größer als er es sich vorgestellt hatte. Er kam nicht umhin sich zu fragen, ob es dieselbe Person war, die für das Verschwinden der Wächter verantwortlich war.

KAPITEL 19

„Es ist wie in einer Sauna hier draußen." Catty trat aus ihrer Wohnung und in die dampfende Nacht. Sie atmete die heiße Luft ein und zog ihre Tasche höher auf ihre Schulter, als sie den Bürgersteig hinunterging. Die Dunkelheit legte sich wie eine Decke über die Stadt und bedeckte die Sünden und Geheimnisse derer, denen sie im Schatten begegnete.

Sie zog ihr feuchtes Hemd von ihrem verschwitzten Körper. Sogar so spät am Abend war die Feuchtigkeit immer noch unerträglich.

Nach Big Mikes Besuch versuchte sie, sich von Lucien fernzuhalten. Er war zu ihr gekommen und als er angeklopft hatte, hatte sie sich im Badezimmer versteckt. Es war ihr egal, was mit ihr geschah, aber sie würde nicht zulassen, dass Lucien ihretwegen verletzt wurde.

Sie blieb für den Rest des Tages in ihrer Wohnung und besuchte nicht einmal Mrs. Willis.

Ihre Brust verengte sich. Sie wusste, dass Mrs. Willis sich fragen würde, wo sie bliebe.

„Hey, Süße. Warum hast du es so eilig?", riefen ein paar

171

Kerle an der Ecke ihr zu. Ihre Finger spannten sich um den Riemen ihrer Tasche und sie beschleunigte ihren Gang. Sie war schon oft angepfiffen und angemacht worden und hatte sogar unanständige Angebote erhalten. Aber heute Nacht krabbelte ihr die Angst den Rücken entlang wie viele kleine Spinnenbeine.

Etwas war anders. Irgendwas stimmte nicht.

Sie sah sich um. Es gab viele Leute, die sich auf dem Bürgersteig befanden, aber es waren alles Menschen. Wenn sie in Schwierigkeiten geriet, müsste sie sich wandeln, um sich zu verteidigen, aber laut dem Gesetz des Rudels wurde das Wandeln in der Öffentlichkeit mit dem Tod bestraft.

Manchmal hasste sie die Menschen. Nicht, weil sie sich für etwas Besseres hielt, sondern weil die Menschen dachten, sie wären die Größten. Wenn sie wüssten, wie oft die Wächter sie vor irgendeinem Schurken-Werwolf retteten, wären sie geschockt.

Nicht alle Menschen waren schlecht. Mrs. Willis war ein Mensch und hatte ein goldenes Herz.

Ihre Enkelin Shelly hingegen war eine ganz andere Nummer. Sie traute diesem Mädchen nicht im Geringsten.

„Baby. Warum hast du es so eilig?" Die beiden Männer traten von beiden Seiten auf sie zu. Einer hatte einen langen, ungepflegten Bart und dunkle Augen, während der andere Mann mit dem Lächeln und kaputten Zähnen sauber rasiert war.

Sie stanken beide nach Whiskey und Zigaretten. Der Gestank ließ sie zusammenzucken, aber sie ging weiter. Vielleicht würden sie sie in Ruhe lassen, wenn sie sie ignorierte.

„Hey, ich rede mit dir. Glaubst du, du bist zu gut, um mit uns zu reden?" Der Kerl mit dem ungepflegten Bart trat näher. Sein Arm streifte sie und sie wurde zurückgestoßen.

„Ich muss zur Arbeit", murmelte sie und hielt ihren Blick nach vorne gerichtet. Ihr Herz klopfte in ihrer Brust und ihre Lunge begann sich zu verengen und zu schmerzen.

Sie war nur noch einen Block vom Club entfernt. Sobald sie drinnen war, wäre sie in Sicherheit. Nur noch wenige Meter.

„Ja, wir wissen, wo du arbeitest, Engel." Der andere Mann mit den schlechten Zähnen fuhr mit dem Finger über ihren Arm. „Und wir wissen, wie du unter all diesen Kleidern aussiehst."

Ihr drehte sich der Magen um. Sie wussten, dass sie eine Stripperin war.

„Sag mal, wie viel Geld willst du für einen Blowjob?", spottete der andere.

„Ich bin Tänzerin, keine Nutte." Sie hielt ihre Stimme sachlich und ihren Blick aufrecht, trotz der Angst, die sie verspürte.

„Da habe ich aber etwas anderes gehört. Die Hälfte dieser Mädchen im Triple X macht alles für den richtigen Preis." Der schmutzige, blonde Mann beugte sich vor und schnüffelte an ihr.

Sie biss die Zähne zusammen und ballte die Hände zu Fäusten. Ein winziger Funke von Ärger entbrannte tief in ihrer Brust.

Die Panik, die sich eingeschlichen hatte, wurde schnell von einer anderen Emotion überlagert: Zorn.

Sie hatte diesen Mist langsam wirklich satt. Sie war nur ein schönes Paar Titten und ein hübscher Hintern. Sie dachten, sie könnten sagen und tun was sie wollten und waren der Meinung, sie wäre jedes Mal dankbar, wenn sie ihr an den Arsch packten oder ihr sagten, dass sie heiß war.

Sie war mit dieser Scheiße durch.

Sie blieb stehen und drückte ihren Finger in die Brust des bärtigen Kerls. Ihr Herz klopfte, als Wut durch ihren Körper pulsierte. „Lass mich dir etwas sagen. Wenn du noch einmal versuchst, mich zu berühren oder deine Hände auch nur in meine Nähe bringst, reiße ich dir deinen Schwanz ab und stecke ihn dir in den Hals." Ihre Stimme wurde mit jedem Wort, das sie aus ihrem Mund zwang, lauter.

Die Menschen um sie herum blieben stehen, um die Interaktion zu beobachten. Der Mann sah sich um und sein Gesicht wurde knallrot. „Ganz ruhig, Mädchen."

„Hör auf, mich anzufassen!", schrie sie. Die Hitze in ihrem Körper tobte, als sie den Impuls unterdrückte, sich zu wandeln und diese Kerle zu zerreißen.

„Dieses Weib ist verrückt. Sie muss etwas genommen haben", lachte der Blonde und sah sich die Menge an.

„Hast du sie angefasst?" Ein glatzköpfiger Biker mit einem ausgeprägten Bierbauch trat auf den Mann zu. Er nahm seine Sonnenbrille ab und steckte sie in die Tasche seiner Lederweste.

„Schau mal, wir hatten nur ein bisschen Spaß, weißt du." Der Mann hob die Hände und versuchte die Situation mit einem Lachen abzuschwächen.

„Hört sich für mich nicht nach Spaß an." Der Biker pfiff und plötzlich traten fünf andere Biker hinter ihn.

„Gibt es ein Problem?" Ein großer, schlaksiger Mann mit der gleichen Lederkluft sah von seinem Freund zu Catty.

„Ja. Diese Jungs belästigen diese junge Dame hier."

Sie runzelte die Stirn. Es war lange her, seit sie jemand eine junge Dame genannt hatte. Geschweige denn, dass sich jemand für sie eingesetzt hatte.

„Stimmt das?" Der große Mann trat zu den beiden, die sie belästigten, und sah sie bedrohlich an.

„Wo müssen Sie hin, gnädige Frau?", fragte der große Biker.

„Ins Triple X." Sie ließ die Schultern ein wenig sinken. Er würde wahrscheinlich gehen, nachdem er begriff, was sie beruflich tat.

Er nickte und winkte einem seiner Freunde zu, der neben ihn trat. „Wir werden Sie dort hin begleiten."

Sie blinzelte, überrascht von seinem Angebot. „Oh, das ist okay. Das müssen Sie nicht."

„Nein, Madam. Meine Mutter hat mir beigebracht, eine Frau nicht alleine gehen zu lassen, wenn sie sich unsicher fühlt. Und nach der Nummer gerade glaube ich, dass Sie sich gerade nicht sicher fühlen. Wir werden Sie dort hin begleiten."

„Danke." Vor Emotionen schnürte es ihr den Hals zu. Obwohl sie wie gefährliche Biker aussahen, hatten sie sicherlich ihre Herzen am rechten Fleck.

Sie gingen stumm den Bürgersteig entlang.

Als sie an der Eingangstür des Triple X ankamen, drehte sich Catty um und lächelte den stämmigen Mann an. „Vielen Dank. Ich weiß es sehr zu schätzen, was Sie für mich getan haben."

„Nicht der Rede wert." Er zuckte mit den Schultern.

„Es sollte mehr Gentlemen wie Sie auf dieser Welt geben. Dann wäre sie ein besserer Ort."

Der große Kerl senkte den Kopf ein wenig und seine Wangen wurden rot vor Verlegenheit.

Er war es nicht gewohnt, ein Kompliment zu bekommen, und sie war es nicht gewohnt, Komplimente zu machen. Sie lächelte ihn erneut an, bevor sie hineinging.

In dem rauchgefüllten Raum rümpfte sie die Nase. Trotz der deprimierenden Aura dieses Ortes fühlte sich ihr Herz heute bei der Freundlichkeit, die sie erfahren hatte, etwas leichter an.

Sie hatte von einem Fremden Respekt erfahren, als sie ihn am meisten brauchte.

„Warum grinst du wie ein Opossum?", nörgelte Celine und blies eine Rauchwolke aus, die Cattys Kopf einhüllte.

„Einfach so." Sie zuckte mit den Schultern und ging weiter in Richtung der Umkleide.

Celine ging neben ihr her. „Ich denke, du hast schon von Jill gehört."

Catty blieb stehen und drehte sich um. Unbehagen machte sich in ihrem Bauch breit. Sicher war sie nicht in den Club zurückgekehrt. Sie hatte einen Plan und Träume und war entschlossen gewesen. „Was meinst du?"

„Sie haben ihre Leiche in der Nähe der Werft gefunden." Celine schnupperte und drückte ihren Zigarettenstummel in einen nahegelegenen Aschenbecher.

Cattys Füße waren wie am Boden festgefroren. Sie schlang ihre zitternden Hände um ihren Leib und versuchte so, die Übelkeit zu stoppen, die in ihrem Hals aufstieg. „Oh mein Gott. Was ist mit ihr passiert? Sie wollte doch wieder zur Schule gehen." Mit jedem Wort, das sie in die Luft spuckte, zitterte die Angst in ihrem Hals.

„Es ist eine verdammte Schande. Dieses Mädchen hat dem Club viele Kunden eingebracht." Celine sah Catty ausdruckslos an. „Wenn sie geblieben wäre, wo sie hinge-hörte, wäre sie wahrscheinlich noch am Leben."

„Was?" Sie traute ihren Ohren nicht. Celine war eine strenge Managerin, aber sie ging sicherlich nicht so weit, jemanden davon abzuhalten, sein Leben zu leben.

„Ihr Platz war hier im Triple X." Sie wedelte mit ihrer frischen Zigarette in die Luft. „Ihr Mädchen wisst, worauf ihr euch hier einlasst. Und es ist nicht so, als würdet ihr nicht gut entlohnt werden. Wir bieten sogar Zahnersatz. Weißt du, wie viele Unternehmen keinen Zahnersatz finanzieren?" Celine schüttelte den Kopf.

Das Blut in Cattys Adern gefror, als sie sich im Club umsah. Plötzlich schien das Triple X einen völlig neuen Charakter zu offenbaren – und eine ganz neue, schlechte Atmosphäre.

„Alle anderen Mädchen wissen von Jill. Am besten lernt ihr alle aus Jills Fehler."

„Und was ist die Lehre daraus?", fragte Catty eisig.

Celine kniff die Augen zusammen und presste ihre dünnen Lippen zu einer unsichtbaren Linie. „Sie hätte ihren Platz in dieser Welt kennen sollen. Sie hätte für ihren Job dankbar sein und ihren Arsch dort lassen sollen, wo sie hingehörte." Sie nahm einen langen Zug und blies ihn in Cattys Gesicht.

Sie zuckte zusammen und hielt den Atem an. Wut quoll in ihren Adern und sie wollte nichts weiter, als sich in ihre Werwolf-Form zu wandeln und dieser Hölle zu entkommen.

Sie zog ihre Tasche enger an ihre Schulter und ging zu einem der Schminkplätze.

Und laut Celine genau dorthin, wo sie hingehörte.

KAPITEL 20

*L*ucien verschmolz mit der Menge und kam wieder heraus wie ein schwarz gekleideter Geist. Die feuchte Luft klammerte sich an ihn. Dank des Gewichts seiner Lederjacke würde er in wenigen Minuten klatschnass sein.

Er rollte mit den Schultern und ging in Richtung Bourbon Street. Es war dunkel und heiß und er wusste, dass die Stadt in der Nacht nur noch lauter werden würde.

Er steckte die Hände in die Taschen. Er ging an Paaren vorbei, die Händchen hielten, Familien, die in Restaurants gingen, um zu Abend zu essen, und Single-Mädchen, die feiern und eine gute Zeit haben wollten. Die Leute waren schlau genug, um Abstand zu halten, als er näher kam, aber sie waren auch neugierig genug, um ihn anzustarren.

Er kam an einer Gruppe Biker vorbei, die sich an ihre aufgebockten Motorräder lehnten. Ein paar Männer schauten auf und nickten zur Begrüßung. Er erwiderte die Begrüßung.

Er hatte kein Ziel vor Augen, aber seine Füße wussten,

wo sie hin wollten. Als er vor dem Triple X ankam, blieb er stehen.

Er atmete tief ein.

Catty war da drinnen. Er konnte ihren Duft wahrnehmen, obwohl er schon ein paar Stunden alt war.

Er ballte seine Finger zu Fäusten und kämpfte mit sich selbst, ob er eintreten sollte. Es gefiel ihm nicht, was sie hier machte. Er verstand, warum sie es tat, aber das bedeutete nicht, dass er es mochte. Der Gedanke an andere Männer, die sie anschauten und versuchten, sie anzufassen, reichte aus, um sich auf der Stelle in einen Werwolf wandeln zu wollen.

Das Alles spielte jedoch keine Rolle. Sie war nicht seine Partnerin. Sie gehörte nicht zu ihm. Das würde sie niemals.

Er atmete tief ein und aus. Er schaute nach rechts in die Bar nebenan. Es wäre besser, wenn er etwas trinken würde, um sich zu beruhigen. Dann könnte er klar denken. Dann konnte er entscheiden, ob er hineingehen wollte oder nicht.

* * *

CATTY SETZTE sich an ihren Schminktisch und nahm ihre Wasserflasche. Schweiß glitzerte auf ihrer Oberlippe und ihr Eyeliner war von der Hitze im Club verschmiert. Sie warf einen Blick auf das schwarze Lederkorsett und den schwarzen String in ihrer Hand. Sie zog ihre dünne Robe fest um ihren Körper. Auch wenn sie durchsichtig war, war sie dennoch ein Schutz auf ihrer Haut.

Sie schnappte sich ein Taschentuch vom Tisch und begann, ihren Eyeliner von ihrer verschwitzten Haut abzuwischen.

„Ich kann das mit Jill einfach nicht glauben."

Ihre Hand erstarrte und sie bemühte sich, den anderen Tänzerinnen zuzuhören, die über Jill redeten.

„Ich meine die Art, wie sie gestorben ist. Es war so brutal", sagte Muffy.

„Nein, es war persönlich", flüsterte Meadow und sah sich um.

„Meadow." Catty packte das Mädchen am Arm und stand auf. Muffy warf ihr einen bösen Blick zu und ging davon.

„Was?" Meadow kniff die Augen zusammen und riss ihren Arm aus Cattys Griff.

„Wie ist Jill gestorben?"

Meadow sah sich um und lehnte sich zu ihr. „Sie fanden sie mit aufgeschlitzter Kehle."

Übelkeit stieg in ihrem Hals auf und sie stütze sich auf ihren Stuhl, um nicht zusammenzubrechen. Ihre Hand ging an ihren Hals und berührte die silberne Halskette. Die Halskette, die Jill ihr gegeben hatte.

„Hey, geht es dir gut?" Meadow zog eine ihrer aufgemalten Augenbrauen hoch und sah sie neugierig an. „Wenn du krank wirst, solltest du lieber nach Hause gehen. Du willst ja nicht, dass sich alle bei dir anstecken. Big Mike hat wenige Tänzerinnen."

„Haben sie herausgefunden, wer das getan hat?", murmelte Catty fragend. In ihrem Kopf wirbelten entsetzliche Bildern von Jill, die blutend auf dem Boden lag, während sie nach Luft schnappte. Während sie ihren letzten Atemzug machte.

„Offiziell, nicht." Meadow senkte die Stimme.

„Was soll das heißen?", fragte Catty nach.

„Das bedeutet, dass du aufhören solltest, Fragen zu stellen, wenn du klug bist." Meadow sah sich um, um sicherzustellen, dass niemand ihrem Gespräch lauschte. „Gerade hier darüber zu reden, ist ziemlich dumm. Du forderst damit geradezu Ärger heraus. Und ich setze es mir zum Ziel, nicht nach Ärger zu suchen." Sie warf ihr einen scharfen Blick zu, bevor sie auf ihren schwarzen Stilettos davonging.

Catty ließ sich in ihren Stuhl fallen. Meadow deutete an, dass jemand im Club etwas mit Jills Tod zu tun hatte.

Aber das ergab keinen Sinn. Jill hatte vor fast einer Woche den Club verlassen. Wenn sie Vergeltung für ihren Austritt aus dem Club gewollt hätten, hätten sie sie an dem Tag getötet, an dem sie gegangen war. Nicht Tage später

„Catty, du bist in zehn Minuten dran", kreischte Celine über das Summen des Raumes.

Sie nickte und stand auf. Ihre Beine wackelten und sie packte ihren Stuhl, um sich zu beruhigen. Sie atmete tief ein.

Sie würde gehen. Auf eigene Faust. Oder in einem Sarg. So oder so, sie würde gehen.

* * *

Lucien trank sein fünftes Bier aus. Dank seines Werwolf-Stoffwechsels war er nicht einmal angeheitert.

Er warf einen Blick auf die Uhr. Fast Mitternacht. Das Triple X würde um diese Zeit voll sein. Das bedeutete mehr Augenpaare, die auf seine Catty gerichtet waren.

Seine Catty? Er fuhr sich mit der Hand durch die Haare und schüttelte den Kopf. Er lebte in einem Traum. Das mit ihnen würde nie funktionieren. Sie hatte es verdient, mit einem Mann zusammen zu sein, der nicht so kaputt war. Sie hat jemand besseren als ihn verdient. Ganz zu schweigen davon, wie sie über ihn denken würde, wenn sie herausfand, dass er gelogen hatte, als er sagte, er wäre kein Wächter. Sie würde ihm niemals vergeben.

Aber es hatte sich verdammt gut angefühlt, als er in ihr drin gewesen war. Es hatte sich angefühlt, als würde sie zu ihm gehören.

Er rollte mit der Schulter, in der er den Messerstich abbekommen hatte. Die Wunde war lange verheilt und nicht einmal eine Narbe war geblieben.

Er drückte sich von der Bar ab und stand auf. Er warf dem Barkeeper ein paar Zwanziger auf die Theke und ging durch die Menge zur Tür. Es war jetzt voller als zu der Zeit, als er angekommen war, und der Lärm der vielen Menschen ging ihm auf die Nerven. Im Triple X würde es noch voller sein.

Er unterdrückte ein Knurren und dachte an all die ganzen Männer, die Catty anglotzen würden. Eifersucht wogte durch seinen Körper, bis er vor Wut summte. Der Drang, sich zu wandeln, war in seinem gesamten Leben noch nie so stark gewesen.

Er zwang sich durch die Menge und auf die Straße. Wegen der Menschenmassen war es eng und er hatte sich in seinem Leben noch nie so klaustrophobisch gefühlt. Er musste an die frische Luft.

Er öffnete die Eingangstür des Triple X und trat ein. Er schüttelte sich, als der Geruch von Zigaretten- und Zigarrenrauch sich um ihn herum schlängelte. Kühle Luft strömte von der Eingangstür hinein und brachte eine überwältigende Mischung von Schweiß und anderen Körpergerüchen mit sich.

„Hey Süßer, willst du einen Lapdance?" Eine große Brünette fuhr mit der Hand über seinen Bizeps und bis zu seinem Hals.

Er packte ihre Hand und schaute sie genervt an. „Kein Interesse."

Sie schaute ihn kurz verwirrt an, bevor sie sich fing und ein anzügliches Lächeln aufsetzte. „Nun, es gibt auch andere Dinge, die ich für dich tun kann. Natürlich nur für den richtigen Preis."

Er trat einen Schritt zurück. War es das, was alle Mädchen taten? War das Teil des Services? Machte Catty das Gleiche?

Er schüttelte den Kopf und ging weg. Die Brünette nannte ihn ein Arschloch und ging weiter.

Die Musik änderte sich von einem schnellen Pop-Song zu einem langsamen, verführerischen Song. Er schaute durch die Menge und musterte jede Blondine in einem knappen Kleid und versuchte, die einzige Stripperin zu finden, die er sehen wollte. Einige der Mädchen sahen kaum volljährig aus, während andere wie leblose Zombies wirkten.

Er entdeckte einen leeren Platz neben der Bühne, setzte sich auf den Barhocker und bestellte bei einer Kellnerin ein Bier. Er warf einen Blick auf den Rotschopf, der auf der Bühne tanzte, aber sie schaffte es nicht, seine Aufmerksamkeit lange auf sich zu ziehen.

Sein Blick musterte die Menge, aber er sah Catty nicht. Vielleicht war sie für heute schon fertig.

Die Kellnerin erschien mit seinem Bier und er gab ihr etwas Geld, bevor er sich wieder der Bühne zuwandte.

Seine Nasenflügel flatterten. Elektrizität schien auf seiner Haut zu prickeln.

Catty.

Er konnte sie riechen, aber er konnte sie nicht sehen. Er wandte sich von der Bühne ab und durchsuchte die Menge nach ihrem vertrauten Gesicht.

„Willst du etwas reinstecken?"

Sein Körper erhitzte sich bei dem sanften Klang ihrer Stimme hinter ihm. Er drehte sich langsam zur Bühne zurück.

Sein Kiefer klappte auf.

Catty kniete vor ihm auf der Bühne. Sie trug einen roten Spitzen-BH und ein Höschen, steckte ihren Daumen in die Seite ihrer Unterwäsche und zog daran. Sein Körper wurde fester und heißer. Ihr Geruch überschwemmte ihn und alles, woran er denken konnte, war, sie hier und jetzt, mitten auf der Bühne zu nehmen.

Sie lächelte, als sie dabei zusah, wie er mit seinem Geld herumfummelte. Er gab auf und steckte den ganzen verdammten Geldbatzen in ihren Tanga.

„Es ist okay, Lucien. Ich gebe dir dein Geld zurück, wenn ich Feierabend habe." Sie grinste und stand auf.

Es war ihm vielleicht peinlich, aber er war zu sehr damit beschäftigt, seine Erektion unter Kontrolle zu halten.

Er konnte seine Augen nicht von ihr lösen, als sie die Stange packte und herum schwang. Sie schlang ihre Beine um den Stahl und kletterte hoch. Ihre straffen Beine spannten sich an unter der Bewegung und als sie hoch genug war, hielt sie sich mit ihren Armen fest und streckte ihre Beine senkrecht zum Boden aus.

Die Männer applaudierten und pfiffen.

Alles, woran er denken konnte, war, wie sich ihre Beine um seinen Rücken anfühlen könnten, wenn er immer wieder in ihren Körper eindrang und sie sich schweißnass aneinander rieben.

Sie ließ ihren Blick zu ihm schweifen, während sie ihren Körper um die Stange herum manövrierte. Sie umrundete die Stange in einer anmutigen Bewegung und glitt nach unten.

Sie behielt ihn im Auge, tänzelte zu einem älteren Mann und bot ihm ihre Hüfte dar. Er steckte einen Fünf-Dollar-Schein in ihren Slip und flüsterte ihr etwas zu. Sie lächelte, sagte aber nichts. Einige jüngere Männer riefen nach ihr, aber sie hielt sich fern. Als er sie bei der Arbeit beobachtete, bemerkte er, dass sie die Jungs, die am lautesten riefen und sehr interessiert schienen, nicht anvisierte. Sie tanzte norma-lerweise für die ruhigeren oder älteren Männer.

Fand sie sie in gewisser Weise weniger gefährlich als die jüngeren Männer?

Sie kniete sich vor ihm nieder und achtete darauf, ihn nicht zu berühren. Er konnte das Verlangen in ihren Augen sehen. Er wollte ihr die Haare aus den Augen streichen. Aber er kannte die Regeln und wollte sie bei der Arbeit nicht in Schwierigkeiten bringen. Er wollte bestimmt nicht hinausgeworfen werden.

„Um wie viel Uhr hast du Feierabend?", flüsterte er.

„Wenn wir schließen."

„Ich werde auf dich warten und dich nach Hause bringen."

Ihre Augen weiteten sich für den Bruchteil einer Sekunde. „Tu das nicht." Ihre Musik war zu Ende und das nächste Mädchen kam auf die Bühne. Sie beeilte sich und kletterte von der Bühne.

Er stand auf und ging zu ihr hinüber. „Warum nicht?"

Sie sah sich mit blassem Gesicht um. „Ich werde Ärger bekommen, wenn ich mit einem Kunden mitgehe."

Nach allem, was er heute Abend gesehen hatte, zweifelte er sehr daran. „Okay. Dann warte ich draußen auf dich."

„Nein." Sie senkte die Stimme, als eine ältere Frau mit einem Klemmbrett und einer Zigarette im Mund vorbeiging.

„Catty, es ist zu gefährlich, um um zwei Uhr morgens alleine nach Hause zu gehen."

„Ich mache das schon, seit ich hierhergezogen bin." Sie zog die Augenbraue hoch.

„Aber ich bin jetzt hier, also musst du das nicht mehr."

„Und für wie lange, Lucien? Du bist geschäftlich hier. Du hast nicht vor zu bleiben." Sie schaute weg.

„Du auch nicht."

Sie sah zu ihm auf und Trauer flimmerte in ihren Augen.

„Was ist los?" Er konnte die Angst und Verzweiflung riechen, die wellenartig von ihr strömten.

„Nichts." Sie schüttelte den Kopf und sah sich im Raum um. Angst flackerte, zusammen mit den Lichtern des Raumes, in ihren Augen.

„Bist du in Gefahr, Catty?" Er berührte ihren Ellbogen. „Sag es mir. Ich kann dir helfen."

„Hey, keine Berührungen, es sei denn, Sie planen, für einen Lapdance zu bezahlen." Die ältere Frau mit dem Klemmbrett trat auf sie zu und zog seine Hand weg. Er unterdrückte ein Knurren.

„Ich bin bereit zu zahlen", antwortete Lucien.

„Wirklich?" Die Augenbrauen der Frau schossen nach oben. „Nun, ich befürchte, dass Catty normalerweise keine privaten Tänze macht. Sie müssen also großzügig sein, um überhaupt zu versuchen, sie umzustimmen, wenn Sie verstehen, was ich meine." Die Frau lächelte höhnisch.

„Ich bin bereit, jeden Preis zu zahlen", antwortete Lucien.

„Catty?" Die Frau kniff die Augen zusammen und wartete auf eine Antwort.

„Ich werde es tun." Sie hielt seinen Blick.

„Nur damit wir uns verstehen …" Die Frau trat näher. Der Zigarettenrauch und ihr Mundgeruch ließ ihn den Atem anhalten. „Das Triple X ermöglicht Lapdances in speziellen Räumen. Sie kann dich berühren, so viel sie will, aber du darfst sie nicht berühren. Das kostet extra."

„Verstanden."

„Folgen Sie mir", sagte die Frau und führte sie zu einem weiter weg gelegenen Bereichs des Clubs. Hier gab es keine Bühnen oder Sitzbereiche. Nur eine Reihe von Türen entlang der Wand.

Er warf einen Blick in die besetzten Räume. Die Türen waren aus Milchglas und obwohl sie geschlossen waren, konnte er immer noch viel davon erkennen, was im Inneren vor sich ging.

Eine Brünette, nur mit einem Tanga bekleidet, rieb sich an ihrem Kunden und drückte ihre Titten in sein Gesicht. In einem anderen Raum war ein Rotschopf nach vorne gebeugt und schüttelte ihren Hintern vor dem Gesicht eines Glatzkopfs, während er ihre Arschbacken umfasste.

Die ältere Frau trat in einen Raum mit einem Liebessitz und einem Beistelltisch.

„Ich brauche das Geld. Hundert Dollar für fünfzehn Minuten." Die Frau streckte die Hand aus.

„Aber –", protestierte Catty, aber die ältere Frau sah sie böse an und sie sagte nichts mehr.

„In Ordnung." Er kramte in seiner Brieftasche und zog zweihundert Dollar heraus. „Ich möchte Privatsphäre. Wenn sie verstehen, was ich meine."

„Verstanden." Die Frau lächelte und steckte das Geld in die Hosentasche, bevor sie sie allein ließ. Er wusste in dem Moment, dass der Besitzer des Clubs nie einen Cent davon sehen würde. Die ältere Frau bestahl den Club.

Catty drehte sich zu ihm um und verschränkte die Arme. „Du hast zu viel bezahlt. Ein Lapdance kostet nur fünfzig Dollar für 15 Minuten."

„Ich hätte auch mehr bezahlt."

Sie starrte ihn an und verschränkte die Arme. Die Stille zwischen ihnen war so schwer und erdrückend wie Neuschnee.

„Warum machst du das?" Ihre Stimme klang schwach und unsicher.

„Ich will mit dir alleine sein."

KAPITEL 21

Jhre Augen wurden weicher. Ihr Gesichtsausdruck veränderte sich, wurde zu Verlangen, Wunsch und Bedürfnis. Sie trat auf ihn zu und drückte ihre Handfläche an seine Brust. Die Hitze der Berührung brachte sein Herz zum Stolpern.

„Catty."

„Still. Setz dich." Sie gab ihm einen Schubs. Er gehorchte und ließ sich auf die Couch fallen.

Sie ging zu dem in der Wand eingebauten Radio. Sie sah ihn an und lächelte, bevor sie einige Knöpfe drückte. Ein langsamer, schwüler Rock-Song ertönte aus den Lautsprechern.

„Catty …"

Sie drückte ihre Finger an seine Lippen. „Nicht sprechen."

Sie stand auf und begann sich zu bewegen und zur Musik zu tanzen. Sein Körper versteifte sich, als sie sich flüssiger bewegte, als er es je gesehen hatte. Sie kniete sich vor ihn und spreizte seine Beine mit ihren Handflächen. Sie fuhr mit den Händen an den Innenseiten seiner Oberschenkel hoch und hielt einige Zentimeter vor seinem Schritt inne.

Sie fuhr mit den Händen zu seinen Knien und stand langsam auf. Sie setzte sich auf ihn und drückte ihr Gesicht an seinen Hals.

„Sei vorsichtig mit dem, was du sagst. Die Wände haben Ohren", flüsterte sie neben seinem Ohr.

Er legte seine Hände auf ihren Arsch, während sie sich zurückzog, um in seine Augen zu sehen.

Er nickte. Er formte ein *Geht es dir gut* mit seinen Lippen? *Zurzeit noch*, antwortete sie.

Sie drückte ihre Handflächen an seine Brust und warf ihren Kopf zurück, um sich zur Musik zu bewegen.

„Wie viele Lapdances hast du schon gemacht?", fragte er.

„Du bist mein Erster."

Stolz schwoll in seiner Brust.

„Gut."

„Gefällt dir, was du bisher siehst?", schnurrte sie, als sie ihn ansah.

„Ja."

Ihre Hände liefen über seine Brust bis zu seinem Schritt.

„Du darfst nie wieder herkommen, Lucien. Big Mike, der Besitzer des Clubs, ist in meine Wohnung eingebrochen und hat mich über dich ausgefragt. Sie wissen, dass ich mit dir zusammen war. Du solltest dich nicht mit ihm anlegen. Er ist gefährlich", flüsterte sie.

Er legte seine Hand auf ihre Wange und hielt ihren Blick. Wut flammte in seinem Bauch auf und strömte in seine Brust. „Hat er dir weh getan, Catty?"

Sie verzog das Gesicht und schüttelte den Kopf. „Um dich mache ich mir Sorgen", flüsterte sie in sein Ohr.

„Mach dir keine Sorgen um mich. Ich kann auf mich selbst aufpassen." Er drückte seine Lippen an ihre Ohrmuschel und atmete ihren Geruch ein.

Sie stöhnte und versuchte sich wegzustoßen. „Du machst es mir schwer, mich auf das Tanzen zu konzentrieren."

„Ich war sofort steif, als ich dich auf dieser verdammten Bühne sah." Er zog sich zurück, um sie anzusehen. „Wovor hast du so viel Angst?", fragte er leise.

Sie seufzte. „Eine Stripperin, die vor einer Woche gekündigt hat, wurde außerhalb der Docks tot aufgefunden."

„Waren es Drogen?"

Sie lehnte sich zurück und runzelte die Stirn.

Er zog sie an seine Brust und hielt sie fest. „Entschuldigung. Ich meinte es nicht so, wie es klang."

„Ihr wurde die Kehle durchgeschnitten."

Das Blut gefror in seinen Adern. Er festigte seinen Griff um ihre Taille.

„Geht es dir gut?"

„Sei leise." Sie lehnte sich näher und bewegte ihren Körper weiter zur Musik. Sie glitt mit den Händen langsam über seinen Körper und ließ ihn mit einer solchen Intensität reagieren, dass es ihn schüttelte.

„Leg deine Hände über deinen Kopf", murmelte sie.

Er schaute mürrisch.

„Mach es einfach." Sie lehnte sich zurück und rieb sich an seinen Schritt.

Er zischte, als er voller Vergnügen einatmete. Wenn sie so weitermachte, würde er seine Jeans ruinieren.

Er hob die Hände und legte sie hinter seinen Kopf.

Er lehnte sich näher an sie heran. „Sei vorsichtig, mit dem, was du sagst."

Sie hielt seinen Blick, bevor sie seinen Körper hinunterglitt. Sie stand auf und drehte sich um, setzte sich in seinen Schoß und spreizte ihre Beine. Sie legte ihren Kopf an seine Schulter und drückte ihren Hintern in seinen Schoß.

„Warum hast du noch nie einen Lapdance gegeben?", flüsterte er ihr ins Ohr.

Sie sah ihm in die Augen und bewegte ihren Körper langsam zur Musik.

„Ich wollte nie zuvor jemandem nahe sein."

„Bis jetzt?" Stolz schwoll erneut in seiner Brust.

„Bis jetzt", gab sie zu.

Sie nahm seine Hände und zog sie zu ihren Brüsten hinunter. Es juckte ihm in den Fingern, den Spitzenstoff von ihren Nippeln wegzuziehen und ihre Haut zu berühren. Sie führte ihre Hände langsam über ihren Brustkorb und über ihren glatten, flachen Bauch. Sie hielt inne, als sie ihren G-String erreichte.

„Ich habe mehr bezahlt, damit ich dich anfassen kann, Catty." Seine Stimme bebte, als er einen Atemzug nahm. Sein Körper brannte und es war keine Erleichterung in Sicht.

„Lass mich mich umdrehen", stöhnte sie.

Sie stand auf, drehte sich um und setzte sich wieder auf ihn. Während sie sich zu der Musik bewegte, schob sie ihre Hand auf ihren Rücken und öffnete ihren BH.

Sein Körper pulsierte vor Lust.

Sie zog ihren BH langsam von den Schultern. Er griff nach ihr. Sie beugte sich gegen seine Berührung und drückte ihre Brüste in seine Handfläche.

„Ich will dich", flüsterte er.

„Nicht hier. Es ist zu riskant." Sie legte ihren Kopf an seinen Hals und biss ihn sanft.

Er stöhnte. Er zupfte ihre festen Nippel zwischen seinen Fingern, bis sie schwer atmete und auf seinem Schoß auf und ab rutschte. Er konnte die Hitze ihres Kerns fühlen und wusste, dass sie ihn so sehr wollte, wie er sie.

„Fünf Minuten", rief die ältere Frau, als sie an der Tür vorbeiging.

„Fuck", fluchte er.

„Nicht diesmal, Baby." Sie lächelte, als sie sich bückte, um seinen Hals zu küssen.

„Wenn ich dich allein erwische, wirst du unglaublich

lange nackt sein. Du wirst stundenlang keinen Schlaf bekommen." Er hielt ihren Kopf, als er sprach.

„Das klingt gut." Sie fuhr sich mit der Zunge über die Lippen.

„Ich möchte, dass du vorsichtig bist, wenn du heute Nacht gehst. Ich werde draußen auf dich warten."

„Nein. Das darfst du nicht. Ich bin mir sicher, dass sie Leute haben, die beobachten, ob ich jemanden mit nach Hause nehme."

„Ich lasse dich nicht alleine nach Hause gehen", flüsterte er ihr ins Ohr.

„Triff mich bei mir Zuhause. Ich muss noch eine Stunde hier bleiben, bevor ich gehen darf."

„In Ordnung." Weder gefiel es ihm, noch würde er sie alleine nach Hause laufen lassen. Er würde das tun, was er am besten konnte. In den Schatten bleiben und sie beobachten, um sich zu vergewissern, dass es ihr gut ging. Sie würde nicht einmal ahnen, dass er hinter ihr war.

* * *

„Etwas stimmt nicht." Granny setzte sich in ihrem Hotelzimmer auf und sah Haley an. Ihre Schwiegerenkelin in spe schlief noch immer friedlich, nachdem sie einen langen Tag damit verbracht hatten, für ihre Hochzeit einzukaufen und die Sehenswürdigkeiten von New Orleans zu besichtigen. Sie sollten morgen abreisen, aber der Gedanke, jetzt die Stadt zu verlassen, gefiel ihr nicht. Nicht, nachdem sie Lucien gesehen hatte.

Sie war überrascht gewesen, ihn heute Morgen hier zu treffen und trotz seiner Versuche, es zu verbergen, konnte sie spüren, dass er ihr nicht die Wahrheit gesagt hatte, warum er in der Stadt war.

Er sollte auf dem Pig Trail sein. Barrett hat nie erwähnt,

dass Lucien bis nach New Orleans fahren würde. Normalerweise wussten es die anderen Wächter, wenn einer von ihnen die Staatsgrenze überquerte.

Unbehagen setzte sich in ihrem Bauch fest.

Sie war vielleicht eine alte Frau, aber ihre Instinkte trogen sie nie. Lucien steckte in Schwierigkeiten.

Sie griff nach der Broschüre auf dem Nachttisch und blätterte durch die Seiten. Sie brauchte einen guten Grund, um ihren Besuch zu verlängern. Ein Grund, dem Haley zustimmen würde.

Sie lächelte, als ihr Finger auf der Seite der Plantagen-Ausflüge mit einer Brautmesse landete. Sie sollte in der Lage sein, Haley zu überreden, hinzugehen, um Ideen für ihre eigene Hochzeit zu sammeln.

Das würde ihr einen Grund bieten, noch einen Tag zu bleiben und ihr Gelegenheit zu geben, selbst Nachforschungen anzustellen.

Dann würde sie dem, was los war, auf den Grund gehen.

* * *

„DU HAST mich zu Tode erschreckt." Catty drückte eine Hand auf ihr rasendes Herz und atmete tief ein, als sie Lucien aus dem Schatten ihres Wohnhauses treten sah.

„Entschuldige." Ein langsames Lächeln schlich sich auf sein Gesicht.

Ihre Wut war schnell vergessen, als sich seine Augen verdunkelten. Ihr Magen wurde ganz warm und ihr Herz schlug fester in ihrer Brust.

Sie war so schwach, wenn es um ihn ging.

Er öffnete die Tür und sie eilte hinein. Er drückte sie gegen die dunkle Wand und sein heißer Mund senkte sich auf ihren.

Sie stöhnte und öffnete ihren Mund. Sie umklammerte seine Schultern und hielt ihn fest.

Als er endlich den Kuss löste, waren sie beide atemlos. „Lass uns hineingehen, bevor ich dir die Kleider vom Leib reiße."

Sie eilten zu ihrer Tür. Sie fummelte mit dem Schlüssel herum, während ihre zitternden Hände versuchten, ihn ins Schloss zu schieben. Als er endlich hineinrutschte und sie das Klicken des Schlosses hörte, stieß sie einen frustrierten aber erleichterten Seufzer aus.

Sie traten ein und er trat die Tür hinter sich zu. Ohne Zeit zu verlieren, hob er sie auf. Sie schlang ihre Beine um seine schlanke Taille und keuchte, als sie sich gegen seine dicke Erektion drückte.

Er drückte sie gegen die Wand und packte den Saum ihres T-Shirts. Er zog es über ihren Kopf und warf es zu Boden.

„All das muss runter", murmelte er, als sein Mund ihren Hals küsste und seine Hände damit beschäftigt waren, ihren BH loszuwerden.

Ihre Nippel verhärteten sich, als seine heiße Zunge über das empfindliche Fleisch leckte. Er zog ihren Nippel in seinen Mund und saugte daran.

„Oh Gott." Stöhnte sie und hielt seinen Kopf an ihre Brust. Ihr Herzschlag hämmerte in ihren Ohren, als ihr Körper vor Verlangen so sehr pulsierte, dass sie dachte, sie würde explodieren.

Er ging zu ihrem Bett und legte sie darauf. Seine Finger fanden den Knopf an ihrer Jeans, während sein Blick sich in ihre Augen bohrte. Er zog ihre Jeans aus, warf sie über die Schulter und widmete sich dann ihrem Slip. Er steckte seine Daumen unter den Bund und zog ihr das Höschen über die Beine.

Sein Blick wanderte über ihren nackten Körper und

verschlang sie mit seinen Augen. Seine Brust hob sich und seine Nasenflügel wackelten, während er sich an ihrem Anblick labte.

Sie war es gewohnt, dass Männer sie ansahen, aber sie war es nicht gewohnt, sich so zu fühlen. Niemand hatte je dafür sorgen können, dass sie sich so fühlte. Niemand außer Lucien.

Sie stütze sich auf ihre Ellbogen und traf seinen Blick.

„Du bist immer noch angezogen."

„Das lässt sich ändern." In gefühlt zwei Sekunden hatte er seine Kleider von seinem Körper geschält. Das Licht der Straßenlaterne fiel durch das Fenster und beleuchtete seine Muskeln, als würde er feilgeboten. Vor ihr stand eine solide Wand aus Kraft, mit fein geschliffenen Muskeln. Er war schöner als jeder Mann, den sie je zuvor gesehen hatte.

Er stieg über sie und legte sich zwischen ihre Beine. Seine Augen wurden weich, als er sie betrachtete.

Die Art, wie er sie ansah, ließ ihr Herz vor Freude weinen.

Mit einer sanften Bewegung strich er ihr die Haare aus den Augen und fuhr dann über ihre Wange. „Du bist so perfekt, Catty."

„Ich bin alles andere als perfekt, Lucien", flüsterte sie in die Stille der Nacht hinein.

„Für mich bist du perfekt."

In diesem Moment verliebte sie sich mit Herz und Seele in ihn. Bevor sie sprechen konnte, bedeckte er ihren Mund mit einem feuchten Kuss, bei dem sie sich wölbte und ihren Körper an seinem rieb.

Ihre Zungen wickelten sich um einander, jede schmeckte die andere und schwelgte in der Erotik des Augenblicks. Seine Hand glitt nach unten und umfasste ihre Hüfte und er drückte seine Erektion in ihren Bauch. Sie versuchte, ihre

Beine zu öffnen, aber sie war unter seinem Gewicht gefangen.

„Noch nicht. Ich möchte dich so lange genießen, wie ich kann."

Seine tiefe Stimme ließ ihre Haut wie unter Strom zittern. Sie war keine Jungfrau, aber die Art, wie er zu ihr sprach und sie ansah, war besonders. Der Drang, ihn für sich zu beanspruchen, war stark und es tat ihr weh, sich ihn mit einer anderen Frau vorzustellen. Das konnte nur eines bedeuten: er war ihr perfekter Partner.

Sie kniff die Augen zusammen, um die Tränen dahinter zu unterdrücken.

Lucien würde sie niemals zu seiner Partnerin machen. Er war zu perfekt. Und was war sie?

Eine Stripperin.

Ihr Herz sank ihr in den Magen, als er an ihrem Hals knabberte.

Sie biss die Zähne zusammen, verdrängte ihre Gedanken und konzentrierte sich auf den Zauber des Augenblicks.

Jetzt war sie bei ihm.

Jetzt gehörte sie ihm.

Heute Nacht würde sie ihm alles geben und nichts zurückhalten. Heute Nacht würde sie Erinnerungen schaffen, die sie ein Leben lang bewahren würde. Heute Nacht würde sie so tun, als ob sie sich paaren würden.

KAPITEL 22

*L*uciens Körper schmerzte vor Lust.

Er senkte seinen Kopf, fuhr mit seiner Zunge über ihr zartes Fleisch und markierte sie mit seinem eigenen Duft. Wenn er fertig war, würde jeder Wolf in einem Umkreis von fünfzig Metern wissen, dass sie einem anderen gehörte.

Sie würden wissen, dass sie zu ihm gehörte.

Sein Kopf war durchsetzt mit ihrem süßen, weiblichen Duft, und seine Brust verengte sich ob seiner Emotionen.

Seine Lippen saugten die harte Spitze ihrer Brust in seinen Mund und sie stöhnte tief.

Es machte ihn noch härter und eifriger darauf bedacht, sie zu befriedigen.

Er hätte sich nie vorgestellt, dass er jemals eine so schöne Frau finden würde, die ihn so akzeptierte, wie er war.

Aber Catty tat es. Seine Narben erschreckten sie nicht.

* * *

„HÖR NICHT AUF." Sie hob ihre feuchte Hitze gegen seine

Erektion. Sie brauchte ihn. In seiner Gänze. Ihr Körper sehnte sich nach seiner nächsten Berührung, seinem nächsten Kuss und dem nächsten Zungenschlag.

„Das habe ich nicht vor. Ich habe nicht gelogen, als ich sagte, du brauchst deine Energie für heute Nacht." Sein Mund bewegte sich bis zu ihrem Bauch. Er saugte am zarten Fleisch um ihren Nabel. Sie stieß sich nach oben und fuhr mit den Fingern durch sein Haar.

„Berühre mich weiter. Mit deinen Fingern, deinem Körper, deinem Mund." Bei ihm traute sie sich zu sagen, was sie fühlte und was sie brauchte.

Er hielt seinen Mund zwischen ihren Beinen und sah ihr in die Augen. Ihr Herz hüpfte vor Freude und überschlug sich beinahe ob der Intimität des Augenblicks.

Sie umfasste seine Wangen, spreizte ihre Beine und bot sich ihm an. „Lucien."

Er grinste und leckte dann das süße, empfindliche Fleisch zwischen ihren Beinen. Sie krümmte sich vom Bett und atmete ein.

Er sah auf und grinste sie an.

Er tauchte seinen Kopf zwischen ihre Beine und nahm ihren Hintern in seine Hände, während er das Festmahl genoss. Seine Zunge neckte sie, als er weiterhin seinen Mund benutzte.

Sie war fast soweit. So nah an ihrem Höhepunkt.

Sie stöhnte, als ihr Herz gegen ihren Brustkorb schlug. Er nahm ihre Lustperle in den Mund und saugte daran. Ihr Körper spannte sich an und sie wickelte ihre Beine eng um seinen Kopf, als die Lust durch ihren Körper wogte.

Er öffnete seine schweren Augenlider und sah zu, wie sie ihre Finger durch sein dunkles Haar fädelte und ihn an sich drückte.

Ihr Körper spannte sich an und ein Stöhnen entwich

ihrem Hals, als ihr Orgasmus sie überkam und sie in Ekstase versetzte.

Er leckte sie weiter, bis sie wieder auf die Erde fiel und ihr Körper sich entspannte.

Keuchend sah sie zu ihm hinab. Er wischte sich mit seinem Handrücken die Nässe aus dem Mund und kroch ihren Körper hinauf.

„Du bist dran." Sie versuchte, ihn auf den Rücken zu rollen, aber es war, als würde man einen Güterzug bewegen wollen. Unmöglich.

„Wenn du jetzt deinen Mund auf mich legst, werde ich keine drei Sekunden durchhalten, Baby." Er grinste und drückte seine Erektion an ihren nassen Eingang. „Im Moment möchte ich in dir sein."

„Lucien", flüsterte sie, als er in sie hineinstieß und sie mit einem angenehmen Schmerz füllte.

Während er schwer atmend tief in sie hineinpumpte, betrachtete er sie und seine Augen weiteten sich vor Verlangen. Verlangen nach ihr.

Er sagte nichts, sein Blick war auf sie gerichtet. Er musste nichts sagen. Sie spürte alle Worte in seiner Berührung, in ihren Augen, in ihrer Verbindung.

Sie fuhr mit den Händen zu seinem Rücken. Er hielt inne, schreckte aber dieses Mal nicht zurück.

„Alles von dir. Ich will alles von dir." Sie zog ihn näher und leckte an seinem Ohr. Ihre Finger streiften über seinen rauen Rücken.

Sein Mund senkte sich auf ihren. Sein heißer Geruch war wie eine Droge, die sie in einen immer größeren Rausch versetzte. Sie wollte mehr.

Er begann, sich langsam in ihrem Körper zu bewegen und beanspruchte sie mit jedem Stoß.

Sein Körper passte sich perfekt an ihren Körper an; das Fleisch, die Muskeln und der Schweiß.

„Catty", stöhnte er und griff zwischen ihren Körpern nach ihren harten Nippeln.

Sie atmete scharf ein, als er anfing, ihr empfindliches Fleisch zu berühren, während er in ihren Körper hinein- und hinausstieß.

„Ja", stöhnte sie laut. Ihr Körper spannte sich an, als Vergnügen ihn erfüllte und sie einen so intensiven Orgasmus verspürte, dass sie laut schrie.

Zitternd sah sie zu ihm auf und zog seinen Kopf für einen Kuss nach unten.

Er stöhnte in ihren Mund, als er seinen eigenen Orgasmus hatte und seinen Samen tief in sie ergoss.

Erschöpft brach er auf ihr zusammen. Sie schlang ihre Arme um ihn und hielt ihn fest.

Nach ihrem Vergnügen seufzte er, als ihre Finger über seinen Rücken strichen.

„Das war unglaublich." Sie lächelte und küsste seine Schulter.

„Gib mir fünf Minuten und ich werde dich wirklich umhauen."

„Das hast du bereits", lachte sie.

Er rollte sich herum und zog sie an seine Brust. Er wiegte sie in seinen schützenden Armen. Das einzige Geräusch in dem dunklen Raum war das ihres sich langsam beruhigenden Atems.

Er warf einen Blick zum Fenster. „Als Kind habe ich es geliebt, nach New Orleans zu kommen."

„Echt?"

„Meine Eltern nahmen uns sonntags zum Mittagessen mit in die Stadt. Meine Mutter hat immer dafür gesorgt, dass wir ordentlich gekleidet waren." Er lachte. „Das ist die eine Sache, die ich nicht vermisse. Sich ordentlich anziehen zu müssen, um etwas zu essen. Selbst Zuhause mussten wir uns zum Abendessen umziehen."

„Klingt, als wären deine Eltern reich gewesen." Cattys Eltern waren wohlhabend, aber sie schwammen keineswegs in Geld.

„Ja. Das sind sie. Oder vielmehr, das waren sie. Ich habe sie lange nicht gesehen. Nicht, seit ich nach Arkansas gezogen bin." Seine Stimme klang schwer, als würde er schon lange etwas mit sich herumtragen, etwas, das er unbedingt loswerden musste.

„Sie leben nicht weit von hier, oder?" Sie presste die Lippen zusammen und wartete darauf, dass er antwortete.

„Das tun sie. Es ist ein Plantagenhaus, nicht weit weg von hier. Mein Urgroßvater hat es gebaut. Es ist nicht so alt wie die anderen Plantagen hier, aber es hat dennoch eine spannende Geschichte." Er umfasste ihren Hals und rieb seinen Daumen über ihre Unterlippe. „Ich habe meinem Vater einmal gesagt, wir sollten an besonderen Tagen, wie Weihnachten und am Valentinstag, Führungen durch das Haus machen." Seine Lippen verzogen sich zu einem leichten Lächeln. „Er lehnte das ab. Er sagte, er wollte nicht, dass Fremde im Haus herumliefen oder das Familiensilber stahlen."

Sie lachte. „Nun, ich kann es ihm nicht verübeln."

Sie lehnte sich wieder an seine Schulter. „Es muss ein toller Ort zum Aufwachsen gewesen sein. Ich erinnere mich an mein Zuhause. Wir lebten in einer Siedlung, aber die Grundstücke waren groß und unser Grundstück grenzte an einen Wald. Skylar und ich nahmen ständig die Bettlaken meiner Mutter und bauten uns Festungen im Wald. Wir nahmen auch ihre Löffel mit, damit wir in der Erde graben und eine Feenstadt bauen konnten. Sie fand ihre Löffel immer verbogen vor und fragte mich, ob ich wüsste, was mit ihnen passiert war. Ich habe immer gelogen. Obwohl ich nicht lügen konnte, wenn Skylar in der Nähe war. Dieses Mädchen wollte nicht einmal lügen, wenn ihr Leben davon abhing. Eines Tages ließ sie mich auflaufen, als meine Mutter fragte, ob wir ihre Perlenkette gesehen hätten. Ich verneinte. Skylar meldete sich zu Wort und sagte, ich hätte sie kaputtgemacht, als wir im Wald waren und an unserem Feenhaus arbeiteten. Wir wollten die Perlen als Tor für das Feenhaus benutzen. Ich habe sie versehentlich zerrissen und die Perlen flogen überall herum."

„Klingt, als hättest du eine gute Kindheit gehabt."

„Ja, die hatte ich." Sie hatte einen anderen Weg gewählt, weit weg von dem bezauberten Leben, das sie einmal kannte.

„Es ist komisch, wenn Dinge, die du für selbstverständlich hältst, nicht mehr da sind." Sein wehmütiger Ton ließ ihr Herz schmerzen.

„Ja." Sie stütze sich auf ihren Ellbogen hoch und sah ihm in die Augen. „Wie Mamas Hackbraten."

„Oder Regenwürmer ausgraben, um fischen zu gehen", fügte er hinzu.

Sie grinste. „Oder Zane ärgern."

„Oh, glaub mir, er wird immer noch von seinen Wächter-Brüdern geärgert."

„Wie lange kennst du Zane schon?" Sie fuhr mit dem Finger über seine muskulöse Brust.

„Schon eine Weile." Er zuckte mit den Schultern. „Wir sind nicht beste Freunde, falls du das wissen willst."

„Gefällt dir das Leben in Arkansas?"

„Ja. Manche Sachen aus Louisiana vermisse ich aber ab und zu. Wie das Essen und mein Zuhause." Seine Stimme verstummte.

„Warum gehst du nicht auf einen Besuch vorbei, solange du hier bist?" Sie hob den Blick zu ihm.

„Weil ich geschäftlich hier bin. Außerdem glaube ich nicht, dass sie mich sehen wollen."

„Das glaube ich nicht. Sie sind immer noch deine Eltern. Sie lieben dich, egal was war."

Ein Grinsen erschien auf seinen wunderschönen Lippen. „Du solltest auf deinen eigenen Rat hören, Catty."

„Ich bin anders." Sie schüttelte den Kopf und legte ihn dann zurück auf seine Schulter. „Ich habe diesen Weg gewählt. Ich habe die Konsequenzen und die Schande gewählt. Es würde meinen Eltern das Herz brechen, wenn sie wüssten, was aus mir geworden ist."

Er stützte sich auf seinen Ellbogen und hob ihr Kinn mit dem Finger an. „Was du geworden bist, ist eine schöne, unabhängige Frau, die sich um das Wohlbefinden anderer sorgt. Wie Mrs. Willis und deine Freundin Jill. Du hast Optionen und du bist tapfer und ausdauernd." Seine Worte rannen wie Öl über ihre Seele und erfüllten sie mit Hoffnung. Sie hatte sich noch nie in diesem Licht gesehen.

„Nun, wenn du zu deinen Eltern gehst, dann gehe ich vielleicht zu meinen." Sie zog eine Augenbraue hoch. Sie konnte sich nicht vorstellen, nach Hause zu gehen, aber sie würde Lucien dazu ermutigen, es zu tun.

„Wir werden sehen." Er lachte und fiel auf das Bett zurück. „Im Moment habe ich andere Pläne für dich." Er schlang seine Arme um ihre Taille und zog sie auf sich.

„Ich habe dir doch versprochen, dass du heute Nacht keinen Schlaf bekommen würdest. Und ich halte immer meine Versprechen."

* * *

CATTY STAND am Fußende ihres Bettes und sah Lucien beim Schlafen zu. Er hatte eine Decke um seine Taille gewickelt, die seine Nacktheit vor ihren Blicken verbarg.

Das dunkle Haar fiel ihm in die Stirn, während sein Gesicht beim Schlafen fast wie das eines Engels aussah. Sein großer muskulöser Körper ließ ihren vor Verlangen nach ihm schmerzen.

Sie schüttelte den Kopf. Sie musste sich entspannen. Sie benahm sich wie eine Nymphomanin. Sie hatten letzte Nacht fünfmal Sex gehabt. Sie war erstaunt darüber, wie viel Vergnügen er mit Leichtigkeit aus ihrem Körper ziehen konnte.

Bevor sie eingeschlafen waren, hatte er ihr gesagt, dass er heute Abend zurückgehen müsste, um die Hexe zu treffen.

Auf keinen Fall würde sie ihn alleine gehen lassen.

Sie hatte ihren Wecker gestellt, war früh aufgestanden und duschen gegangen, ohne ihn zu wecken.

Sie warf einen Blick auf die Uhr. Sie hatte noch Zeit, vor ihrer Abreise Mrs. Willis zu besuchen.

Sie legte ihm einen Zettel neben das Bett, auf dem stand, wo sie war. Seufzend nahm sie ihren Rucksack und ging zur Tür hinaus.

Sie trat aus dem Gebäude und sah sich um. Über der Stadt hing noch der schwere graue Schleier des frühen Morgens, kurz bevor die Sonne aufging. Die Luft war schwer und dick und machte jeden Atemzug mühsam.

Sie zog ihre Tasche höher auf ihre Schulter und machte sich auf den Weg zu Mrs. Willis' Haus.

Sie machte Halt in einem kleinen Café und wurde mit dem köstlichen Aroma von Kaffeebohnen und frisch gebackenem Gebäck begrüßt.

Der Laden war bis auf einen älteren Mann an einem Tisch und zwei Personen, die an der Kasse warteten, relativ leer. Sie trat hinter eine ältere Frau und warf einen Blick auf die Speisekarte.

„Ich weiß nicht, Haley. Bestell für mich, was immer du denkst, das mir gefallen würde." Die grauhaarige Frau drehte sich um und lächelte Catty an. „Guten Morgen."

„Guten Morgen." Catty erwiderte das Lächeln. „Die Schokoladenhörnchen sind wirklich gut." Sie nickte zur Vitrine.

„Das klingt gut." Die Frau wandte sich von der hübschen

Blondine ab, mit der sie sprach, und sah sie an. Die Frau beugte sich vor und sah Catty seltsam an.

„Du siehst aus, als hättest du nicht viel geschlafen, Liebes." Die ältere Frau senkte die Stimme.

Ihr Gesicht wurde warm. Sie war ob des unverhohlenen Kommentars der Frau verblüfft.

„Granny, das ist nicht nett." Das junge Mädchen drehte sich um und lächelte Catty entschuldigend an.

„Was?" Granny sah das Mädchen unschuldig an. „Was ich nicht für eine Nacht geben würde, in der ein heißer Mann mich wach hält und mich zum Glühen bringt."

„Granny!" Die junge Frau schüttelte den Kopf.

„Es ist schon okay. Ich habe letzte Nacht tatsächlich nur wenig geschlafen." Sie drückte ihre Lippen zusammen und unterdrückte ein Lächeln.

„Wegen eines Mannes, habe ich recht?", fragte die ältere Frau.

Sie nickte.

„Dachte ich es mir doch."

Haley hustete, als sie versuchte, ihre Verlegenheit zu verbergen.

„Ich bin vielleicht alt, aber ich kann es erkennen, wenn ein Mädchen die Aufmerksamkeit eines Mannes genießt." Sie lehnte sich näher an sie heran. „Oder sollte ich sagen, eines Männchens, da wir nicht ganz menschlich sind. Oder, Liebes?"

Ihre Augen weiteten sich und sie atmete ein. Die Frau war ein Werwolf. Wie konnte ihr das entgangen sein?

„Es ist in Ordnung, Liebes. Du bist unter Freunden." Sie tätschelte Catty am Arm und lächelte.

„Ich bin Granny und das ist Haley." Die alte Frau nickte der hübschen Blondine zu, die zwei Tassen Kaffee und eine Tüte mit Gebäck in der Hand hielt.

„Freut mich, Sie kennenzulernen. Ich bin Catty." Sie war

zu sehr damit beschäftigt gewesen, an Lucien zu denken und womit sie den Großteil der Nacht verbracht hatten, um zu erkennen, dass die beiden Frauen Werwölfe waren.

„Wir besuchen New Orleans, um einige Sachen für meine Hochzeit zu besorgen." Haleys Augen funkelten, als sie davon sprach. Das Mädchen glühte praktisch.

„Hochzeit." Catty hob die Augenbrauen. Werwölfe paarten sich. Es war dasselbe wie eine Hochzeit. Die Paarbindung war stärker als jede menschliche Zeremonie.

„Ja. Er sagte, er wolle eine Doppelbindung eingehen." Haley senkte die Stimme.

„Nun, Glückwunsch. Er ist ein Glückspilz." Eifersucht stach ihr ins Herz und erinnerte sie an ihr Versagen. Mit ihr würde sich niemals jemand paaren. Der Einzige, mit dem sie sich vorstellen konnte, ihr Leben zu verbinden, war Lucien. Und er war ein zu feiner Mann für sie und jenseits ihrer Reichweite.

„Nein." Haley schüttelte den Kopf. „Ich bin der Glückspilz. Ich habe eine Familie gewonnen, als ich Jayden gefunden habe."

„Sie haben beide Glück, einander gefunden zu haben." Granny wandte sich wieder Catty zu. „Wie du und dein Typ."

Sie zwang sich zu einem Lächeln. Ihre gute Laune war verflogen.

„Nun, wir sollten besser gehen. Wir haben heute viel zu tun." Granny lächelte, bevor sie mit Haley zur Tür ging.

Sie sah ihnen mit schwerem Herzen hinterher.

„Ma'am, was darf es sein?", fragte der Barista.

Sie verdrängte ihre Gedanken, wandte sich wieder dem Tresen zu und bestellte schnell einen Kaffee und Croissants für Mrs. Willis. Sie wollte sich auch etwas zu Essen kaufen, hatte aber plötzlich keinen großen Appetit mehr.

KAPITEL 23

„Ich sollte bis heute Abend mehr Informationen haben." Barrett lehnte sich in seinem Stuhl zurück und starrte Ryker über seinen Schreibtisch an. Ryker war schon seit längerem hier, schon bevor die Sonne über den Horizont gestiegen war.

Barrett hatte sein Büro, seit dieser ganze Scheiß angefangen hatte, nicht verlassen. Ryker blieb in der Nähe der Anlage, falls sich die Situation ändern sollte.

Es klopfte laut an der Tür. Beide Männer drehten sich um und runzelten die Stirn.

„Wer ist da?" Barretts harter Ton hallte im Raum wider.

„Jaxon."

„Scheiße." Barrett warf Ryker einen warnenden Blick zu, bevor er von seinem Schreibtisch aufstand. Er öffnete die Tür und sah seinen Wächter finster an.

„Brauchst du etwas, Jaxon?"

„Ich muss wissen, was mit Lucien los ist." Er drängte sich an Barrett vorbei und ins Büro.

„Jaxon …" Barrett sah den Wächter mit zusammengekniffenen Augen an und ballte die Hände zu Fäusten.

„Schau Boss, ich weiß, dass ich störe. Aber ich kann nicht aufhören, mir Sorgen zu machen." Der blonde Werwolf sah ihn mit seinen blauen Augen an. Jaxon sah Jayden sehr ähnlich, aber sie unterschieden sich stark in ihrer Persönlichkeit. Jayden war ernsthafter geworden, erwachsener, während Jaxon sich in seinem Junggesellendasein und in seiner lockeren Art entspannen konnte.

Von seiner unbeschwerten Art war heute aber nichts zu merken.

„Barrett, bitte." Jaxon streckte die Hände zu seinen Seiten aus. „Mein Bauch sagt mir, dass etwas nicht stimmt, und zwar gewaltig. Ich will helfen."

Ryker meldete sich. „Ich denke, es wird Zeit, dass wir alle wissen lassen, was los ist."

Barrett warf ihm einen tödlichen Blick zu. Dieser verdammte Ryker und sein großes Maul. Ryker zuckte die Achseln und steckte sich ein Stück Kaugummi in den Mund.

Barrett sah wieder auf Jaxon. Sein Bauchgefühl riet ihm, nichts zu sagen. Zu warten. Er musste verhindern, dass seine Wächter unvorbereitet einen auf Ordnungshüter machten.

„Barrett, irgendwas musst du mir sagen."

„Ich muss dir gar nichts sagen, Jaxon. Nicht jetzt." Er kniff die Augen zusammen und sah den Wächter an. „Ich bin dein Rudelführer. Das scheinst du wohl zu vergessen. Und meine Geduld für deinen Mangel an Respekt geht immer schneller zur Neige."

Jaxon sah auf den Boden, holte tief Luft und sah dann Barrett wieder an. Seine blauen Augen funkelten ob der unterschiedlichen Emotionen, die er verspürte, als er zu überlegen schien, was er als Nächstes sagen sollte.

„Ich verstehe, dass du dir Sorgen um deinen Freund machst." Barrett blieb ruhig, aber streng. Seine Männer mussten sehen, dass er immer noch das Sagen hatte. Sobald die Wächter den Respekt für ihren Anführer verloren, würde das ganze Rudel zerfallen.

Das konnte er – nein, das würde er nicht zulassen.

„Er ist mehr als ein Freund. Für mich ist er ein Bruder." Jaxon sah weg und zuckte zusammen. „Obwohl ich sicher bin, dass er sich selbst nicht so fühlt. Er ist immer sehr verschlossen und behält alles für sich." Er sah zu Barrett zurück. „Aber Familie ist Familie. Egal was."

„Gut. Das ist es, was ich wollte, als ich die Position des Rudelführers hier in Arkansas angenommen habe. Ich wollte, dass meine Wächter eine Bruderschaft sind und bereit sind, ihr Leben für einander zu riskieren." Er nickte, etwas festigte sich in seiner Brust.

„Ich weiß, dass du mir, wenn überhaupt, nicht viel erzählen wirst. Ich bin nur zu dir gekommen, in der Hoffnung du würdest verstehen, dass ich weiß, dass Lucien in Schwierigkeiten steckt."

„Wie kommst du darauf?" Barrett kniff die Augen zusammen. Hatte Lucien ihn kontaktiert? Hatte Ryker seinen großen Mund aufgemacht?

Jaxon schüttelte den Kopf und rieb sich mit der Hand über sein Gesicht. „Ich weiß, dass es verrückt klingt. Aber seit er fort ist, habe ich dieses ungute Gefühl. Ich glaube, dass er in Schwierigkeiten steckt." Er sah auf zu Barrett. „Er ist nicht auf einer Reise, oder?"

„Das stimmt, er ist nicht auf einer Reise." Das war die einzige Information, die er ihm geben konnte.

„Barrett …", bat Ryker.

„Ich verrate dir etwas. Wenn es über Lucien etwas zu berichten gibt, werde ich dich darüber informieren." Barrett ging zu seiner Tür und öffnete sie weit. „Im Moment solltest du dich daran erinnern, welche Position ich innehabe. Haben wir uns verstanden, Jaxon?"

„Ja, das haben wir." Jaxon versteifte sich und stürmte aus dem Büro.

Barrett schloss die Tür hinter sich ab.

„Barrett …"

„Ich will es nicht hören, Ryker. Je weniger er weiß, desto besser." Er ging um den Schreibtisch herum, setzte sich und warf dem Werwolf einen Blick zu, der Bände sprach.

„Das stimmt. Aber es gibt einen Punkt, an dem du die anderen wissen lassen musst, was los ist." Er steckte die Hände in die Taschen.

„Ich kann keine weiteren Wächter mehr irgendeiner Gefahr aussetzen. Lucien hat das unter Kontrolle. Heute Nacht wird er herausfinden können, wer hinter all dem steckt. Bis dahin warten wir." Er hatte seine Fühler bei allen Kontakten ausgestreckt, um zu sehen, ob etwas auftauchte. Soweit noch nichts.

„Du musst gehen und Jaxon folgen."

„Warum?" Ryker schaute mürrisch.

„Weil er dabei ist, etwas Dummes zu tun, um herauszufinden, wo Lucien ist."

„Woher weißt du das?"

„Nennen wir es Instinkt." Er schüttelte den Kopf. Er brauchte noch ein paar Stunden, bis Lucien die Informationen von der Hexe erhalten konnte. Alles hing von diesem Treffen ab.

Im Moment war Lucien ihre einzige Hoffnung.

* * *

„ICH FINDE ALLE SO SCHÖN. Es ist schwer, einen Favoriten auszuwählen." Haley sah von dem Tisch auf, der mit Brautsträußen gefüllt war, die von Pastellfarben bis hin zu kräftigen Farben reichten. Sie sollte sich auf den Einkaufsbummel freuen, aber heute kam sie irgendwie nicht in Stimmung. Schuldgefühle stachen ihr in den Bauch, als sie in ihre Handtasche griff und die Zeit überprüfte. „Ich habe keine Lust, noch einen Tag zu bleiben. Ich habe Jayden versprochen, dass wir uns heute auf den Weg nach Hause machen." Sie sah die ältere Frau an, die ihr mehr eine Mutter war als ihre eigene biologische.

Nachdem sie von verbrecherischen Wölfen entführt worden war, hatten Haleys Eltern angenommen, dass sie vergewaltigt worden sei und daher, in ihren Augen, ruiniert war. Sie hatten sie von der LSU an die University of Arkansas versetzt. Dort hatte sie Jayden getroffen, als er sie vor einem Stalker beschützte.

„Ich weiß, Liebes, aber du weißt, was man sagt. Die Liebe wächst mit der Entfernung." Granny nahm einen weißen Blumenstrauß mit Lilien und Schleierkraut auf und roch an ihm. Sie runzelte die Nase und stellte den Strauß hin. „Außerdem willst du doch, während wir hier sind, so viel wie möglich erledigen, damit du dich dann auf Jayden konzentrieren kannst."

Das gefiel ihr.

„Also, als du mit Jayden gesprochen hast, hast du da erwähnt, dass wir Lucien getroffen haben?" In Grannys Stimme war ein anderer Ton zu hören. Einer, der fröhlich schien, aber nur mäßig ihre Neugierde verbarg.

„Ja, das habe ich." Sie sah Granny hinter ihren Wimpern an. „Er klang überrascht. Er dachte, er würde auf dem Pig Trail fahren. Ich schätze, er hat sich entschieden, weiterzureisen und nach New Orleans zu kommen."

„Oh." Grannys Ton klang fast normal. Granny klang nie normal.

Sie nahm einen rosa Blumenstrauß und runzelte die Stirn. Ihr Bauchgefühl sagte ihr, dass die alte Frau einen anderen Grund hatte, noch einen Tag in New Orleans zu bleiben. Einen Grund, den sie ihr nicht verriet.

Etwas, das nichts mit der Hochzeit zu tun hatte.

* * *

JAXON GING zu seinem Zimmer in der Kaserne. Er wusste, dass Barrett ihm nichts verraten würde. Barrett würde ein Geheimnis mit ins Grab nehmen.

Er betrat sein Zimmer und schloss die Tür ab. Er öffnete den Schrank, zog eine Satteltasche hervor und warf sie auf das Bett. Er warf einige T-Shirts, eine Jeans und Unterwäsche hinein, bevor er die Schublade seines Nachttisches öffnete.

Er griff nach seiner 9-Millimeter, steckte ein volles Magazin hinein und zog den Schlitten zurück, sodass eine silberne Kugel in die Kammer geladen wurde. Während eine normale Kugel einen anderen Werwolf nicht verletzen konnte, würde eine Silberkugel einen Werwolf in eine Welt voller Schmerzen schicken, bevor er schließlich starb.

Er steckte die Pistole hinten in den Bund seiner Jeans und zog sein T-Shirt darüber, um die Waffe zu verbergen. Er warf zwei weitere volle Magazine in die Satteltasche.

Sein Motto war *Sei immer auf alles vorbereitet.*

Barrett war enger unzugänglicher als der Mount Everest. Sein Rudelführer regte sich nie über etwas auf. Er führte ein eingeschworenes Rudel, setzte das Gesetz durch und war mehr als fair.

Zurzeit war Barrett aber sehr angespannt. Ganz anders als der Anführer, den er kannte und respektierte.

Barrett verbarg etwas. Und es betraf Lucien.

* * *

LUCIEN GING den unebenen Pfad zu dem gelben, alten Haus von Mrs. Willis hinauf und sah sich in der Nachbarschaft um. Das Haus nebenan war mit Graffiti bemalt und die Fensterläden hingen gerade noch so in den Scharnieren. Ein altes Auto stand wie zur Deko auf Blöcken im Vorgarten und auf der Veranda war eine Couch. Er schauderte, als er sich die zahlreichen Käfer und Ratten vorstellte, die ihre Nester in dem Möbel gebaut hatten.

Er sah wieder zur Haustür von Mrs. Willis' Haus. Trotz seines Alters hatte das Haus eine gemütliche Atmosphäre. Es stach zwischen den anderen heruntergekommenen Häusern auf der Straße hervor. Mrs. Willis' Haus schien Hoffnung in der ansonsten verzweifelten Nachbarschaft auszustrahlen.

Er hatte, als er aufgewacht war, Cattys Zettel auf dem Beistelltisch gesehen. Er wollte nicht nach Mississippi aufbrechen, bevor er mit ihr gesprochen hatte. Nicht nach letzter Nacht.

Ein Bild von ihren Körpern, die sich miteinander bewegten, während sie sich die ganze Nacht liebten, blitzte in seinem Kopf auf. Sein Körper versteifte sich, als er sich daran erinnerte, wie sie seinen Namen gerufen hatte, während sie sich in ihrer Freude verlor und in seinen Armen lag.

Er hatte gehofft, an diesem Morgen wieder mit ihr schlafen zu können, aber sie war schon gegangen, als er aufwachte.

Er runzelte die Stirn, trat an die Tür und klopfte.

Ein Stakkato von Schritten war zu hören, bevor die Tür geöffnet wurde. Mrs. Willis stand da, sie trug eine dunkle Brille und ein grünes Mu'umu'u.

„Catty, bist du das?", rief Mrs. Willis.

„Nein, Madam, ich heiße Lucien. Ich bin ein Freund von Catty." Er warf einen Blick über die Schulter der alten Frau ins Haus. „Sie sagte, sie würde heute Morgen zu Ihnen gehen. Ich wollte mit ihr reden, bevor ich die Stadt verlasse. Aber wie ich sehe, ist sie noch nicht hier."

„Oh. Es ist so schön, einen von Cattys Freunden kennenzulernen." Sie streckte die Hand aus und tätschelte seinen Arm. „Ich mache mir nämlich Sorgen, dass sie niemanden hat, der sich um sie kümmert. Sie hat keine Familie hier, verstehen Sie?"

„Ja, Madam. Ich weiß."

„Nun, wo bleiben denn meine Manieren? Komm rein, Schätzchen. Jeder Freund von Catty ist in diesem Haus willkommen. Ich bin sicher, dass sie auf dem Weg hierher ist." Sie lächelte und öffnete die Tür weit genug, damit er eintreten konnte.

„Danke." Er trat ein. Das Haus war alt, mit hohen Decken und Holzböden. Die antiken Möbel waren abgenutzt und Fotos bedeckten die Wand. Es war, als wäre er in der Zeit zurückgereist.

„Möchten Sie etwas Tee? Oder vielleicht Kaffee?"

„Kaffee wäre schön." Er hatte heute noch keinen Kaffee gehabt. Er hatte sich angezogen und war hierhergekommen, sobald er Cattys Zettel gelesen hatte.

„Wer ist das?" Eine schlanke junge Brünette schlenderte ins Wohnzimmer. Sie trug schwarze Shorts, die nicht ganz ihren Hintern bedeckten, und ein T-Shirt mit tiefem Ausschnitt. Obwohl sie geschminkt war, sah sie kaum volljährig aus.

„Hi, ich bin Lucien. Ich bin ein Freund von Catty." Lucien streckte die Hand aus. Sie nahm seine Hand in ihre und hielt sie eine Sekunde zu lange, während sich ihre Lippen zu einem langsamen Lächeln verzogen.

„Catty scheint Glück zu haben. Ich wünschte, ich hätte Freunde wie dich." Sie trat nah an ihn heran. Ihre Brust streifte seinen Arm.

„Das ist meine Enkelin Shelly. Shelly, kannst du uns etwas Kaffee bringen?" Mrs. Willis räusperte sich, offensichtlich nicht amüsiert über den flirtenden Ton ihrer Enkelin.

Die alte Frau war vielleicht blind, aber sie war nicht blöd.

„Selbstverständlich." Shellys Ton war weniger eifrig und sie ließ sich Zeit damit, aus dem Raum zu gehen.

„Bitte setz dich, Lucien. Manchmal geht Catty vorher in ein Café und bringt mir süße Leckereien von dort mit." Mrs. Willis ging zu einem Schaukelstuhl und setzte sich.

Er wartete, bis sie Platz genommen hatte, bevor er sich auf der Couch niederließ.

„Also sag mal, wie gut kennst du Catty?" Sie lehnte den Griff ihres Stocks gegen die Armlehne ihres Schaukelstuhls und legte ihre Finger ineinander verschränkt in ihren Schoß.

Er sollte sagen, dass er sie verdammt gut kannte. Aber Mrs. Willis würde so eine Wortwahl nicht gutheißen.

„Ich habe sie ehrlich gesagt erst diese Woche kennengelernt. Ich kenne ihren Bruder Zane."

„Ah, und was hält ihr Bruder davon, dass du an seiner Schwester interessiert bist?" Die Mundwinkel von Mrs. Willis beugten sich nach oben.

Er räusperte sich und bewegte sich in seinem Sitz. Mrs. Willis lachte auf.

„Mach dir keine Sorgen, Lucien. Ich bin froh, dass sie dich hat. Ich sehe vielleicht nicht das äußere Erscheinungsbild einer Person, aber ich kann ihr Herz sehen. Dafür braucht man keine Augen."

„Ich denke, da haben Sie recht." Er lächelte die alte Frau an. „Catty schätzt Sie sehr, Mrs. Willis. Danke, dass Sie so freundlich zu ihr sind, während sie in New Orleans ist. Ich weiß, dass es ihr viel bedeutet."

„Dieses Mädchen hat mir mehr geholfen, als ich ihr jemals danken könnte." Ihr Gesicht leuchtete vor Emotionen. Die mütterliche Zuneigung, die sie für Catty empfand, verursachte in ihm Heimweh nach seiner eigenen Mutter.

„So ist Catty. Unglaublich großzügig."

„Ja, das ist es auch, was mir Sorgen macht." Mrs. Willis

bedankte sich bei ihrer Enkelin, als Shelly ihr eine Tasse heißen Kaffee reichte.

„Danke", murmelte Lucien, als Shelly ihm ebenfalls eine Tasse reichte. Sie lächelte und setzte sich neben ihn auf die kleine Couch.

„Shelly, Schatz, gibt es noch Teegebäck in der Speisekammer? Ich bin mir sicher, dass Lucien gern Etwas zu seinem Kaffee hätte."

„Ich weiß es nicht. Ich habe keines gesehen." Shelly hielt ihren Blick auf ihn gerichtet und ignorierte weiterhin ihre Großmutter.

„Ich werde nachsehen gehen." Mrs. Willis stand auf.

„Nein, Mrs. Willis, machen Sie sich keine Umstände. Der Kaffee ist perfekt. Ich esse am Morgen nichts Süßes."

„Ich wette, ich habe etwas Süßes, das du gern vernaschen würdest", murmelte Shelly und lehnte sich an ihn.

Er warf ihr bei dieser sexuellen Anspielung einen bösen Blick zu.

Sie lehnte sich noch näher und legte ihre Hand auf seinen Oberschenkel.

Er ergriff ihre Hand und sah ihr in die Augen.

„Nein danke. Mein Appetit wurde bereits gestillt." Er warf ihr einen bösen Blick zu.

Sie hob die Augenbrauen und wusste, worauf er anspielte.

„Mrs. Willis, wann erwarten Sie Catty? Ich möchte ihnen keine Umstände bereiten." Obwohl die Frau ihn nicht sehen konnte, drehte er sich um und schenkte ihr seine volle Aufmerksamkeit und ignorierte Shelly. Vielleicht würde sie begreifen, dass er nicht interessiert war.

„Es macht mir doch keinerlei Umstände, Lucien." Ein Lächeln erhellte ihre Gesichtszüge. „Es ist eine Weile her, seit ein Mann dieses Haus mit seiner Anwesenheit beehrt hat."

„Wie lange ist es her, seit Ihr Mann verstorben ist?", fragte er leise.

Shelly seufzte und stand auf, gelangweilt von dem Gesprächsthema. Sie stolzierte in die Küche.

„Ungefähr zwanzig Jahre. Wir sind gleich nach unserer Hochzeit in dieses Haus gezogen." Sie klopfte sanft mit ihrem Stock auf den Boden. „Es ist ein großartiges altes Haus. Oder war es zumindest mal."

„Das ist es immer noch."

„Du bist so liebenswürdig, Lucien. Ich kann verstehen, warum Catty dich mag." Sie schüttelte langsam den Kopf. „Seit ich nicht mehr sehen kann, kann ich es nicht mehr so in Schuss halten wie früher. Vielleicht war es Gottes Weg, mich den Zustand nicht sehen zu lassen, in den die Nachbarschaft verfallen ist." Sie legte ihren Stock auf ihr Knie und tastete nach dem Beistelltisch, bevor sie ihre Tasse abstellte. „Catty ist ein süßes Mädchen. Kommt immer vorbei und schaut nach mir. Sie bringt sogar Blumen mit, die ich auf meine Veranda hängen kann. Ich kann sie nicht sehen, aber ich kann sie riechen, wenn ich nach draußen gehe. Sie denkt immer an andere."

„Sie ist eine richtige Mutter Teresa", murmelte Shelly, als sie sich gegen den Türrahmen lehnte, der ins Wohnzimmer führte.

Luciens Verärgerung flammte auf.

„Shelly, ich bin mir nicht sicher, was du damit sagen willst", sagte Mrs. Willis genervt.

„Oh, ich bin sicher, dass Shelly mir ein Kompliment machen wollte." Catty erschien in der Tür, hielt zwei Styropor-Becher mit Kaffee und eine Tüte mit süßen Leckereien in den Händen, und sah leicht irritiert aus.

KAPITEL 24

„Catty, ich habe gar nicht gehört, dass du hereingekommen bist. Schau mal, wer da ist. Dein Freund Lucien." Mrs. Willis' fröhlicher Ton hätte die Spannung im Raum lockern sollen.

„Lucien, was machst du hier?" Cattys errötete leicht.

„Ich dachte, ich würde dich überraschen." Er stand auf und ging zu ihr hinüber.

Die Spannung im Raum war fühlbar und alles, was er wollte, war, ihr die Kleider vom Körper zu reißen und sie wieder zu nehmen.

„Ah, jetzt verstehe ich." Shelly lächelte zickig. „Catty, ich muss sagen, ich hätte nicht gedacht, dass du jemanden abbekommst, der so heiß ist. Scheint ein bisschen außerhalb deiner Liga zu sein."

Catty zuckte zusammen, als wäre sie geschlagen worden.

Lucien warf Shelly einen bösen Blick zu.

„Shelly!" Mrs. Willis' scharfer Ton hallte im Raum wider. „Das ist unangebracht. Und du schuldest Catty eine Entschuldigung."

„Ich schätze mich glücklich, dass Catty überhaupt Zeit

mit mir verbringt. Ich lege großen Wert auf unsere Beziehung." Er hielt den Blick auf die Frau gerichtet, die ihm letzte Nacht ihre Seele und ihren Körper geschenkt hatte.

„Ist das so?" Shelly kniff die Augen zusammen. Das Mädchen war offensichtlich neidisch auf Catty.

Catty verlagerte ihr Gewicht und räusperte sich.

„Ich habe ein paar Schokoladenhörnchen mitgebracht. Ich weiß, wie sehr Sie die mögen." Sie sah Mrs. Willis an.

„Du bist so ein süßes Mädchen." Mrs. Willis lächelte. „Komm, setz dich, lass uns eine schöne Tasse Kaffee genießen und uns unterhalten. Shelly, kannst du uns etwas Kaffee bringen?"

Sie kniff die Augen zusammen.

„Ich habe mir schon welchen mitgebracht." Sie ging hinüber und stellte die Tüte mit Leckereien auf den Couchtisch.

„Komm, setz dich, Liebes. Ich hatte gerade ein nettes Gespräch mit Lucien." Mrs. Willis nahm das Croissant, das Catty ihr reichte. Sie legte das Gebäck auf eine kleine Serviette, die Catty aus der Tasche gezogen hatte.

Catty wandte sich an Lucien. „Worüber habt ihr gesprochen?"

„Ah, nur darüber wie nahe ihr euch steht", sagte Mrs. Willis, bevor sie in das Croissant biss.

Lucien runzelte die Stirn und sah die ältere Frau an. Es war nicht genau das Gespräch, an das er sich erinnerte.

„Wirklich?", fragte Catty und errötete erneut.

„Ja, Lucien ist ein ganz schöner … Fang." Shelly glitt zu ihm und stellte sich auf die Zehenspitzen, um einen Kuss auf seine Wange zu drücken. „Ich muss gehen. Bis bald, Lucien." Shelly trat zur Haustür.

Catty schoss mit ihren Augen Dolche auf ihn.

„Wissen Sie, Mrs. Willis. Ich habe einen Termin vergessen, den ich heute Morgen gemacht habe." Sie stand auf und nahm ihre Tasche vom Boden. „Ich muss los, bevor ich zu spät komme."

„Oh, ich hatte mich schon darauf gefreut, noch weiter mit deinem Freund Lucien zu sprechen."

„Oh, er kann bleiben. Ich bin sicher, dass er nirgendwo hin muss." Sie warf ihm einen tödlichen Blick zu, bevor sie zur Tür eilte.

„Wir sehen uns in ein paar Tagen, Mrs. Willis", rief Catty über ihre Schulter, bevor die Tür zugeschlagen wurde.

Scheiße. Er war eindeutig in Schwierigkeiten.

„Na los, Lucien. Sitz nicht einfach so da. Lauf deinem Mädchen hinterher." Mrs. Willis lächelte, bevor sie in ihr Croissant biss.

Er murmelte einen schnellen Abschied und eilte aus dem Haus.

Catty war mehr als sauer. Sie war verletzt.

Er stand auf dem Bürgersteig und durchsuchte die Gegend. Kein Zeichen von ihr. Er schloss die Augen und atmete tief ein.

Ihr Duft.

Er eilte ihr nach.

Seine Schritte hämmerten gegen den Bürgersteig. Schweiß brach unter seiner Lederjacke aus und sickerte in sein T-Shirt.

Er drehte sich um und ging eine Gasse hinunter. Als er das Ende erreichte, trat er in die nächste Straße. Er sah Catty, die bekleidet mit Jeans, Stiefeln und einem dünnen T-Shirt, auf ihre Wohnung zu ging.

Er rannte los.

„Catty, bleib stehen." Er packte ihren Ellbogen, aber sie riss sich aus seinem Griff.

„Lass mich in Ruhe, Lucien." Sie ging weiter, ihre Hände steckten in den Taschen ihrer Jeans.

„Catty, Shelly hat sich benommen wie eine Schlampe."

Sie blieb stehen und drehte sich auf dem Absatz um. „Das mag sein, aber sie hat recht. Du verdienst es, mit jemandem zusammen zu sein, der dir gleichgestellt ist. Nicht eine Stripperin." Schmerz schoss durch ihre Augen, als sie weiterging.

„Was zum Teufel redest du da?" Er eilte an ihre Seite und passte sich ihrem Tempo an.

Sie blieb wieder stehen und schaute ihm in die Augen. „Schau mal, das zwischen uns muss aufhören."

„Warum?" Sein Herz gefror in seiner Brust. Er befürchtete, dass es, sobald es wieder zu schlagen begann, in tausend Stücke zerbrechen würde.

„Ich kann nicht in diesem Tagtraum leben. Dass wir nächste Woche irgendwie noch zusammen sein werden." Sie lächelte ihn traurig an. „Ich lebe in der realen Welt. Und in meiner Welt kann ich nur hoffen, dass ich diesen Ort verlassen und irgendwo von vorne anfangen kann, wo niemand mich oder meine Vergangenheit kennt." Ihr Lächeln verschwand und sie schaute weg.

Er packte sie an den Armen und zwang sie, ihn anzusehen. „Hör mir zu. Ich kann dir nicht nächste Woche versprechen, verdammt noch mal, ich kann dir nicht einmal morgen versprechen. Bei meiner Arbeit habe ich keine Garantie."

„Das hört sich gefährlich an. In welcher Branche bist du noch mal genau, Lucien?" Ihr Blick verengte sich und sie senkte die Stimme.

„Das ist irrelevant. Was zählt, ist, dass du mir wichtig bist, Catty. Und ich bin nicht bereit, das aufzugeben, uns aufzugeben." Sein Herz schlug schnell in seiner Brust. Er fühlte sich offen und verletzlich, konnte jedoch nicht verhindern, dass sich die Worte aus seinem Mund ergossen. „Und ich glaube auch nicht, dass du dazu bereit bist."

„Schau mich an. Sag mir die Wahrheit. Bereust du, was wir getan haben, bereust du, was zwischen uns passiert ist?" Seine Brust spannte sich an, als er auf ihre Antwort wartete.

Sie lächelte. Ihre Fingerspitzen liefen über seinen Kiefer.

„Nein. Ich denke, das, was zwischen uns passiert ist, wird mir noch in den nächsten Jahren Kraft geben. Du hast mir in ein paar Tagen mehr gegeben, als ich jemals in einem Leben bekommen kann. Dafür bin ich dankbar."

Sein Herz zerbrach für sie. Er wollte sie packen und mit nach Hause nehmen und sie lieben, bis jede ihre Zellen von ihm besetzt war. So wie sie jede seiner Zellen erobert hatte.

„Du gibst dir nicht genug Anerkennung." Sein Herz zuckte in seiner Brust und er hielt ihren Blick. „Du siehst nicht, was für ein wunderbarer Mensch du wirklich bist. Es ist mehr als nur dein Äußeres, das zugegebenermaßen ziemlich heiß ist."

Sie stieß ein zögerliches Lachen aus.

„Ich meine es ernst. Ich hätte nie zu träumen gewagt, dass ich eine so großartige Frau wie dich treffen würde." Gott, er wollte ihr mehr erzählen und ihr sagen, wie gern er den Rest seines Lebens mit ihr verbringen wollte. Aber er konnte nicht.

Wenn diese Mission misslang und er sie nicht überlebte, wollte er nicht, dass sie das Gefühl hatte, er hätte sie durch seinen Tod zurückgelassen.

Plötzlich kam ihm der Gedanke, diese Mission abzubrechen und nach Hause zu gehen. Er hatte jahrelang für seinen Job gelebt, aber jetzt bei Catty sehnte er sich nach etwas anderem. Er sehnte sich danach, dass jemand auf ihn wartete, wenn er nach Hause kam.

„Was meinst du damit?" Sie sah zu ihm auf, Hoffnung funkelte in ihren Augen wie Sterne.

„Ich sage, dass wir immer nur den Augenblick genießen können. Ich möchte jeden Tag so leben, als wäre es mein letzter."

„Du sagst das so, als würdest du mit dem Schlimmsten rechnen." Ihre Brauen verzogen sich.

Er zuckte mit den Schultern. „Ich möchte hier sein und diesen Augenblick mit dir verbringen. Und wenn ich mit New Orleans fertig bin, dann …"

„Dann was?"

Er schluckte. „Ich möchte, dass du mit mir nach Hause kommst. Zurück nach Arkansas."

So. Er hatte es gesagt. Jetzt gab es kein Zurück mehr.

„Meinst du das ernst?" Ihre Stimme brach, als würde sie es nicht wagen zu glauben, was er gerade gesagt hat.

„Ja, das tue ich." Er meinte es ernst.

Die Geschäftigkeit des Morgens schwirrte um sie herum. Das Brummen der Autos, die langsam auf der Straße vorbeifuhren, gepaart mit dem Duft des Frühstücksangebots des nahegelegenen Restaurants, vibrierte zwischen ihnen.

„Ich muss mich beeilen und diese Sache für die Wächter erledigen. Es ist wichtig, dass ich das zuerst zu Ende bringe. Das verstehst du, nicht wahr, Catty?" Plötzlich schien es nicht so wichtig, seinen Bruder zu finden. Nicht mehr.

„Natürlich verstehe ich das." Sie trat näher und legte die Handflächen an seine Brust.

Er wollte sie in die Arme nehmen und sie küssen, aber er wusste, dass zu viele Leute sie beobachten könnten. Er würde ihre Sicherheit nicht wegen seines Verlangens nach ihr gefährden.

„Gut." Er wusste nicht, was die Zukunft für ihn bereithielt, aber er hoffte, dass sie ein Teil davon sein würde.

„Ich war besorgt, als ich aufgewacht bin und du weg warst. Ich wollte mich von dir verabschieden, bevor ich nach Yazoo City fahre." Er griff nach ihrer Hand und verschränkte seine Finger mit ihren.

„Ich habe nur die Wohnung verlassen, bevor du aufgewacht bist, um nach Mrs. Willis zu sehen. Außerdem wirst du nicht ohne mich nach Yazoo City fahren." Sie legte den Kopf schief.

„Ich glaube nicht, dass du mitkommen solltest. Ich traue dieser Hexe nicht."

„Warum denkst du, komme ich mit? Nachdem du gesehen hast, wie Shelly auf dich ansprang? Das kannst du vergessen, Lucien. Ich komme mit."

* * *

LUCIEN VERSUCHTE, sie zu überreden, ihn nicht zu begleiten, aber Catty hörte nicht auf ihn. Sie würde ihn definitiv nicht mit der Hexe alleine lassen. Es war nicht so, dass sie Lucien nicht vertraute. Denn das tat sie. Irgendwie spürte sie diesen Zwang, ihm zu vertrauen.

Es war die Hexe, der sie nicht traute.

Sobald sie zu seinem Motorrad zurückgekehrt waren, fuhren sie los.

Sie legte ihren Kopf auf seinen Rücken, als er mit seiner Harley den Highway entlang raste. Sie schloss ihre Arme um seine schlanke Taille. Sie liebte es, wie er sich anfühlte, als wäre er das fehlende Stück ihres Körpers.

Als er seine Hand in einer liebevollen Berührung über ihre legte, schmolz ihr fast das Herz. Er konnte im Bett so intensiv und außerhalb des Betts so sanft sein.

Sie schloss die Augen und stellte sich ein Leben mit Lucien vor. Ein Zuhause, endlose Abende, an denen sie sich liebten und vielleicht ein paar Jahre später ein oder zwei Kinder.

Sie schlang die Arme um seine Taille, hielt an ihren Fantasien fest und ihre Liebe zu ihm wuchs mit jeder Meile, die sie zurücklegten.

KAPITEL 25

Zu der Zeit, als sie die Stadtgrenze von Yazoo City erreichten, hing die Sonne tief über dem Horizont. Er reduzierte die Geschwindigkeit und bog in eine volle Tankstelle ein.

Sie stieg vom Motorrad und er folgte ihr.

„Ich fülle den Tank, damit wir so schnell wie möglich wieder los können, sobald wir die Hexe getroffen haben." Er sah sich um, als die Leute an ihm vorbeigingen. „Ich bleibe ungern länger als ich muss."

„Ich auch nicht." Sie kramte in den Taschen ihrer Jeans und zog ein paar Geldscheine heraus. „Ich hole mir ein Wasser. Willst du auch etwas?"

Er starrte sie einen Moment an und ein verführerisches Lächeln breitete sich auf seinem hübschen Gesicht aus. „Ja. Es gibt etwas, was ich will." Er zog sie in seine Arme. Sie lächelte, bevor er seinen Kopf senkte und sie auf die Lippen küsste. Als er sich zurückzog, waren seine Augen vor Geilheit ganz verschleiert. „Ich will dich."

„Wenn wir von dieser Hexe bekommen haben, was wir

brauchen, kannst du mich haben", flüsterte sie in die Nähe seines Ohrs. „Versprochen."

Er stöhnte und ließ sie los.

Sie konnte nicht aufhören zu lächeln, als sie den Laden betrat.

Als sie herauskam, wartete er an der Tür.

Ihr Magen flatterte, als sie ihn auf der Harley sitzen sah. Die dunklen Haare und die Lederjacke ließen ihn wie ein Modell aus einem Biker-Magazin aussehen.

Sie öffnete die Wasserflasche, nahm einen Schluck und reichte sie ihm.

Sie beobachtete, wie das kondensierte Wasser von seiner Hand auf sein Hemd tropfte. Zwei Mädchen kamen vorbei und beide starrten ihn an. Sie sah sie böse an und knurrte.

Lucien lachte und zog sie in seine Arme. „Ganz ruhig, Baby." Er schmiegte sich an ihr Ohr. „Ich will nicht, dass du dich vor allen hier wandelst."

Sie behielt die beiden Mädchen im Auge, während sie in den Laden eilten. „Ich muss mich nicht wandeln, um ihnen die Kehlen herauszureißen. Das kriege ich auch so hin."

„Daran habe ich keine Zweifel." Er zog sie für einen hitzigen Kuss herunter. Zwischen der Hitze des Tages und der Hitze des Kusses drohte sie in Flammen aufzugehen.

Sie kletterte hinter ihm auf die Harley und hielt sich fest, als er aus der Tankstelle raus und auf die Straße fuhr.

Sie fuhren durch eine Wohngegend hinunter zum Fried-hof. Kinder spielten in den Vorgärten, während die Eltern mit den Nachbarn plauderten. Der Geruch von frisch gemähtem Gras ließ Catty ihr Zuhause und die Tage ihrer Kindheit vermissen, in denen sie sich geborgen und geliebt gefühlt hatte.

Sie schluckte den Kloß in ihrem Hals hinunter, als sie an ihre Eltern und vor allem an Zane dachte. Er war die eine Person, die sie immer stolz machen wollte.

Nun würde das nie der Fall sein.

Lila Streifen erstreckten sich über den Himmel, als der Tag verblasste. Bald würde es dunkel sein. Die Hitze umhüllte sie wie eine schwere Wolldecke und drohte, sie in der Luftfeuchtigkeit zu ersticken.

Lucien bog nach rechts ab.

Als er in die Main Street fuhr, wusste sie, dass sie nicht einmal in der Nähe ihres Ziels waren.

Er verlangsamte seine Geschwindigkeit entlang der Straße, die von Reihen alter, hoher Gebäude flankiert wurde. Jedes Gebäude hatte eine andere Pastellfarbe und erinnerten sie an ein Bild, das sie einmal von Rainbow Row, der berühmten Straße in Charleston, South Carolina, gesehen hatte.

Er bog auf einen leeren Parkplatz ein und stellte den Motor ab.

Sie stieg vom Motorrad und sah ihn fragend an.

„Was machen wir hier?" Sie sah sich um und blickte auf die antiken Läden und Geschäfte.

„Etwas zu essen bekommen." Er nickte in Richtung eines Restaurants namens Tom's und senkte die Stimme. „Die Hexe kann den Zauber nicht bis Mitternacht wirken. Man hat mir gesagt, dass ein Vollmond um Mitternacht die beste Zeit für diesen Zauber sei. Wir haben also noch einige Stunden Zeit. Ich dachte, wir könnten zuerst einen Happen essen, da nach Mitternacht nichts mehr geöffnet sein wird."

„Gute Idee."

Er legte seine Hand auf ihren Rücken und führte sie in ein Restaurant.

Es war bereits gut besucht und es standen nur noch wenige Tische zur Auswahl.

„Wie viele Personen, Sir?" Die junge rothaarige Hostess griff nach den Speisekarten.

„Zwei."

„Folgen Sie mir bitte. Sie haben den letzten freien Tisch bekommen." Die Hostess legte die Menüs auf den Tisch, während sie sich hinsetzten.

„Ist es hier immer so voll?" Catty sah sich die Leute im Raum an.

„Das ist es. Wir haben erst vor Kurzem eröffnet und zurzeit viele Gäste." Die Hostess lächelte. „Ihre Kellnerin wird in Kürze bei Ihnen sein."

„Bist du hungrig?" Lucien griff nach seiner Speisekarte.

„Ich bin am Verhungern." Sie hatte nichts gefrühstückt und auch das Mittagessen ausfallen lassen. Aber sie hatte es nicht gewagt, etwas zu sagen. Sie wollte nicht, dass er es bereute, sie mitgenommen zu haben.

„Ich denke, ich werde den Burger nehmen." Er legte seine Speisekarte nieder und ließ seinen Blick über die Gäste des Restaurants schweifen.

Der Geruch von gegrilltem Hühnchen, Burgern und Pommes ließen ihren Magen knurren. Sie drückte ihre Hand an ihren Bauch.

„Das klingt gut. Bestell für mich das Gleiche." Sie schob ihren Stuhl zurück und stand auf. Lucien erhob sich mit ihr. „Ich bin gleich wieder da." Sie ging in Richtung der Toiletten.

Sie stand am Waschbecken, wusch sich die Hände und sah in den Spiegel.

Lucien war so anders als alle anderen Männer, denen sie begegnet war. Er war freundlich und lieb und er hatte Manieren. Er hatte auch etwas Gefährliches an sich. Von der Art, wie er sich kleidete, bis zu der Art, wie er jemanden mit nur einem Blick durchbohren konnte.

Sie trocknete ihre Hände und atmete tief ein. Sie musste sich darauf konzentrieren, was sie heute Abend vorhatten. Ihr Fokus musste darauf liegen, Lucien dabei zu helfen, die Informationen zu erhalten, die er brauchte, damit er seine Mission erfüllen konnte.

Je früher er mit seiner Aufgabe fertig war, desto eher konnten sie zusammen sein.

Sie verließ die Toilette und machte sich auf den Weg zu ihrem Tisch. Ihre Getränke waren bereits gebracht worden und Lucien gab bei der Kellnerin ihre Bestellung auf.

Sein Blick traf ihren und er stand auf, als sie näher kam. Ihr Herz blieb ihr fast im Hals stecken, als er ihren Stuhl für sie zurechtrückte. So ein Gentleman.

Sie sah sich im Raum um und wurde von nicht gerade wenigen Frauen mit neidischen Blicken angestarrt. Sie konnte es ihnen nicht verübeln. Sie wäre auch neidisch.

„Danke." Es war eine Weile her, seit sie mit jemandem wie ihm zusammen gewesen war. Ihr Vater und Zane hatten die Messlatte für Männer hoch gelegt. Sie hatte die Hoffnung aufgegeben, einen Mann mit diesen Qualitäten zu finden. Bis Lucien kam.

„Also, wie lautet der Plan?" Sie nahm einen Schluck von ihrem Bier. Sie drückte die kalte Flasche gegen die Innenseite ihres Handgelenks, um sich abzukühlen.

„Wir gehen vor Mitternacht auf den Friedhof. Ich gebe der Hexe die Zutaten, die sie braucht, und sie wird den Zauber ausführen. Heute Nacht wird sie mir alles erzählen, was ich wissen muss."

„Wie kannst du so sicher sein, dass sie kooperieren wird? Oder gar, dass sie dir die Wahrheit sagt?"

„Ich werde es wissen."

„Du hast aber ganz schön viel Vertrauen in dich selbst", sagte sie grinsend.

„Das habe ich tatsächlich." Er beugte sich über den Tisch und nahm ihre Hand in seine. „Und wenn das vorbei ist, können wir über uns reden."

Sie biss sich auf die Unterlippe.

„Was ist los?" Seine Brauen verzogen sich, er lehnte sich

näher und senkte seine Stimme. „Ich weiß, dass dir etwas durch den Kopf geht."

„Ich denke nur an heute Abend."

„Du bist eine furchtbare Lügnerin."

„Bin ich nicht." Sie zog sich zurück und verschränkte die Arme vor der Brust.

Er lachte. „Doch, das bist du"

„Erinnere mich daran, niemals mit dir Poker zu spielen", schnaubte sie.

„Glaub mir. Ehrlichkeit ist sexy an einer Frau. Jeder Mann will das. Absolute Ehrlichkeit von seiner Frau."

Ihr Herz überschlug sich in ihrer Brust. Seiner Frau? Beanspruchte Lucien sie gerade für sich? Sie wollte das Thema jetzt nicht ansprechen, nicht bei all dem, was auf dem Spiel stand, also verschob sie es auf einen späteren Zeitpunkt.

„Ich glaube, da kommt unsere Bestellung." Er lehnte sich zurück. Die Kellnerin näherte sich und stellte ihre Teller vor sie.

„Hau rein. Du wirst heute Nacht deine Kraft brauchen." Er richtete seinen Blick auf sie, bevor er seinen Burger in beide Hände nahm.

„Glaubst du, ich werde mich heute mit der Hexe anlegen müssen?" Sie zog die Augenbraue hoch.

„Nein. Ich denke, du wirst deine Kraft für das brauchen, was ich danach mit dir vorhabe. Und es beinhaltet dich nackt in meinem Bett."

* * *

Nach dem Abendessen führte er sie zu einer Bar die Straße hinunter, um etwas Zeit totzuschlagen. Der Zigarettenrauch und die laute Musik waren zu viel und Catty überredete ihn, in die Bibliothek in die Nähe der Stadtmitte zu fahren.

Sie war geschlossen, aber deswegen wollte Catty ja nicht dorthin. Sie wollte unter den großen Eichen sitzen und in den Himmel schauen. Sie verbrachten ihre Zeit damit, zu reden, zu lachen und sich zu küssen.

Es war ein einfach perfekter Augenblick. Nur sie zusammen, während die Welt um sie herum nicht existierte.

Er wünschte, er könnte die Zeit anhalten.

Aber die Dringlichkeit seiner Mission rief nach ihm.

Um elf Uhr dreißig waren sie zu dem Friedhof gefahren, um die Hexe zu treffen.

Er verlangsamte seine Geschwindigkeit, als er in die Straße einbog, die zum Friedhof führte. Er hielt vor den verschlossenen Toren an und parkte. Er wartete darauf, dass Catty zuerst abstieg, bevor er das Gleiche tat.

Die kleine Stadt war schon vor Stunden eingeschlafen, der Verkehr hatte nachgelassen und die meisten Häuser lagen im Dunklen. Das Sicherheitslicht am Eingang des Friedhofs warf einen gelben Schein auf den Boden und das Gebüsch; das Quaken der Frösche hallte in der Dunkelheit wider.

Lucien ergriff ihre Hand und zog sie in Richtung des Zauns, weg von den Lichtern. Verborgen in den Schatten wartete er darauf, dass sie auf seine Schultern kletterte, damit er den Zaun erklimmen konnte.

„Das kriege ich schon hin, Lucien." Sie lachte, als sie den Zaun packte.

Bevor er sprechen konnte, kletterte sie den schmiedeeisernen Zaun hinauf. Sie legte ihr Bein über den Zaun und berührte fast die Eisenspitze. Sie verlagerte ihr Gewicht und sprang zu Boden.

Sie landete auf ihren Füßen und lächelte ihn breit an.

„Du hättest dich verletzen können." Mit klopfendem Herzen stieg er den Zaun hoch und landete auf der anderen Seite.

„Aber das habe ich nicht. Ich weiß, was ich tue. Ich klettere schon seit Jahren auf Stangen herum", erwiderte sie fröhlich.

„Das ist nicht lustig." Er nahm ihre Hand. „Komm schon. Bleib in meiner Nähe. Ich bin mir nicht sicher, was Ella im Schilde führt."

Er führte sie tiefer auf den Friedhof und hielt sich vom Weg und der Sicherheitsbeleuchtung fern. Das war eine Wächter-Gewohnheit. Immer im Schatten zu bleiben, während man der Arbeit nachging.

Er verhakte seine Finger mit den ihren und musterte die Umgebung.

Je näher sie dem Grab der Hexe kamen, desto ruhiger wurde es.

„Na, sieh mal einer an. Du bist zurückgekommen. Ich hoffe, du bist nicht mit leeren Händen gekommen."

Er drehte sich um und zog Catty hinter sich

Mit einem schwarzen, fließenden Kleid bekleidet, sah Ella heute mehr wie eine Hexe aus als beim letzten Mal, als er sie gesehen hatte.

Er zog einen weißen Beutel aus seiner Jackentasche. „Ich habe alles hier. Wie von dir verlangt."

Ihre Augen weiteten sich kurz, bevor sie sich fasste. Sie nahm den Beutel aus seiner Hand.

„Du scheinst überrascht zu sein." Er hob eine Augenbraue.

„Ich dachte nicht, dass dir jemand helfen würde. Sie riskieren dabei sehr viel." Sie hielt seinen Blick unwillkürlich fest.

„Die Ladenbesitzerin war nicht so begeistert."

„Zweifellos." Ella drehte sich um. „Kommt mit mir. Ich muss das über meinem Grab tun." Sie warf einen Blick auf den Himmel. „Perfekt. Keine Wolken. Das Licht des Vollmondes wird dem Zauber Energie verleihen."

Sie folgten ihr. Er bemerkte, dass sie den Saum ihres Kleides anhob und über jedes Grab stieg, anstatt auf den Grabstellen zu laufen. Einmal stolperte sie und berührte einen Grabstein, um ihre Balance wiederzufinden. Sie zischte und riss ihre Hand weg.

„Was war das?", fragte Catty.

„Was meinst du?" Sie ging weiter.

„Hat es weh getan, als du diesen Grabstein berührt hast?", fragte Lucien.

„Ich darf sie nicht anfassen. Als sie mich hier eingesperrt haben, haben sie beschlossen, dass ich die Steine nicht berühren darf, ohne dass ich einen elektrischen Schlag bekomme."

„Das ist ungewöhnlich." Catty sah ihn an.

„Noch eine Bestrafung, die sie hinzugefügt haben. Ich kann nicht nur nicht weg, ich kann auch die Steine nicht berühren. Sie haben es getan, damit ich sie nicht mit meiner ‚Bosheit' ruinieren kann." Sie machte Anführungszeichen in der Luft und schnaubte. „Als könnte ich jemanden ruinieren, der schon tot ist."

„Kannst du auch nicht auf die Gräber treten?", fragte Catty.

„Ich trete nicht auf die Gräber, weil es sich nicht gehört." Sie drehte sich um und warf Catty einen bösen Blick zu. „Wie würde es dir gefallen, wenn die Leute nach deinem Tod auf deinem Grab auf und ab hüpften?"

„Das ist sehr rücksichtsvoll von dir." Cattys Ton wurde weicher und Lucien wusste, dass sie die Hexe bemitleidete.

„Wohin gehst du, wenn du von hier verschwindest?", fragte Catty.

„Ich bin noch da. Man kann mich nur nicht sehen."

„Du bist also unsichtbar."

„Nicht ganz." Sie drehte sich um und sah Catty an. „Ich gehe in die Welt zwischen den Lebenden und den Toten. Es ist, wie in einem Spiegel gefangen zu sein. Man kann alles sehen, was die Menschen tun, aber man kann nicht mit ihnen interagieren."

„Wie lange wird der Zauber dauern?" Er steuerte das Gespräch wieder in die richtige Richtung.

„Es sollte nicht lange dauern, da du mir die richtigen Zutaten gebracht hast." Sie legte den Kopf schief und sah ihn an. „Bist du sicher, dass du die Wahrheit wissen willst? Wenn du erst einmal auf diesem Pfad bist, wirst du und alles, was du liebst, in Gefahr sein." Ihr Blick wanderte zu Catty.

„Er ist sich sicher. Mach dir keine Sorgen um mich. Ich kann auf mich selbst aufpassen." Catty stemmte die Hände in die Hüften.

„Dessen bin ich mir sicher. Ich wette, du bist stärker, als alle immer vermuten, kleine Werwölfin." Ella nickte zustimmend. „Das ist gut. Das wird dir in diesem Leben nützlich sein."

Ella wandte ihre Aufmerksamkeit wieder ihrem Grab zu. Den großen, verrosteten Ketten, die um das Grab lagen, fehlten einige Glieder. Lucien hatte nachgelesen und wusste, dass der Legende zufolge in der Nacht, in der Yazoo City gebrannt hatte, das Grab der Hexe aufgebrochen wurde und sie so entkommen konnte.

Sie wirkte nicht wie eine rachsüchtige Frau. Sie schien verloren zu sein.

„Sollen wir etwas machen?"

„Was bietest du an?" Die Hexe lächelte ihn vielsagend an.

„Er bietet gar nichts an", knurrte Catty.

Ella blickte auf Catty und sah sie mitfühlend an. „Einen Rat. Kein Mann ist es wert, dass man sich selbst verliert. Kein einziger."

„Ganz ruhig." Er zog Catty zurück an seine Brust, schlang seine Arme um ihre Taille und starrte Ella an.

„Na schön, na schön. Ihr beide seid richtige Spielverderber." Ella seufzte und kniete sich in ihr Grab. Sie schüttete den Inhalt aus dem Sack auf den Boden.

Sie lehnte sich auf die Knie zurück und atmete tief ein, als sie in den Himmel sah.

Sie mischte die Zutaten zu einem Stapel und zerquetschte die Blätter und Kräuter zu einem Haufen. Sie griff in ihre Tasche und zog ein Feuerzeug heraus. Sie hielt die orange Flamme an die Zutaten.

Sie fingen Feuer und erwachten zum Leben. Die orange-farbene Flamme wurde plötzlich strahlend blau, als blaue Rauchwolken um die Hexe kreisten.

Lucien und Catty traten zurück.

Ella sah zum Himmel auf und richtete ihren Blick auf den Mond. Sie hob ihre Hände an ihre Seite.

„Worte und Gedanken, Taten und Absichten,
Schaut für immer in das Tal der Geschichten.
Versteckten Willen und Verrat gibt es zuhauf
Das Leben ist genommen, doch Geheimnisse steigen hinauf.
Das, was verborgen war, wird jetzt entdeckt,
Und das genommene Leben, wird nun aufgedeckt.
Oh Mond erleuchte, was der Werwolf zu wissen wünscht
Und enthülle den Feind, der das Leben auslöscht.
Das, was einst verloren ward, muss erneut gefunden werden,
Sodass er besiegen kann, das Böse auf Erden."

Das Feuer sprang zum Himmel, drehte sich und wurde groß wie ein Tornado. Das Feuer umhüllte Ella, doch sie rührte sich nicht.

Er wollte nach Ella greifen, um sie aus dem Feuer zu ziehen, aber Catty hielt ihn fest.

„Nicht", flüsterte sie in sein Ohr. „Schau. Das Feuer verbrennt sie nicht."

Obwohl sie in Flammen stand, brannte sie nicht.

Plötzlich wurde das blaue Feuer weiß und begann wieder

in die Erde zu versinken. Ella sah mit ausdruckslosen Augen geradeaus.

Plötzlich fiel ihr Kopf nach vorne und das Feuer ging aus.

„Bleib hier", befahl er, bevor er nach vorne stürmte.

Er kniete nieder, nahm Ella bei den Schultern und schüttelte sie sanft.

„Hey, geht es dir gut?"

„Bring mich weg von diesem Grab", bat sie schwach.

Er hob sie hoch und trug sie zu einem nahe gelegenen Baum.

Catty kniete sich neben sie. „Was ist passiert?"

„Ich bin schwach. Diese Art von Zauber beansprucht viel Energie." Ella stützte sich auf die Ellbogen und lehnte sich an die große Eiche hinter ihr. Ihr Gesicht war totenblass.

„Hast du etwas gesehen?"

„Ja." Sie hob ihren Blick zu seinem.

„Ich habe gesehen, wie ein Werwolf in New Orleans gefangen gehalten wurde. Ich sah zu, wie sein Fleisch von seinem Rücken geschnitten wurde." Sie kniff die Augen zusammen und verzog das Gesicht.

Luciens Magen zog sich zusammen. Sie lag genau richtig.

„Oh mein Gott", Cattys Hand fuhr zu ihrem Mund, als sie Lucien ansah.

„Was noch?" Er musste es wissen.

Ella atmete tief ein.

„Ella, ich muss wissen, wo ich sie finden kann und wer das tut." Sein rauer Ton schnitt durch die Stille der Nacht.

„Also ist das wahr?" Cattys schaute ihn entsetzt an.

„Deshalb wurde ich hierher geschickt. Um herauszufinden, wer das tut, und dafür zu sorgen, dass es aufhört."

KAPITEL 26

„Ella, ich muss wissen, wo ich sie finden kann. Ich muss wissen, ob sie noch leben."

„Er ist weg. Für immer verloren." Die ganze Energie war aus Ellas Ton verschwunden. Er wusste, dass sie ihm die Wahrheit sagte.

„Tot?" Scheiße. Er hatte gehofft, dass Mitchell noch am Leben war. „Wo?"

„Unten in New Orleans. Sucht in der Nähe der Werft." Sie warf Catty einen Blick zu und starrte sie an. „Du wirst keine Probleme haben, den Ort wiederzufinden. Ist das nicht richtig, Catty?"

„Was zum Teufel willst du damit andeuten? Glaubst du, ich wusste davon?" Cattys Stimme wurde lauter.

Das Blut gefror in seinen Adern. Er sah von Catty zurück zu Ella.

„Sag es mir. Hast du mich in deiner Vision gesehen?", fragte Catty.

„Ich habe etwas namens Triple X gesehen und den Mann, dem es gehört. Er weiß davon. Ich habe gesehen, wie die

Werwölfe gefoltert wurden. Ich habe außerdem dein Gesicht gesehen", sagte Ella höhnisch und sah weg.

„Das ist Blödsinn." Sie stand auf und verschränkte die Arme vor der Brust. „Ich weiß gar nichts davon. Das erste Mal, als ich von Wächtern hörte, die in Schwierigkeiten waren, war, als Lucien mich fand. Ich hatte keine Ahnung, was da los ist." Sie sah ihn an, um seine Reaktion abzuschätzen.

„Das ist wahr. Catty weiß nichts davon." Er wusste es, wenn jemand ihn anlog, und er wusste ohne Zweifel, dass sie die Wahrheit sagte.

„Ich habe gesehen, was ich gesehen habe." Ella funkelte mit den Augen und stand auf. Sie verlor das Gleichgewicht und stütze sich gegen den Baum, um es wiederzuerlangen.

„Geht es dir gut?" Lucien legte seine Hände auf ihre Schultern, um sie zu stützen, aber sie winkte ihn ab.

„Durch diesen Zauber wurde mir sämtliche Energie entzogen. Ich hätte gern etwas Wasser, wenn ihr welches habt." Sie lächelte ihn schwach an.

Er sah Catty an.

„Ich würde gehen, aber ich müsste über den Zaun springen, und ich weiß, wie sehr du das hasst." Catty zuckte die Achseln.

„In Ordnung." Er hielt Cattys Blick fest, bevor er zurück zum Motorrad ging.

Er rannte zum Tor. Er konnte die zusätzliche Wasserflasche aus seiner Satteltasche nehmen und in weniger als einer Minute zurück sein.

Als er das schmiedeeiserne Tor erreichte, schlang er die Hände um das Metall und kletterte über den Zaun. Er landete auf der anderen Seite.

Er öffnete die Satteltasche und tastete nach der Wasserflasche. Seine Finger fanden die kühle Plastikflasche.

Er steckte sie in die Tasche seiner Lederjacke und ging zurück zum Zaun.

Ein Schrei hallte durch die Nacht und ihm lief ein Schauer über den Rücken.

Catty.

Er sprang über den Zaun und landete auf der anderen Seite. Er rannte auf das Grab der Hexe zu und sein Herz schlug bis zu seinem Hals.

„Catty", knurrte er.

„Lucien, hilf mir!" Der pure Schmerz in ihrer Stimme ließ sein Herz aus seiner Brust schlagen.

Hektisch drehte er sich zu einem Baumbestand am hinteren Ende des Friedhofs um und rannte auf sie zu.

Sie lehnte sich an den Baum, ihr Gesicht war vor Schmerzen verzogen.

„Catty, was …" Seine Stimme verstummte, als er sie erreichte. Ein großes Schwert ragte aus ihrer Schulter und nagelte sie an der großen Eiche fest. Blut strömte über ihre Brust und sie rang nach Atem.

„Scheiße." Er hätte sie nicht alleine zurücklassen sollen.

„Bring mich hier herunter." Tränen liefen über ihr Gesicht.

Er legte ihr Gesicht zwischen seine Hände. „Das wird wehtun, Liebling."

„Das ist mir egal. Mach es einfach."

Übelkeit überkam ihn, als er den Griff des Schwertes mit seiner verschwitzten Hand griff. Mit der anderen Hand drückte er in die Mitte ihrer Brust, um sie ruhig zu halten. „Catty …"

„Mach es einfach", flehte sie.

Wenn er diese verdammte Hexe fand, würde er sie ausweiden.

Er biss die Zähne zusammen und zog das Schwert aus

ihrem Körper. Sie schrie, als die Klinge durch ihr Fleisch ging, und dann brach sie zusammen.

Er ließ das Schwert fallen und fing sie auf. Er legte sie sanft auf den Boden, um ihre Wunden besser untersuchen zu können. Er packte ihr T-Shirt und riss das Material weg. Eine große Wunde in der Nähe ihrer Schulter ließ mit jedem Herzschlag Blut heraus sprudeln.

Er zog seine Jacke und sein T-Shirt aus. Er machte einen Verband aus ihrem zerrissenen Shirt und hielt es an ihre Wunde.

„Halt das, Liebling." Er hielt ihre Hand über den Verband. Er machte sich schnell daran, sein T-Shirt über den Verband zu binden, um ihn zu sichern.

„Sie ist entkommen." Catty schaute zu ihm hoch. „Nachdem sie mich aufgespießt hatte, sagte sie etwas darüber, dass mein Blut ihr Schlüssel sei, um hier herauszukommen. Ich weiß nicht, wo sie hingegangen ist, Lucien." Ihr Gesicht war blass ob des Blutverlusts.

„Diese Hexe ist mir scheißegal. Ich mache mir nur Gedanken um dich. Im Moment muss ich dich hier wegbekommen." Er schaute auf und fixierte den Zaun in der Ferne. Auf keinen Fall konnte er den Zaun mit ihr erklimmen. Sie hatte nicht die Kraft, sich festzuhalten.

„Es tut mir leid", flüsterte sie.

„Was?" Er strich ihr das verschwitzte Haar aus dem Gesicht.

„Dass sie mir entwischt ist. Dafür, dass ich das hier verbockt habe."

„Baby, du hast nichts verbockt." Seine Stimme brach, als die Emotionen seine Brust füllten. Er musste sie von hier wegbringen.

„Ich muss mein Motorrad holen, okay? Glaubst du, du kannst darauf sitzen?"

„Ich kann mich mit einer Hand festhalten." Sie nickte schwach.

Er drückte ihre Hand fester auf den Verband und sie zuckte zusammen. „Übe weiterhin Druck darauf aus, okay? Ich bin gleich wieder da."

Er raste über den Friedhof, das Adrenalin schoss durch sein Herz und in seine Glieder. Als er den Zaun erreichte, sprang er mit einem Satz hinüber. Er landete auf seinen Füßen und schaute auf das Schloss am Tor.

Er schnappte sich das Schloss und zog. Das Metall knirschte in seiner Hand, bis es zu Boden fiel. Er öffnete das Tor und rannte zurück zu seiner Harley. Er startete den Motor und das Motorrad erwachte zum Leben. Er gab Vollgas und fuhr auf den Friedhof.

Er blieb ein paar Meter von Catty entfernt stehen. Er kniete sich neben sie und bemerkte, dass ihre Atmung schwach geworden war und ihre Finger, die den Verband umklammerten, mit Blut bedeckt waren.

„Ich werde nicht daran sterben. Das Schwert war nicht aus Silber." Sie schenkte ihm ein schwaches Lächeln.

Werwölfe starben zwar an den meisten Verwundungen nicht, aber sie hatten dennoch gewaltige

Das hatte sie nicht verdient.

„Ich werde dich hochheben. Du wirst vor mir sitzen müssen, mit dem Rücken zur Fahrtrichtung. Das ist der sicherste Weg, dich auf dem Motorrad festzuhalten, okay?"

Sie lächelte schmerzerfüllt. „Wie in einem Film."

„Genau, fast wie in einem Film." Sie unterdrückte ein Stöhnen, als er sie in seine Armen hob und zum Motorrad trug. Er setzte sich langsam hin, mit ihr auf seinem Schoß, ihr Gesicht war nach hinten gerichtet. Sie schlang ihre Beine um seine Taille.

„Dies wird eine lange Reise zurück nach NOLA sein." Sie stöhnte, als er sie näher zu sich zog.

„Wir fahren nicht nach New Orleans." Er musste sie an einen isolierten Ort bringen, irgendwohin, wo sie die Aufmerksamkeit der Menschen nicht auf sich ziehen würden.

An einen Ort, den er im Sommer als Kind besucht hatte. Es war ein Ort, von dem er gedacht hatte, dass er ihn nie wieder sehen würde.

Aber für sie ... war er bereit, alles zu riskieren.

atty versuchte, sich an Lucien festzuhalten, als er den Highway entlang raste, aber ihre Kraft verließ sie langsam, aber stetig. Der Schmerz war unerträglich und alles, was sie wollte, war zu schlafen.Wenn sie Ella jemals wiederfinden würde, würde sie ihr die Milz durch den Mund herausreißen.

Nachdem Lucien zum Motorrad gegangen war, um das Wasser zu holen, war Ella zu Boden gefallen. Sie hatte sich gebückt, um Ella zu helfen. In dem Moment, als sie wieder auf den Beinen war, hatte die Hexe ein paar Worte gesagt, und Catty flog rückwärts gegen einen Baum. Während sie noch nach Luft schnappte, stand die Hexe plötzlich mit einem Schwert vor ihr.

Ella hatte sich vorgebeugt und sie sah tatsächlich etwas traurig aus. „Es tut mir leid, Catty. Es wird dich nicht töten – es ist kein Silber. Aber es wird verdammt wehtun. Aber ich brauche dein Blut, um diese Hölle, in der ich stecke, verlassen zu können."

Wie ein Blitz stieß Ella das Schwert durch ihre Schulter und nagelte sie wie einen Käfer an den Baum.

Unerträglicher Schmerz durchströmte ihre Schulter, während sie schrie. Es schien, als wäre eine Ewigkeit vergangen, bevor Lucien aufgetaucht war und zu Tode erschrocken vor ihr stand. Sie hätte nicht gedacht, dass es noch schlimmer sein würde, das Schwert herauszuziehen, aber sie hatte sich geirrt.

„Verdammte Schlampe."

„Was?" Lucien lehnte seinen Kopf näher, als er die dunkle Straße entlangfuhr.

„Ich werde diese Hexe töten, wenn ich sie jemals wiedersehe."

„Das wirst du nicht müssen. Ich werde dir zuvorkommen." Er knurrte und senkte die Geschwindigkeit. Er bog auf einen Feldweg ein.

„Wir können noch nicht in New Orleans sein."

„Nein, wir fahren woanders hin, damit du dich ausruhen kannst."

Sie schüttelte ihren Kopf gegen seine Brust, während Tränen über ihre Wangen liefen. „Wir haben keine Zeit. Wir müssen nach New Orleans zurückkehren, um die Schuldigen aufzuhalten."

„Das werden wir. Wir werden sie aufhalten. Wir werden nur einen Tag länger dafür brauchen." Er legte einem Arm um sie und verlangsamte die Geschwindigkeit.

„Wohin gehen wir?"

„An einen besonderen Ort. An einen Ort, an den ich noch nie eine Frau gebracht habe."

„Nach Hause zu deiner Mutter?" Sie versuchte zu lachen, aber es tat zu sehr weh.

„Tatsächlich …"

Er traf eine Spurrille in der unbefestigten Straße und Schmerz durchbohrte ihren Körper. Übelkeit stieg in ihrem Bauch auf. Ihr Kopf begann zu schwimmen und sie versuchte, bei Bewusstsein zu bleiben. Aber es hatte keinen Sinn.

Ihr wurde schwarz vor Augen und sie verfiel in köstliches Vergessen, weg von der Realität und von dem Schmerz.

* * *

„CATTY?" Lucien spürte, wie sie in seinen Armen schlaff wurde und er festigte seinen Griff. Ihr Herz schlug langsam und stetig gegen das seine.

Das große Haus in der Ferne ragte in seiner ganzen Pracht auf. Obwohl es nicht das Haus seiner Kindheit war, war es ziemlich nah dran.

Es war das Haus seiner Großeltern. Nachdem sein Groß-vater in Rente gegangen war, hatte er seine eigene Villa gebaut. Nur lag diese weit abseits der Welt verborgen. Sein Großvater war stolz auf seine Privatsphäre und sorgte dafür, dass seine Familie vor den neugierigen Blicken der Menschen geschützt war.

Als er in die gepflasterte Einfahrt bog sah er, dass das Haus hell erleuchtet war. Er hatte nicht erwartet, dass jemand hier sein würde.

Seine Großeltern waren gestorben, als er noch ein Teen-ager war, und das Haus war an seine Eltern übergegangen. Soweit er wusste, kamen sie nicht oft her. Aber das war vor Jahren und die Zeiten hatten sich vielleicht geändert.

Ihn hatte die Zeit definitiv verändert.

Er stellte den Motor ab und den Ständer auf. Er hielt Catty fest an seine Brust gedrückt und stieg vom Motorrad. Sie rührte sich, erwachte aber nicht.

Die hohen Eichen ringsherum schienen sich etwas zuzu-flüstern, als die Brise die Blätter rascheln ließ und über den Hof verteilte. Er eilte zur Haustür.

Musik drang aus dem Wohnzimmer nach draußen. Er

konnte durch die großen Fenster zahlreiche Paare sehen, die lachten und redeten. In der Einfahrt befanden sich keine Autos, was bedeutete, dass die Autos nach hinten in die weiträumige Garage befördert worden waren.

Er nahm zwei Stufen auf einmal und bevor er zur Türklingel greifen konnte, schwangen die großen verzierten Türen auf.

Die Frau, die er sein ganzes Leben lang gekannt hatte, stand schick gekleidet vor ihm und hielt ein Glas Weißwein in der Hand. Trotz der feinen Falten um ihre Augen war sie immer noch eine wunderschöne Frau.

Ihr Blick traf seinen, sein Mund öffnete sich und ihr Gesicht wurde bleich, als sie ihn sah.

„Lucien?" Ihre Stimme zitterte.

Er fühlte sich wie ein Gespenst, das dorthin zurückkehrte, wo es einst gelebt hatte, aber nicht mehr erwünscht war.

„Mutter."

Ihre Augen richteten sich auf Catty und dann wieder auf ihn. Er öffnete den Mund und sagte die fünf Worte, die er sich geschworen hatte, nie wieder zu ihr zu sagen.

„Mutter, ich brauche deine Hilfe."

* * *

Er saß auf der Bettkante des Bettes, in welchem er als Kind geschlafen hatte. Die Nachttischlampe warf ein weiches Licht auf Cattys schlafendes Gesicht.

Sie war nicht aufgewacht, seit er sie hingelegt hatte.

Die Tür knarrte auf und seine Mutter kam mit einem Erste-Hilfe-Kasten aus Plastik herein.

„Wurde sie angeschossen?" Sie runzelte die Stirn, setzte sich auf die andere Seite des Bettes und öffnete die Erste-

Hilfe-Box. Sie holte etwas Verband-Gaze und Klebeband heraus.

„Nein. Man hat auf sie eingestochen."

Sie riss den Kopf hoch. „War es Silber?"

„Zum Glück nicht. Aber ich bin mir sicher, dass es dennoch verdammt weh tut."

„Lucien, deine Wortwahl." Seine Mutter presste die Lippen zusammen und sah ihn streng an.

Es funktionierte noch immer. Ein Schuldgefühl traf seinen Bauch. Er bewegte sich unter dem Gewicht ihres Blickes, blickte jedoch weiterhin auf Catty.

„Ich muss die Wunde sehen. Du solltest gehen, damit ich ihr das Hemd ausziehen kann."

Er warf seiner Mutter einen ungläubigen Blick zu und schüttelte den Kopf. „Ich gehe nicht."

„Ich vermute, ihr zwei seid mehr als Freunde." Die Stimme seiner Mutter war angespannt.

Auf keinen Fall würde er jetzt mit seiner Mutter ein Sex-Gespräch führen. Auf keinen Fall.

„Sie bedeutet mir viel. Wenn sie aufwacht, wird sie nicht wissen, wo sie ist und ich möchte nicht, dass sie Angst hat. Es tut mir leid, dich enttäuschen zu müssen, Mutter, aber ich gehe nirgendwo hin."

Das Schweigen seiner Mutter erdrückte den Raum.

„Seid ihr ein Paar?", fragte sie schließlich.

„Nein." So sehr er in diesem Leben mit Catty ein Paar sein wollte, gab er sich selbst nicht die Erlaubnis, davon zu träumen. Nachdem er sie in Gefahr gebracht hatte, wollte sie ihn wahrscheinlich nie wieder sehen.

Wer könnte es ihr verübeln?

Seine Mutter sah ihn an. „Wie heißt sie?"

„Catty." Sein Magen verdrehte sich vor Schmerz. Er hasste es, sie so zu sehen, verletzt seinetwegen.

„Catty", sagte seine Mutter leise. „Ich werde dein Shirt ausziehen, damit ich mich um deine Wunde kümmern kann."

Sie gab keinen Ton von sich. Die einzige sichtbare Bewegung war das Heben und Senken ihrer Brust, als sie beim Schlafen keuchte.

„Sie kann dich nicht hören, Mutter."

„Das weißt du nicht. Außerdem möchte ich sie darüber informieren, was ich tue, damit sie keine Angst hat." Sie griff nach der Schere aus dem Kasten, um ihr das Shirt vom Körper zu schneiden.

Die Rücksichtnahme seiner Mutter zog an etwas tief in seiner Brust.

„Na bitte." Sie legte die Schere ab und entfernte den Rest ihres Shirts. Sie griff schnell nach dem Laken und deckte Cattys nackte Brust zu.

Er hatte vergessen, sie zu warnen, dass Catty keinen BH trug.

Er rieb sich den Nacken.

„Es war wirklich heiß und …"

„Nun, ich schätze, ich würde auch so frei herumlaufen, wenn meine Brüste so fest wären."

Seine Augen weiteten sich.

Sie kicherte über seine Verlegenheit. „Lucien, ich mache Witze."

„Ich weiß, ich habe nur nie gehört, dass du so sprichst. Als ich klein war, warst du so …" Er schüttelte den Kopf, als ein Grinsen auf seinen Lippen erschien.

„Streng? Lieblos? Zäh?" Sie unterbrach, was sie tat, und sah zu ihm auf. Die schwachen Linien um Augen und Mund ließen sie sanftmütig aussehen. Sie sah nicht aus wie die Frau, die ihn aufgezogen hatte, die Frau mit dem Rückgrat aus Stahl.

„Ich wollte ‚korrekt' sagen."

Sie runzelte die Stirn und nickte, bevor sie sich um die Wunde kümmerte.

„Korrekt zu sein, ist nichts Falsches, Mutter."

„Ich hätte zu dir und deinem Bruder liebevoller sein sollen." Sie schüttelte den Kopf, als sie die Mullbinde über die Wunde legte und sie festklebte. Die Blutung hatte aufgehört und bald würde die Wunde heilen. „Vielleicht wäre unsere Familie nicht zerbrochen, wenn ich liebevoller gewesen wäre."

Sie legte sanft Cattys Arme unter das Laken und zog die Bettdecke bis zu ihrem Kinn hoch.

„Ich hätte mit euch beiden geduldiger sein sollen."

Er lachte. „Ich glaube nicht, dass das geholfen hätte. Wir waren beide die Hölle. Es ist erstaunlich, dass wir es durch die High School geschafft haben. Wenn du nur die Hälfte von dem wüsstest, was wir alles gemacht haben."

Seine Mutter runzelte die Stirn.

Er stand auf und ging zum Fenster. Gelächter und laute Stimmen drangen von dem Hof zu ihm herauf, wo Paare in die Fahrzeuge stiegen, die der Butler von hinten vorgefahren hatte.

„Musst du dich nicht von deinen Gästen verabschieden?" Er sah sie über die Schulter an.

„Nein." Sie lächelte. „Ich habe James schon gesagt, er soll ihnen ausrichten, dass ich eine Migräne habe und um Verzeihung bitte."

„James lebt noch?" Lucien hob die Stirn bei der Erwähnung ihres Butlers, der seit seiner Kindheit bei ihnen war. Im Gegensatz zu ihnen war er ein Mensch.

„Sei nicht unhöflich, Lucien." Seine Mutter stand auf und streckte ihre Schultern.

„Entschuldigung." Er senkte den Kopf und sah zurück zu den Autos, die aus der Einfahrt fuhren.

„Ist Vater Zuhause?"

„Er ist geschäftlich in Charleston."

„Manche Dinge ändern sich nie." Er wandte sich vom Fenster ab. „Ich dachte, dass ihr beide zusammen die Welt bereisen würdet, sobald wir Kinder aus dem Haus sind."

„Ich glaube nicht, dass wir immer noch verheiratet wären, wenn wir es jeden Tag in der Gesellschaft des anderen aushalten müssten, Lucien." Sie schüttelte den Kopf.

Er sah Catty an. „Ich denke, jeden Moment mit jemandem zusammen zu sein, wäre der Himmel."

Stille hing zwischen ihnen.

„Komm schon." Sie öffnete die Tür und bedeutete ihm, ihr zu folgen.

„Ich weiche ihr nicht von der Seite."

„Entspann dich, Schatz. Sie geht nirgendwohin. Komm mit mir nach unten. Es ist eine Weile her, seit wir uns unterhalten haben."

Er sah zu Catty und dann zu seiner Mutter.

„Komm schon, Schatz. Lass sie sich ausruhen." Sie wartete geduldig an der Tür. „Außerdem glaube ich, dass es noch einige hausgemachte Zuckerkekse von der Party gibt. Soweit ich mich erinnere, waren sie deine Lieblingskekse, als du noch ein Junge warst."

Ein kleines Lächeln zerrte an seinen Lippen. Nostalgie überkam ihn und er trat einen Schritt in Richtung Tür.

Er sah Catty an und nickte. „Okay, aber lass die Tür offen, falls sie mich braucht."

Seine Mutter nickte. „Das werde ich, Schatz. Das werde ich."

KAPITEL 28

*L*ucien biss in seinen vierten Keks und ließ seinen Blick die Küche streifen.

„Sieht aus, als hättet ihr renoviert. Mal wieder." Die Schränke waren neu und in einer sanften Cremefarbe. Die Holzböden waren die gleichen, aber die Granit-Arbeitsplatten waren durch weißen und grauen Quarz ersetzt worden. Neue farbenfrohe Vorhänge schmückten jedes Fenster und gaben dem Raum eine gemütliche französische Atmosphäre.

„Ja. Nun. Da ich keine Kinder mehr Zuhause hatte, wurde mir langweilig." Sie hielt das Kristallglas am Stiel und nahm einen Schluck von ihrem teuren Wein. „Es gibt den ganzen Tag nichts zu tun, als zu trinken oder zu renovieren. Also entschied ich mich für beides."

Er lachte. Seine Mutter hatte immer einen trockenen Humor gehabt, aber jetzt wurde ihm klar, wie sehr er sie vermisst hatte.

„Es steht dir gut", sagte sie.

„Was?" Er warf einen Blick auf sich.

„Das Lächeln. Ich vermute, sie ist der Grund für dein Glück." Sie sah ihn unter ihren Wimpern an.

Er zögerte. „Wäre das so schwer vorstellbar? Eine Frau, die bei mir sein will?"

Seine Worte ließen sie nach Luft schnappen. Sie setzte ihr Weinglas ab, ging zu ihm hinüber und legte die Hände auf beide Seiten seines Gesichts. „Lucien, das habe ich nicht gemeint. Jede Frau könnte sich glücklich schätzen, von dir geliebt zu werden."

Wieder stiegen Schuldgefühle in ihm auf. Er ließ den Keks auf den Teller fallen und traf ihren Blick.

„Vergiss es. Es ist unwichtig."

„Es ist wichtig." Ihre Stimme brach ob ihrer unvergossenen Tränen. „Du bist mein Sohn und ich liebe dich. Ich wollte nie, dass du dich ungeliebt fühlst."

„Verschwende nicht deinen Atem, Mutter. Lucien ist nur etwas weinerlich, nicht wahr, Bruder?"

Luciens Blut gefror und jeder Muskel in seinem Körper spannte sich an, als er die Stimme seines Bruders hörte. Sein Herzschlag wurde schneller, als er sich von dem Barhocker löste und aufstand.

Er hatte gewusst, dass dieser Moment eines Tages kommen würde. Er hatte erwartet, besser darauf vorbereitet zu sein, wenn er einen Showdown mit einem der drei Attentäter von Louisiana hatte.

„Lorcan." Er drehte sich um und sah seinen Bruder an. Er trug schwarzes Leder über seiner schwarzen Jeans. Seine Motorradstiefel und seine schwarze Lederjacke waren beide mit Nieten besetzt.

„Lucien. Ich bin überrascht, dich hier zu sehen." Lorcan kniff die Augen zusammen und ballte die Hände zu Fäusten. Er hatte die gleichen dunklen Haare und blauen Augen wie Lucien. Aber hier endeten die Ähnlichkeiten.

„Ich bin nur auf einen Besuch vorbeigekommen", log er.

„Das hast du noch nie getan." Er legte den Kopf schief. „Warum ausgerechnet jetzt?" Lorcan trat einen Schritt vor.

„Ich bat ihn, zu Besuch zu kommen", sagte seine Mutter dazwischen.

Lucien blinzelte, sagte aber nichts ob der offensichtlichen Lüge.

Sie trat zwischen sie und legte jedem von ihnen eine Handfläche auf die Brust. „Hört auf, ihr zwei. Das ist das erste Mal seit Jahren, dass ihr beide gleichzeitig Zuhause seid, und ich werde in diesem Haus keine Kämpfe zulassen, habt ihr verstanden?"

„Du hättest nicht zurückkommen sollen, Lucien." Lorcan ballte seine Finger zu Fäusten und feuerte mit seinen Augen praktisch Laserstrahlen auf Lucien ab. Der Hass in seinen Augen passte zu dem Ton in seiner Stimme.

„Warum nicht?" Luciens Herz schlug wild und seine Hände verlangten danach, Lorcan in sein hübsches Gesicht zu schlagen, bevor er seine Zähne in sein Fleisch bohrte. Der Schmerz, den er für seinen Bruder vorgesehen hatte, würde langsam und lang sein.

„Du vergisst, wer ich bin, Bruder." Lorcan hob das Kinn.

„Du bist ein Auftragsmörder. Niemand hat das vergessen", schnaubte Lucien.

„Denkst du, dass das, was du tust, ehrenhafter ist?" Lorcan ging auf ihn zu. „Du arbeitest für einen Rudelführer, der dir sagt, was du zu tun und wohin du zu gehen hast. Wie geht es dir dabei, ein Diener zu sein?"

„Ich diene und schütze das Rudel von Arkansas."

„Und dennoch bist du hier, zurück in Louisiana, in einem Staat, der nicht länger dein Zuhause ist." Lorcan nahm einen Keks und steckte ihn sich in den Mund. Er kaute nachdenklich, bevor er sprach. „Sag mal, Bruder, was genau tust du für Barrett Middleton? Du kannst unmöglich ein Wächter sein, dafür habe ich vor Jahren gesorgt."

Lodernde Wut schoss vulkanartig durch Lucien. Er machte einen Satz und packte Lorcan am Hals. Er drückte ihn an die Wand, als er spürte, wie sein Körper dabei war, sich in seine Werwolf-Form zu wandeln.

„Aufhören!", schrie seine Mutter.

Lorcan grinste und hob die Füße. Dann trat er Lucien in die Brust. Lucien fiel zurück auf den Boden, sein Kopf knallte auf dem Parkettboden.

Lorcan landete auf ihm und drückte die Luft aus seinen Lungen. Er verdrehte seinen Körper und packte Lucien in einem Würgegriff.

Jahre des Kampftrainings, natürlicher Instinkt und lang erwartete Rache arbeiteten zusammen.

Lucien rammte seinen Ellbogen gegen Lorcans Nase. Das widerliche Geräusch von Knorpel und Knochenbrüchen hallte im Raum wider. Seine Mutter schrie. Ihr Butler, James, kam in die Küche gerannt.

„Meister Lucien, Meister Lorcan. Hört sofort damit auf", forderte der Butler.

Lucien knurrte und machte sich für einen weiteren Schlag ins Gesicht seines Bruders bereit.

„Hört auf damit!", befahl ihre Mutter. „Ihr seid Brüder. Das dürft ihr nicht vergessen."

Sie erstarrten beide. Lorcans Griff lockerte sich um seinen Hals und er rollte sich von ihm herunter.

Lucien stand auf.

Lorcan erhob sich und starrte ihn an. Ein Blutstrom ran aus seiner nun gebrochenen Nase. Er wischte sich mit dem Handrücken über die Nässe, ließ jedoch Lucien nicht aus den Augen.

„Ihr habt euch kein bisschen verändert, wie ich sehe." James schüttelte seinen grauen Kopf und sah enttäuscht auf den Boden. Er trug immer noch seine schwarz-weiße Butler-Kleidung von der Party.

„Es tut mir leid, Mutter", gab Lucien zu.

„Du solltest deine Emotionen mittlerweile besser kontrollieren können, Bruder", spottete Lorcan.

„Du solltest ihn nicht verärgern, Lorcan", sagte James, als er ihm einige Papierhandtücher für die Nase reichte.

Lorcan sah den alten Mann finster an.

„Lorcan, was machst du überhaupt hier? Es ist Monate her, seit du das letzte Mal hier warst." Seine Mutter machte ein Geschirrtuch nass und tupfte Lorcans Gesicht, um das Blut wegzuwaschen.

Er senkte den Kopf. „Ich bin von einem Auftrag zurückgekehrt und wollte die Nacht hier verbringen."

Luciens Herz begann zu rasen. Wenn Lorcan blieb, würde er Catty finden. Auf keinen Fall würde er seinen Bruder in ihre Nähe kommen lassen. Eher würde er ihn töten.

„Du meinst, du hast jemanden getötet", schoss Lucien zurück.

Lorcan lächelte und hielt seinem Blick stand. „Ich bevorzuge liquidiert." Schließlich bin ich ein Attentäter.

„Ach, Lorcan." Die Stimmer seiner Mutter war voller Enttäuschung.

„Es ist eine Ehre, die Mutter eines Attentäters zu sein, Mutter." Lorcan richtete seinen Blick auf sie.

„Es ist eine Ehre, die Mutter eines Wächters zu scin", fügte Lucien hinzu.

Lorcans Gesicht verdunkelte sich vor Wut. „Und sag mir, Lucien, wie kannst du ein Wächter sein und trotzdem kein Wächter-Tattoo haben?" Lorcan grinste böse. „Hat Barrett dich aus Mitleid zu einem Wächter gemacht?"

Lucien knurrte und machte einen Satz, aber seine Mutter trat dazwischen.

„Es reicht. Ich werde das in meinem Haus nicht tolerieren." Sie schaute beide wütend an.

„Ich glaube, ich habe meine Meinung darüber geändert,

die Nacht hier zu verbringen." Lorcan ging zur Hintertür. Er blieb stehen und lehnte sich nah an Lucien heran.

„Ich weiß nicht, was du in Louisiana willst, aber verschwinde und komm niemals wieder. Du wirst dich einer größeren Gefahr ausgesetzt sehen, als du bewältigen kannst. Geh und komm nie wieder zurück."

„Ist das eine Drohung, Bruder?", schnaubte Lucien.

„Nein. Ein Rat." Lorcan ging an ihm vorbei und durch die Hintertür hinaus. Er schlug die Tür so fest hinter sich zu, dass die Fenster klirrten.

Lucien richtete seine Aufmerksamkeit auf seine Mutter. „Du hättest mir sagen sollen, dass er heute Abend kommt."

„Ich hatte keine Ahnung. Lorcan kommt normalerweise spät nachts an und geht früh los, bevor ich aufstehe. Ich weiß nur, dass er hier war, wenn ich sein ungemachtes Bett sehe." Sie schüttelte den Kopf. „Ich mag es nicht, dass er ein Attentäter ist. Das ist nicht er. Es macht ihn zu einem Monster."

Die Bitterkeit sickerte in seine Seele. Erneut fand sie Ausreden für ihren Sohn. Er hätte es besser wissen sollen, als zu glauben, dass sie sich zur Abwechslung auf seine Seite stellen würde.

Lucien sah seine Mutter lange an. „Mutter, Lorcan war ein Monster, lange bevor er sich den Assassinen angeschlossen hat."

* * *

CATTY KONNTE ihren Blick nicht von Lucien abwenden, während er schlief. Es wurde bereits zu einer Angewohnheit, die sie nicht lassen konnte.

Der Schmerz in ihrer Brust hatte sie früh am Morgen geweckt. Sie fand Lucien neben sich schlafend vor, immer noch ganz angezogen. Seine dunklen Wimpern ruhten auf seiner Wange und seine Lippen waren leicht geöffnet. Sie beobachtete das Auf und Ab seiner Brust, während er schlief, fasziniert von seinen schönen Gesichtszügen.

Ihr Herz schmolz. Er war ihr nicht von der Seite gewichen, seit sie angekommen waren.

Sie sah sich in dem schön eingerichteten Raum um. Der Stuck und die Deckenhöhe deuteten darauf hin, dass das Haus vor vielen Jahren gebaut worden war. Das Dekor deutete jedoch darauf hin, dass es erst kürzlich renoviert worden war.

Die hellblauen Wände ergänzten die erdige Farbe der Bettdecke und der Vorhänge. Der Boden war aus Echtholz und die Möbel waren groß, reich verziert und teuer. Ein kleiner Sitzbereich neben dem Fenster war komplett mit einem Stuhl und einem kuscheligen Polsterhocker ausgestattet.

„Guten Morgen."

Seine tiefe Stimme ließ sie dahinschmelzen. Sie drehte ihren Kopf in seine Richtung. Er drückte seinen Ellbogen nach oben und rückte näher zu ihr. Seine Augen untersuchten ihr Gesicht auf Anzeichen von Schmerzen.

„Guten Morgen." Sie lächelte.

„Wie fühlst du dich?" Seine Augenbrauen zogen sich zusammen, seine Finger fanden den oberen Rand des Lakens und er zog es nach unten. Er fuhr mit den Fingerspitzen über den Verband und sah sie an.

„Besser. Es tut immer noch weh, aber nicht so schlimm wie letzte Nacht." Ihr Herz schlug gegen seine Fingerspitzen und ihr Körper wurde heiß.

„Ich werde das abnehmen und besser einen Blick darauf werfen, okay?"

Sie nickte und er machte sich daran, das Klebeband um den Verband zu entfernen. Langsam zog er die Gaze zurück. Sie sah nach unten. Die Wunde begann sich zu schließen.

Bald würde kein Anzeichen einer Verletzung mehr zu sehen sein.

„Das brauchst du nicht mehr." Er legte den Verband auf den Nachttisch.

„Ist das dein Zuhause?" Sie räusperte sich und sah sich um. Es war schwierig, sich vorzustellen, dass ein rauer Biker wie er in solch einer Opulenz aufgewachsen war.

„Es war das Haus meiner Großeltern. Mein Vater hat es nach ihrem Tod geerbt. Ich habe den größten Teil meiner Jugend hier verbracht." Seine Mundwinkel zogen sich nach oben, als er ihr eine blonde Strähne aus der Stirn strich.

„Wessen Zimmer ist das?"

„Meins."

„Woher wusstest du, dass niemand hier sein würde?" Wärme breitete sich in ihrem Bauch aus, als er sie anstarrte.

„Ich wusste es nicht. Und so war es auch nicht."

Sie stützte sich auf die Ellbogen und zuckte zusammen.

„Warte, lass mich dir helfen." Er wiegte sie in seinen Armen und half ihr, sich hinzusetzen. Er nahm ein Kissen und legte es unter ihren Rücken, um sie zu stützen.

„Ich werde dir etwas zu essen besorgen." Er drehte sich um, um vom Bett aufzustehen, aber sie legte ihre Hand auf seinen Arm.

„Danke", sagte sie leise. Gott, wie wunderschön er war. Nicht nur sein Aussehen, er hatte auch eine wunderschöne Seele. „Dass du auf mich aufgepasst hast."

„Ich habe nicht viel gemacht." Er zuckte mit den Schultern. „Meine Mutter hat deine Wunde versorgt."

Seine Mutter. Heilige Scheiße.

Luciens Mutter war hier. Ihr Herz raste, während sich ihre Augen weiteten. Sie war nicht bereit, seine Mutter zu treffen.

Sie räusperte sich. „Dann muss ich ihr danken." Vielleicht

würde er sagen, dass seine Mutter schon gegangen war, oder vielleicht konnten sie gehen, bevor sie aufwachte.

„Gern geschehen, Liebes."

Catty erstarrte beim Klang der weiblichen Stimme. Sie hielt den Atem an und drehte den Kopf.

Eine wunderschöne ältere Frau mit dunklem Haar und vertrauten blauen Augen stand in der Tür, gekleidet in ein weißes Seidengewand. Ihr Haar war zu einem unordentlichen, aber schicken Haarknoten aufgesteckt, und sie hatte eine natürliche Eleganz, als ob sie einfach aus dem Bett aufstand und ohne Aufwand schön aussah.

„Ich hoffe, du hast Hunger." Seine Mutter hielt das Tablett hoch. „Ich war mir nicht sicher, was du magst, also habe ich von allem etwas gemacht."

„Du hast Essen gemacht, Mutter?" Lucien hob die Augenbrauen und nahm ihr das Tablett aus den Händen.

Sie sah ihren Sohn mit zusammengekniffenen Augen an. „James hat es zubereitet." Sie sah zu Catty zurück. „James ist der Butler. Aber ich habe ihm gesagt, was er vorbereiten sollte."

Lucien grinste und stellte das Tablett vor ihr ab. Es war voll beladen mit Heidelbeeren, Speck, Eier, Joghurt und Pfannkuchen. Sie seufzte fast, als sie die silberne Kaffeekanne sah, von der Dampfschwaden aufstiegen.

Sie lachte. „Wenn ich das alles esse, werde ich nicht mehr in meine Kleider passen." Sie sah zu seiner Mutter auf. „Vielen Dank. Für alles."

Seine Mutter schürzte die Lippen und nickte kurz.

„Lucien, in der Küche gibt es mehr für dich. Geh runter und mach dir etwas zu essen."

„Ich werde warten, bis Catty fertig ist."

„Nein, geh", sagte Catty und nickte. „Mir geht es gut."

„Ich bleibe bei ihr", sagte seine Mutter mit einem Lächeln.

Lucien blieb stehen.

Sie wollte nicht mit seiner Mutter allein sein, aber sie wollte auch nicht, dass Lucien wartete, bis sie fertig war, bevor er etwas zu essen bekam. Außerdem konnte sie auf sich selbst aufpassen.

„Ja, Lucien. Geh. Mir geht es gut." Sie scheuchte ihn mit der Hand weg. Sie nahm den winzigen silbernen Krug mit Kaffeesahne und goss eine großzügige Menge in ihren schwarzen Kaffee. Sie nahm einen Löffel und rührte ihn, bis die Flüssigkeit eine schöne Karamellfarbe hatte.

„Ich werde mich beeilen." Er beugte sich hinunter und drückte ihr einen warmen Kuss auf die Stirn.

Sie errötete ob dieser Intimität vor seiner Mutter. Ihr drehte sich der Magen um. Seine Mutter musste denken, dass sie irgendeine Schlange war, die versuchte, ihren Sohn zu stehlen.

Sie nahm einen Schluck Kaffee und bereitete sich innerlich auf Mrs. Sauvage vor.

KAPITEL 29

„*I*ch fürchte, Lucien hat seine Manieren vergessen." Die Frau trat näher an das Bett heran und lächelte.

Catty sah von ihrem Kaffee auf.

„Er hat vergessen, uns richtig vorzustellen." Sie streckte Catty die Hand entgegen. „Ich heiße Marie Sauvage."

Catty gab ihr die Hand. „Freut mich, Sie kennenzulernen, Mrs. Sauvage. Ich bin Catty Steele."

„Nein, Liebes, nenn mich Marie – und wir sollten uns duzen."

„Okay." Sie nickte und griff nach ihrer Gabel. Sie schnitt in ihren Pfannkuchen und sah die Frau an. „Ich möchte mich nochmals bei dir dafür bedanken, dass ich letzte Nacht hier bleiben durfte und dass du dich um mich gekümmert hast."

„Oh, ich habe wirklich nichts gemacht. Ich habe dich nur verbunden." Marie ging zu dem Stuhl neben dem Fenster, zog ihn näher ans Bett und setzte sich. „Lucien hat sich um dich gekümmert. Er hat sich geweigert, von deiner Seite zu weichen. Sie legte den Kopf schief und studierte sie. „Es ist eine Weile her, seit ich meinen Sohn gesehen habe." Und ironischerweise sind gestern Abend beide meiner Söhne aufgetaucht."

Catty schluckte ihr Essen hinunter und sah die Frau an. „Lucien hat seinen Bruder gesehen? Wie ist es gelaufen? Ich kann mir nicht vorstellen, dass es gut lief."

„Also weißt du von Luciens Rücken." Ein wissender Blick zeigte sich in den Augen der älteren Frau.

Catty errötete.

Marie schaute weg und seufzte. „Ihre Wiedervereinigung verlief nicht gut. Überhaupt nicht so, wie ich es mir vorgestellt hatte."

„Hat er Lucien verletzt?", fragte Catty eilig.

„Tatsächlich haben sie sich gegenseitig verletzt. Aber Lorcan hatte am Ende eine gebrochene Nase."

„Gut", sagte Catty.

Maries Augen weiteten sich.

„Entschuldige. Ich weiß, dass sie beide deine Söhne sind, aber was er Lucien angetan hat, ist unverzeihlich."

Marie holte tief Luft und atmete langsam aus. „Die Rivalität zwischen Geschwistern reicht bis in die Bibel zurück. Die, die uns am nächsten stehen, sind diejenigen, die uns schwerer verletzen als jeder andere."

„Aber nicht auf diese Weise." Ihr war der Appetit vergangen und sie lehnte sich wieder gegen das Kissen. „Verzeihung. Das geht mich nichts an."

„Ich glaube, es geht dich etwas an, seitdem du etwas mit meinem Sohn angefangen hast", murmelte Marie.

Catty wandte ihren Kopf in Richtung der Frau, als Verwirrung in ihrer Brust aufflammte.

„Was willst du mit Lucien, Catty?"

„Ich möchte dich nicht kränken, aber ich glaube nicht, dass es dich etwas angeht."

„Nun, es geht mich deswegen etwas an, weil ich sehe, dass er sich in jemanden verliebt, der ihn verletzen könnte. Ich möchte nicht, dass er verletzt wird. Er hat schon genug durchgemacht." Marie hielt ihren Blick.

Bei den harten Worten der Frau stieg Übelkeit in Cattys Bauch auf. Hatte sie vor, bei Lucien zu bleiben? Das wollte sie. Sie wollte es so sehr.

„Ich würde Lucien niemals wehtun. Niemals."

„Gut." Marie lächelte und stand vom Stuhl auf. „Dann hoffe ich, dass du und Lucien ein paar Tage bleiben könnt. Ich würde mich gern mit meinem Sohn austauschen. Und ich würde dich gern besser kennenlernen."

Catty runzelte die Stirn. Sie wollte sie kennenlernen?

„Da musst du Lucien fragen. Ich glaube, er hat noch etwas in New Orleans zu erledigen." Sie sah die Frau an. „Aber vielleicht danach. Nachdem er dort fertig ist."

Marie lächelte. Freude spiegelte sich in ihren Augen. „Das würde mich sehr glücklich machen." Sie ging zur Tür und drehte sich dann um. „Und Catty, es ist mir eine Freude, dich kennenzulernen."

* * *

LUCIEN HIELT SEINE MUTTER AUF, als sie aus Cattys Zimmer kam. Er sah sie forschend an.

„Was sollte das, Mutter?" Er hatte einen Teil der Unterhaltung mitangehört. Er war versucht gewesen, sie zu unterbrechen, aber er war neugierig, Cattys Antworten auf das Verhör seiner Mutter zu hören.

Sie tätschelte seinen Arm und lächelte. „Das war eine Mutter, die das Mädchen prüft, das ihren Sohn liebt. Und ich bin froh, sagen zu können, dass sie den Test bestanden hat. Ich mag sie, Lucien. Ich mag sie sehr."

Lucien öffnete den Mund und seufzte. Seine Mutter mochte es, den Schein zu wahren. So war sie erzogen worden und das hatte sie ihren Söhnen beigebracht. „Würdest du sie auch mögen, wenn du ihre Vergangenheit kennen würdest? Würdest du sie dann so akzeptieren?"

Seine Mutter starrte ihn lange an, bevor sie antwortete. „Jeder hat eine Vergangenheit, mein Sohn. Es ist das, was man aus der Vergangenheit macht, das deine Zukunft bestimmt. Die größten Männer sind durch Höllenfeuer gegangen." Sie nickte in Richtung des Schlafzimmers. „Dein Mädchen ist eine Überlebende. Mein Rat an dich ist, sie nicht wieder loszulassen."

Er sah zu, wie sie die Treppe zur Küche hinunterging.

Er verbarg das Lächeln nicht, das sich auf seinen Lippen niederließ. Eine neue Art von Respekt wuchs und erblühte in seinem Herzen für die Frau, die ihn auf diese Welt gebracht hatte.

Er ging in den Raum und spähte hinein. Catty steckte ein Stück Pfannkuchen in ihren Mund und seufzte. Sie brauchte all die Nährstoffe, die sie bekommen konnte, um zu heilen.

Er trat leise einen Schritt zurück und ging den langen Gang entlang und den anderen Weg hinunter, sodass sie sich etwas ausruhen konnte, während sie aß. Er blieb an einer Tür stehen und öffnete sie. Die kleine Sitzecke mit einem französischen Schreibtisch und überfüllten Stühlen blickte auf die Gärten im Hinterhof. Das Zimmer war das Lieblingszimmer seiner Mutter gewesen und sie war oft hierhergekommen, um sich zu entspannen, als er jünger war.

Er zog sein Handy heraus und wählte Barretts Nummer. Das war ein Anruf, vor dem er sich gefürchtet hatte.

„Hallo?" Barretts Stimme hallte am anderen Ende der Leitung wider.

„Ich bin es."

„Ich weiß. Warum zum Teufel rufst du mich erst jetzt an? Du solltest letzte Nacht anrufen, nachdem du die Hexe getroffen hast. Hat sie dir nichts erzählt?"

„Sie hat ihr Wort gehalten. Sie sagte, die Wächter würden

im Untergrund in der Nähe der Werft von New Orleans festgehalten. Sie sagte, der Besitzer des Triple X stecke dahinter."

„Und das sagst du mir erst jetzt, Lucien?" Der harte Ton
in Barretts Stimme verursachte ihm Magenschmerzen. Er
hatte Barrett im Stich gelassen.

„Letzte Nacht ist etwas passiert. Ich musste mich um eine
Situation kümmern und konnte nicht anrufen."

„Welche Situation? Und denk nicht daran, mich anzulügen." Barrett knurrte und er hätte schwören können, dass das
Telefon in seiner Hand vibrierte.

„Catty Steele wurde von der Hexe niedergestochen. Ich
war damit beschäftigt, mich um sie zu kümmern und sie an
einen sicheren Ort zu bringen."

„Scheiße. Geht es ihr gut? War es Silber?"

„Gott sei Dank war es kein Silber. Es geht ihr gut. Sie sitzt
im Bett und isst gerade. Sie wird bald wieder genesen."

„Ich werde nicht einmal fragen, warum sie bei dir war."
Barretts Ton ließ verlauten, dass er vermutlich wusste, wie
nahe Lucien ihr stand. „Das werde ich Zane überlassen,
wenn er dich sieht."

Scheiße.

„Warum hat die Hexe Catty niedergestochen?"

Lucien räusperte sich. „Sie brauchte ihr Blut."

„Wofür zur Hölle denn das?"

„Damit sie aus dem Friedhof entkommen konnte." Er
verzog das Gesicht und wartete darauf, dass Barretts Zorn
durch das Telefon kam.

„Sag mir bitte, dass du mich verarschst", donnerte Barrett.

„Ich wünschte, ich könnte das."

Lucien blieb ruhig, während Barrett eine Reihe von
Flüchen losließ. Lucien zuckte kaum zusammen.

„Nun, ich denke, ich muss Jack Welbourn anrufen. Ich bin
mir sicher, dass er nicht erfreut sein wird, dass seine Hexe
geflohen ist und fröhlich durch den Staat wandert."

„Barrett, es tut mir leid. Es tut mir aufrichtig leid. Aber zumindest haben wir die Informationen bekommen."

Er seufzte. „Ja, immerhin das."

„Was soll ich als Nächstes machen?"

„Ich möchte, dass du bleibst, wo auch immer du bist. Ich schicke sofort ein paar Wächter. Ich möchte, dass das so schnell wie möglich erledigt wird."

„Ich kann euch dort treffen. Ihr wisst nicht, wo der Club ist …"

„Ich kann ihn finden. Du hast deinen Job gemacht, Lucien. Nimm dir ein paar Tage frei. Du hast es verdient. Wir sehen uns in Little Rock." Barrett legte auf.

„Verdammt!" Er schlug mit der Hand auf den Schreibtisch. Nach all dem sollte er nun einfach warten.

Er drehte sich um und verließ den Raum. Als er Cattys Zimmer erreichte, blieb er stehen und atmete tief durch, um seine Wut unter Kontrolle zu bringen.

Er machte einen Schritt in den Raum. Catty sah von ihrem Kaffee auf.

„Hey." Sie lächelte und stellte ihre Tasse ab.

„Selber hey." Er ging hinüber und setzte sich auf die Bettkante. „Wie geht es dir? Hast du genug zu essen bekommen?" Sein Blick fiel auf ihr Tablett, dass nicht einmal zur Hälfte leer war.

„Ich bin mehr als satt." Sie seufzte und berührte mit ihren Fingerspitzen seine Brust. „Die Wunde heilt jetzt ziemlich schnell. In einigen Stunden sollte sie komplett geheilt sein."

Er nickte mit dem Kopf. „Das ist gut."

„Was ist los?" Ihre Augen verengten sich. „Ist es wegen deines Bruders?"

„Was?" Seine Augen weiteten sich ein wenig.

„Deine Mutter hat mir erzählt, dass er gestern Abend hier war."

„Was hat dir meine Mutter sonst noch erzählt?"

„Nicht viel", grinste sie. „Nur dass ihr zwei in einen Kampf geraten seid. Und du ihm die Nase gebrochen hast." Sie verschränkte ihre Finger mit den seinen. „Das freut mich für dich."

„Sie hätte dir das nicht erzählen sollen."

„Ich bin froh, dass sie es getan hat." Sie hielt seinen Blick und berührte seinen Arm. „Wirklich, Lucien, was ist los? Ich weiß, dass dich etwas stört."

„Barrett möchte, dass ich hier warte, während er einige Wächter nach New Orleans schickt." Er sah weg. Das gefiel ihm überhaupt nicht. Er war sich nicht sicher warum. Barrett gab ihm eine Auszeit, Zeit, in der er nach Lorcan suchen und beenden konnte, was sie gestern Nacht begonnen hatten.

Aber jetzt, da seine Wächter-Brüder sich in Gefahr begaben, hatte er einen überwältigenden Drang, mit ihnen zu gehen und an ihrer Seite zu kämpfen, selbst wenn dies den Tod bedeutete.

„Aber sie wissen nicht, wo sie suchen müssen." Die Dringlichkeit in ihrem Ton ließ sein Herz in seiner Brust sinken. Sie machte sich auch Sorgen um sie.

„Das habe ich versucht, ihm mitzuteilen aber wollte nicht hören."

„Dann müssen wir jetzt gehen." Sie zog die Decke zurück und hielt sich ein Kissen über die nackten Brüste. Sie schwang ihre Beine über die Bettkante. „Wo sind meine Klamotten?"

„Warte, du gehst nirgendwohin." Er legte seine Hand auf ihren Arm, damit sie nicht aufstehen konnte.

„Lucien, ich muss zurückgehen. Nach dem, was gestern Nacht passiert ist, habe ich beschlossen, New Orleans zu verlassen." Sie hob das Kinn. „Ich werde nicht länger warten, bis ich genug Geld habe, um von vorne zu beginnen. Sobald wir zurück sind, packe ich meine Sachen und gehe."

Sein Herz raste und sein Hals wurde eng. Er beugte sich vor und musste sie berühren, um sich zu vergewissern, dass sie echt war und nicht nur ein Traum. Er nahm sie in seine Arme und schmiegte sich an ihre Halsbeuge.

„Gut."

Sie zog sich zurück und sah ihm in die Augen. „Ich bin nicht sicher, wohin diese Sache mit uns führt. Aber ich bin bereit, es zu versuchen, wenn du es auch bist. Auch wenn es bedeutet, dass ich mich meiner Familie in Arkansas stellen muss."

Er grinste wie ein Trottel. Es war zu schön, um wahr zu sein. Sie kam nach Hause. Mit ihm.

Er hob sie hoch und setzte sie auf seinen Schoß. Er umfasste ihre Wange und drückte sanft einen Kuss auf ihre Lippen. Sie seufzte und lehnte sich hinein.

„Ich nehme an, ihr zwei macht euch bereit, aufzubrechen", rief seine Mutter aus der Tür.

Catty quietschte und bedeckte ihre Brüste mit den Händen. Lucien runzelte die Stirn und schlang seine Arme um sie, um ihre Nacktheit zu verbergen.

„Ja, das tun wir."

„Catty, du wirst ein Shirt brauchen, da ich dir gestern Abend deins vom Körper geschnitten habe. Ich habe keine T-Shirts, aber ich habe etwas, das seinen Zweck erfüllen sein sollte." Sie ging in Richtung ihres Zimmers.

„Oh mein Gott. Deine Mutter muss denken …"

„Meine Mutter denkt, dass ich der glücklichste Mann der Welt bin, weil ich so eine Frau wie dich habe." Er sah zu ihr hinunter und lächelte.

Sie zog ihn herunter für einen Kuss. „Also lasst uns das zu Ende bringen, damit wir anfangen können zu leben."

KAPITEL 30

„Sind alle da?" Barrett sah jeden seiner Wächter in seinem Büro an.

„Ja, außer Braxton. Er ist wieder in Eureka Springs", sagte Damon und lehnte sich neben Jayden an die Wand.

„Das ist gut. Ihr seid die, mit denen ich reden muss."

„Geht es darum, warum Lucien in New Orleans ist?", platze es aus Jayden heraus.

„Lucien ist in New Orleans? Woher zur Hölle weißt du das?", fragte Jaxon.

„Weil Haley und Granny ihn gesehen haben, als sie dort waren, um Hochzeitseinkäufe zu erledigen." Jayden zuckte mit den Achseln und sah Barrett an. „Ist es das, worum es geht?"

Barrett schloss die Augen und zählte bis zehn.

Granny.

Sie würde ihn noch unter die Erde bringen. Sie hatte einen größeren Mund als der Große Weiße Hai und war geschickter als jeder Privatdetektiv, den er je gesehen hatte. Vielleicht sollte er ihr eine Stelle anbieten.

„Ich muss euch etwas erzählen. Ich habe einige Neuigkeiten, von denen ihr alle wissen müsst." Er sah sich im Raum um und sah Damon, Jayden, Jaxon, Ryker und Zane an. Er hatte noch nie zuvor einen seiner Männer verraten. Sie waren schließlich seine Brüder. Aber jetzt war keine Zeit für Geheimnisse.

„Ich habe Lucien auf eine Mission nach New Orleans geschickt. Mit den Arkansas-Wächtern ist etwas nicht in Ordnung und ich musste ihn alleine losschicken, um zu sehen, ob er etwas herausfinden kann."

„Was ist denn nicht in Ordnung? Wächter, die zu Schurken werden?" Zane legte den Kopf schief.

„Wächter, die vermisst werden." Er hielt die Emotion aus seiner Stimme. Er hatte viel zu erzählen und er konnte keine Emotionen gebrauchen, die ihm nur im Weg wären.

Im Raum wurde es still.

„Vielleicht können sie dich nicht kontaktieren, Barrett. Ich weiß, ich habe an einem Fall gearbeitet, bei dem ich entweder keinen Empfang hatte oder ich in Gefahr gewesen wäre, wenn ich angerufen hätte." Damon zuckte mit den Schultern.

„Da ist noch etwas."

Er stand von seinem Schreibtisch auf. „Ich habe ein Paket mit der Post erhalten, ohne Rücksendeadresse. Als ich es öffnete, fand ich Heimys Wächter-Tattoo da drin. Sie haben ihn gehäutet."

„Ist das dein Ernst?" Damon stieß sich von der Wand ab und ballte die Fäuste. Die anderen Wächter knurrten und stießen leise Flüche aus. Er konnte fühlen, wie ihre Wut in Wellen von ihnen strömte.

„DNA-Tests haben bestätigt, dass es sich um Heimys Haut handelt. Und dann, einige Tage später, habe ich seinen Mittelfinger zugeschickt bekommen."

„Warum zum Teufel hast du uns das nicht früher erzählt?" Jaxon kniff die Augen zusammen.

„Weil ich wusste, dass ihr unvorbereitet losziehen und euch in tödliche Gefahr begeben würdet." Er stierte Jaxon an. „Genau wie ich wusste, dass du in deinem Zimmer warst und deine Sachen gepackt hast, um loszuziehen und nach Lucien zu suchen. Deshalb habe ich Ryker geschickt, um dich aufzuhalten."

„Ich war mir nicht einmal sicher, wer dahinter steckte oder wo es stattfand", fuhr Barrett fort. „Das einzige, was ich wusste, war, dass Heimy den südlichen Teil des Staates bewachte und aus Louisiana kam. Also habe ich Lucien dorthin geschickt."

„Er hätte Verstärkung gebraucht. Warum hast du ihn alleine losgeschickt?", donnerte Jaxon los.

„Ich konnte keinen von euch mit ihm schicken, denn wenn sie euch erwischt hätten, wäre klar gewesen, dass ihr Wächter seid und ihr hättet wie Heimy enden können."

„Alter, und was denkst du werden sie machen, wenn sie Lucien erwischen?", stieß Zane hervor.

„Lucien ist anders." Er sah zur Decke und dann zu seinen Männern. „Wenn sie Lucien erwischt hätten, hätten sie kein identifizierendes Wächter-Tattoo bei ihm finden können."

„Das verstehe ich nicht", warf Damon dazwischen. „Er ist einer von uns, er hat das Tattoo wie der Rest von uns."

„Nein, hat er nicht", ließ Barrett verlauten.

Stille erfüllte den Raum.

„Warum nicht?", fragte Jaxon.

„Ich habe euch schon zu viel erzählt. Es ist Luciens Geheimnis. Sagen wir einfach, die Tinte hält nicht auf seinem Rücken."

„Also hast du den einzigen von uns geschickt, der nicht als Arkansas-Wächter erkannt werden konnte." Zane nickte. „Das ist nachvollziehbar."

„Lucien hat sich gemeldet. Er hat herausgefunden, wo die Wächter festgehalten werden."

„Verdammt, es gibt noch mehr als Heimy?"

„Mitchell wird auch vermisst. Ich glaube, Heimy ist tot." Sein Hals schmerzte, als er die Worte ausspuckte.

„Ich kann mir nicht vorstellen, dass er am Leben ist, nachdem er gehäutet wurde und man seinen Finger abgeschnitten hat", knurrte Jayden.

„Vermisst einer der anderen Staaten Wächter?", fragte Jayden.

„Nein. Ich habe in den anderen umliegenden Staaten nachgefragt. Ich habe mich sogar mit dem Rudelführer von Mississippi getroffen. Er schien schockiert, als er davon hörte."

„Und du vertraust ihm?", fragte Damon.

„Ich weiß, dass er nicht gelogen hat."

„Also, wie lautet der Plan?" Zane streckte seine Finger, als er auf Befehle wartete.

„Die Informationen, die Lucien gesammelt hat, besagen, dass die Wächter sich in der Nähe der Werft befinden. Wir glauben, dass der Besitzer eines Strip-Clubs namens Triple X daran beteiligt ist. Das lässt mich annehmen, dass der Rudelführer von Louisiana davon weiß. Vielleicht drückt er ein Auge zu."

„Was zum Teufel?" Jayden spuckte auf den Boden. „Ich wusste, dass der Kerl nichts als ein verdammter, arschgesichtiger Bastard ist …"

„Ganz ruhig, Bruder." Damon legte seine Hand auf die Mitte von Jaydens Brust. „Wir müssen uns darauf konzentrieren, was Barrett uns befiehlt."

Barrett lobte Damons Zurückhaltung. Er wusste, dass der Werwolf seine Wächter genauso rächen wollte wie die übrigen, aber er hatte auch die Geduld entwickelt, um zu verstehen, wie die Dinge liefen. Damon wurde mit jedem Tag ein besserer Anführer.

„Im Moment möchte ich, dass ihr alle loszieht. Wir

fahren nach New Orleans und ich möchte, dass ihr alle bewaffnet seid. Ich möchte eine Sache klarstellen. Ich glaube, wir gehen in feindliches Gebiet. Behaltet stets eure Waffen bei euch und verdeckt eure Tattoos. Sobald wir dort sind, wo die Wächter festgehalten werden, könnt ihr euch wandeln. Haltet euch nicht zurück." Er ging zu der Karte der Vereinigten Staaten an der Wand. „Ich weiß nicht, wie das ausgehen wird. Alles, was ich weiß, ist, dass die Wächter meinetwegen ins Visier genommen werden, wegen der Sache mit den Louisiana-Assassinen."

„Das ist Schwachsinn, Barrett", knurrte Zane. „Boudier war derjenige, der gegen das Gesetz verstoßen hat, indem er die Assassinen in diesen Staat geschickt hat, ohne dich wissen zu lassen, was los ist."

„Boudier hegt einen Groll gegen mich, soviel ist sicher", stimmte Barrett zu.

„Wir kriegen das hin, Barrett. Wir sind bereit zu tun, was immer wir tun müssen." Damon trat vor. Stimmt das, Jungs?

„Und wie." Ein Chor von Flüchen und Rufen ertönte in dem Raum.

Barrett nickte. „Wir fahren alle in einer halben Stunde los."

Als der letzte Wächter den Raum verließ, blieb Barrett mit seinen Gedanken allein zurück.

Hatte er das über seine eigenen Männer gebracht? War er Schuld an Heimys – und möglicherweise Mitchells – Tod?

Er würde es früh genug herausfinden.

KAPITEL 31

Sie kamen gegen neun Uhr in New Orleans an. Es war dunkel und die Straßen waren voll mit Touristen.

Lucien fuhr auf einen Parkplatz und stellte den Motor ab. Er ließ Catty zuerst absteigen, bevor er folgte.

„Wie fühlst du dich?" Er strich ihr das blonde Haar aus dem Gesicht.

„Gut. Ich bin vollkommen geheilt." Sie rieb sich die Stelle an der Brust, an der sie getroffen worden war. Sie breitete die Arme aus und sah auf das Hemd hinunter, das seine Mutter ihr gegeben hatte. Es war ärmellos und weiß und flatterte im Wind. „Passt nicht wirklich zu meinen Motorrad-Stiefeln, oder?"

Er grinste und zog sie an sich. „Du siehst in allem großartig aus."

Sie drückte ihr Gesicht an seine Brust und kicherte. „Ich kann nicht glauben, dass deine Mutter mir einen BH gegeben hat. Das ist so peinlich."

Er hatte gehört, wie seine Mutter Catty gesagt hatte, dass sie einen BH unter ihrem Hemd tragen müsse, weil es durchsichtig sei. Glücklicherweise hatte seine Mutter persönliche Gegenstände für ein Frauenhaus gekauft, das sie unterstützte. Sie hatte einen BH in Cattys Größe.

„Sie mag dich wirklich", murmelte er in ihre Haare.

Sie zog sich zurück und sah ihn mit Unsicherheit in den Augen an. „Glaubst du?"

„Ich weiß es. Du hast sie beeindruckt. Das ist keine einfache Aufgabe."

Sie lächelte und stellte sich auf die Zehen, um einen Kuss auf seine Lippen zu drücken. „Also, wie lautet der Plan?"

„Laut der Hexe sind die Wächter unter der Erde. Das Triple X ist in der Nähe. Ich frage mich, ob es nicht einen Tunnel gibt, der vom Club zur Werft führt. Ich erinnere mich, als ich zum ersten Mal hier war, sprach ich mit einer Kellnerin, die sagte, im Triple X wäre es gefährlich. Sie war auch ein Werwolf und sie hat versucht, mich davor zu warnen, überhaupt in den Club zu gehen."

Er sah sie an und runzelte die Stirn. „Kennst du irgendwelche Räume im Club, die ein unterirdisches Abteil haben oder einen Weg, in den Untergrund zu gelangen?"

„Nein." Sie schüttelte den Kopf. „Warte. Die Zimmer an der Rückseite des Clubs, in denen die Lapdances stattfinden. Da gibt es einen Raum, der immer verriegelt ist. Keines der Mädchen darf dort hineingehen. Angeblich werden dort die Vorräte aufbewahrt." Sie sah ihn an. „Zumindest haben sie uns das erzählt."

„Es ist einen Versuch wert. Du solltest in der Zwischenzeit nach Hause gehen und deine Sachen packen. Ich weiß nicht, wie lange es dauern wird, aber wenn das vorbei ist, werde ich dich holen. Nimm also leichtes Gepäck mit." Er grinste.

„Das werde ich. Es gibt nicht viel, das ich mitnehmen möchte. Ihre Augen leuchteten auf."

„Soll ich dich nach Hause begleiten?"

„Ach nein. Das schaffe ich schon alleine." Sie küsste ihn lange und leidenschaftlich. „Lucien, sei bitte vorsichtig."

„Das bin ich doch immer."

Er sah zu, wie sie in Richtung ihrer Wohnung ging, bis sie um die Ecke verschwand. Er holte sein Handy aus der Jackentasche und suchte Barretts Nummer heraus. Er schickte ihm einen kurzen Text über die Möglichkeit eines unterirdischen Tunnels, der vom Triple X zur Werft führte. Es war seine einzige Spur zum Aufenthaltsort der festgehaltenen Wächter.

Er drückte auf Senden, schaltete das Telefon stumm und steckte es in die Tasche.

Er musste vor den Wächtern zum Club gehen, um zu sehen, ob an Cattys Idee etwas dran war.

Er schnappte sich seine 9-Millimeter aus der Satteltasche und steckte sie in die Rückseite seiner Jeans. Der Clubbesitzer könnte Leute haben, die den Tunnel bewachten, und wenn das der Fall war, könnte er sich nicht vor ihnen wandeln. Aber er konnte auf jeden Fall schießen.

* * *

CATTY BREITETE den Inhalt ihres Rucksacks auf ihrem Bett aus und sah sich im Zimmer um. Wenn sie so viele Sachen mitnehmen wollte, wie sie könnte, würde sie eine größere Tasche benötigen.

Sie kniete sich neben das Bett und zog eine Reisetasche heraus. Sie war größer und konnte an der Rückseite ihres Sitzes auf der Harley befestigt werden.

Ihr Herz raste vor Aufregung, als sie ihren Laptop einpackte und dann die Schubladen der kleinen Kommode öffnete. Sie konnte nicht ihre gesamte Kleidung mitnehmen, also entschied sie sich für das Wesentliche: Unterwäsche, BHs, drei Jeans und einige Hemden. Sie warf einen Blick auf ihre Füße. Sie würde ihre Biker-Stiefel tragen und ihre Tennisschuhe einpacken.

Sie öffnete ihren Schrank und durchsuchte die zahlreichen Jacken. Ihre Finger landeten auf dem weichen schwarzen Leder ihrer Lieblingsjacke und sie zog sie schnell vom Bügel und warf sie in die Tasche. Sie zog einen Stuhl ans Fenster und stellte sich darauf. Sie nahm die Vorhangstange ab und stieg vom Stuhl. Sie schraubte das Ende der Stange ab. Sie lächelte, als sie die zusammengerollten 100-Dollar-Scheine herauszog.

Sie hatte seit Monaten so viel Geld gespart, wie sie konnte. Damals verstand sie diesen Zwang zu sparen nicht, aber jetzt ergab es Sinn. Sie hatte begonnen, ihre Flucht zu planen, lange bevor sie realisiert hatte, dass sie weggehen würde.

Sie lachte, als sie die Rolle herauskramte. Sie zählte schnell das Geld. Es waren fast dreitausend Dollar.

Nicht viel. Aber mehr als genug, um sie durchzubringen, bis sie einen anderen Job fand. Einen respektablen Job.

Hoffnung schwoll in ihrer Brust an. Sie war auf dem Weg zu einem neuen Leben. Sie bekam eine neue Chance. Eine Chance, mit Lucien zusammen zu sein.

Sie nahm das Geld, wickelte ein Gummiband darum und steckte es in ihre Tasche.

Sie warf einen Blick auf die Uhr.

Mrs. Willis.

Sie musste Mrs. Willis besuchen, bevor sie ging. Sie wollte nicht, dass die alte Frau glaubte, sie hätte sie im Stich gelassen.

Sie stellte ihre Reisetasche an der Tür ab, griff nach ihren Schlüsseln und sah auf die Uhr. Sie würde einen kurzen Abstecher machen, um sich von Mrs. Willis zu verabschieden und dann zurückkommen und auf Lucien warten.

Dann würde sie anfangen zu leben.

277

Sie stürmte aus der Tür und ging die Treppe hinunter. Als sie nach draußen trat, atmete sie tief ein. Ein Gefühl der Hoffnung für die Zukunft setzt sich bei ihr fest. Lächelnd ging sie in die Richtung von Mrs. Willis' Haus.

Als sie näher kam, blieb Catty in den Schatten, um keine Aufmerksamkeit auf sich zu ziehen. Es war nach zehn und die Leute standen auf der Straße und auf den Veranden.

Mrs. Willis' Haus kam in Sicht. Sie wartete, bis die Männer auf der Veranda nebenan ihre Zigaretten aufgeraucht hatten und hineingingen, bevor sie zu Mrs. Willis' Haus rannte.

Ihr Herz schlug in ihrer Brust, als sie an die Haustür klopfte.

Nach wenigen Augenblicken rief Mrs. Willis. „Wer ist da?"

„Mrs. Willis, ich bin es, Catty. Kann ich hereinkommen?" Sie drückte ihre Hand an die Tür, als sie sprach. Einer der Männer nebenan war wieder nach draußen gekommen und beobachtete sie interessiert.

„Catty?" Mrs. Willis fummelte an den Schlössern, bevor sie die Tür aufmachte. „Ist alles in Ordnung, Liebes?"

„Ja, Madam." Sie trat ein und schloss die Tür hinter sich.

„Es ist spät. Du solltest so spät in der Nacht nicht hier sein", tadelte Mrs. Willis.

„Ich weiß, aber das konnte nicht bis zum Morgen warten."

„Nun, komm ins Wohnzimmer." Sie ging voran und klopfte mit ihrem Stock gegen den Parkettboden.

„Ich habe nicht viel Zeit. Ich wollte nur …" Cattys Stimme verstummte, als ihr Blick auf Shelly fiel, die auf der Couch saß. Das Mädchen sah auf und warf ihr einen bösen Blick zu.

„Shelly kam auch für einen Besuch vorbei." Mrs. Willis lächelte.

„Aha." Catty zwang sich, das Mädchen anzulächeln. „Hallo, Shelly."

Shelly hob ihre Stirn, als sie Catty schweigend musterte.

„Shelly hat einen Freund mitgebracht. Er muss auf die Toilette gegangen sein." Mrs. Willis lächelte. „Möchtest du etwas Kaffee, Liebes?"

„Nein. Ich möchte nichts. Hören Sie, ich wollte nur rüberkommen und sagen, dass ich gehe", sagte die mit vor Aufregung nervöser Stimme.

„Du gehst?" Mrs. Willis schien überrascht zu sein. „Aber was ist mit deinem Job?"

„Ja, Catty. Was ist mit deinem Job?" Big Mike kam aus der Küche in das Wohnzimmer. Shelly stand auf und schlang ihre Arme um seine Taille, als sie ihn an sich drückte.

Cattys Herz blieb fast stehen. Big Mike.

„Was machst du hier?", murmelte sie. Er hatte alles gehört. Sie schlang ihre Arme um sich, damit Big Mike sie nicht zittern sah.

„Catty, das ist Shellys Freund Michael." Mrs. Willis' Lächeln verschwand. „Jetzt erzähl mir mehr von deiner Abreise, Catty."

„Mrs. Willis, ich hatte keine Ahnung, dass Sie meine Freundin Catty kennen", sagte Big Mike. Er konzentrierte sich auf sie und durchbohrte sie mit seinem Blick. „Catty und ich kennen uns seit Ewigkeiten."

„Ist das so? Wie klein die Welt doch ist." Mrs. Willis ließ sich in ihren Stuhl fallen. „Sag mal, Catty, wohin ziehst du?"

„Wahrscheinlich in eine kleine Stadt, von der noch niemand etwas gehört hat", murmelte Shelly.

„Ich …" Ihr Herz donnerte in ihrer Brust, als Big Mike sein Hemd hob und eine große Waffe auf seiner Seite zeigte. Ihr Mund wurde trocken und sie fand keine Worte.

„Ich denke, das sollten wir feiern. Ich werde Catty zu ihrer letzten Mahlzeit mitnehmen … hier in New Orleans."

Er sah zu Shelly hinunter. „Shelly, geh schon einmal vor und starte das Auto. Wir sind in einer Minute draußen."

Shelly warf Catty einen Blick zu. Es war klar, dass sie sie nicht in der Nähe von Mike haben wollte.

Dummes Mädchen. Er hatte sie vermutlich einer Gehirnwäsche unterzogen und die naive Studentin dachte, sie sei die einzige Frau in seinem Leben. Wahrscheinlich versuchte er, sie dazu zu bringen, sich in seinem Club auszuziehen.

„Na gut." Shelly nahm die Schlüssel und schlug die Tür hinter sich zu.

„Ich weiß nicht. Es ist wirklich spät. Glaubst du nicht, du solltest einfach nach Hause gehen?" Mrs. Willis runzelte die Stirn, als sie mit ihrem Finger besorgt die Spitze des Stocks streichelte.

Big Mike zog seine Waffe heraus und richtete sie auf den Kopf der alten Frau.

„Nein."

Big Mike lächelte.

„Ich meinte, nein, ich glaube nicht, dass es zum Abendessen zu spät ist. Ich habe noch nicht gegessen, also … ist das ganz gut." Sie war sich nicht sicher, wie sie die Worte herausbekam oder was sie genau sagte. Sie wollte einfach nicht, dass Big Mike ihre Freundin verletzte.

„Gut." Big Mike steckte die Waffe in das Halfter und streckte die Hand aus. „Dann lass uns gehen."

„Leben Sie wohl, Mrs. Willis." Catty umarmte die alte Frau und eine Träne lief über ihr Gesicht. Sie wischte sie mit dem Handrücken weg und ging zu Big Mike.

Sein finsteres Lächeln ließ sie erschaudern. Er legte eine Hand um ihre Schulter und ging durch die Tür.

„Wenn du versuchst, wegzulaufen, werde ich dich erschießen. Dann schleife ich dich zurück in den Club und zeige allen Mädchen, was mit Jemandem passiert, der sich gegen mich stellt", flüsterte er in ihr Ohr.

„Ich bin keine Sklavin. Ich kann kommen und gehen, wie ich will. Du kontrollierst mich nicht", fauchte sie.

Er packte sie am Arm und stieß sie in den Wagen. Shelly drehte sich um und warf ihr einen Blick zu. „Warum ist sie hier? Du hast gesagt, du willst meine Familie treffen, Mike. Darin war sie nicht eingeschlossen."

Big Mike folgte ihr auf den Rücksitz und schlug die Tür zu. Er sah Shelly an und zwang sich zu einem Lächeln. „Schatz, ich muss zurück zum Triple X."

„Aber …"

„Shelly, wenn du deinen verdammten Fuß nicht auf das Pedal drückst, werde ich auf den Vordersitz krabbeln und dir Schmerzen zufügen, wie du sie noch nie gefühlt hast", knurrte er.

Shelly blinzelte.

„Shelly, ich weiß nicht, was er dir gesagt hat, aber er ist nicht so, wie er vorgibt zu sein. Er ist ein Monster", platze es aus Catty heraus.

„Ha. Ich glaube dir nicht, Catty. Du bist so eine Hure. Ich kenne deinen Typ. Du bist nicht mit dem Mann zufrieden, den du hast, du willst mehr. Du und wie heißt er, Lucien? Er ist genug Mann für jedes Mädchen, aber jetzt willst du auch noch Big Mike." Sie starrte sie durch den Rückspiegel an. „Weißt du was? Er gehört mir."

„Er interessiert sich nicht für dich, Shelly. Er interessiert sich nur für sich selbst."

Big Mike schlug ihr mit der Hand ins Gesicht. Sterne tanzten vor ihren Augen, als sie vor Schmerzen aufschrie.

Shelly warf einen ängstlichen Blick über ihre Schulter. „Was machst du da?" Ihre Stimme zitterte und sie sah die beiden mit aufgerissenen Augen an

„Halt den Mund oder du bist als Nächstes dran", drohte er.

Shelly drehte sich um und startete den Motor.

„Weißt du, ich habe dich seit Wochen beschatten lassen, Catty. Ich wusste alles über deine Freundin Mrs. Willis. Ich hatte kein Problem mit dieser alten Ziege. Aber als ich hörte, dass du mit einem großen Biker herumgegangen hast, wusste ich, dass etwas los war. Es war ein Glücksfall, als Shelly ins Triple X kam, und nach einem Job fragte."

„Shelly, warum möchtest du in einem Strip-Club arbeiten? Du bist doch auf der Uni." Catty starrte sie im Spiegel an.

„Es läuft nicht sonderlich gut." Shelly sah sie im Rückspiegel an. „Ich werde mein Stipendium für das nächste Semester verlieren. Ich habe gehört, wie viel Geld Stripperinnen verdienen und gehofft, genug zusammenzubekommen, um meine Studiengebühren zu bezahlen."

„Du hast auch Sachen von deiner Großmutter gestohlen, oder? Wie das silberne Tablett."

Shellys Gesicht wurde rot und sie sah weg. Das genügte Catty als Bestätigung.

„Er wird dich nie wieder aufs College gehen lassen, wenn du anfängst, für ihn zu strippen." Sie traf Shellys Blick. „Er wird nicht zulassen, dass du den Club jemals wieder verlässt, wenn du anfängst dort zu arbeiten."

„Halt die Klappe!" Big Mike schlug ihr erneut ins Gesicht. Sie fing wieder an, Sterne zu sehen und vergrub das Gesicht in ihren Armen.

„Wie auch immer, nachdem ich mit Shelly gesprochen hatte, wurde mir klar, dass sie die Enkelin von Mrs. Willis war. Ich habe ihr gesagt, sie soll dich für mich beobachten. Sie erzählte mir alles über deinen Freund Lucien und wie er Mrs. Willis' Haus besucht hat."

Cattys Herz sank zu ihren Füßen. Die Angst umklammerte ihr Herz und sie versuchte, die Tür zu öffnen. Sie rührte sich nicht.

Er beugte sich an ihr Ohr und flüsterte. „Wusstest du,

dass der Rudelführer von Louisiana keine Arkansas-Werwölfe in seinem Staat mag, besonders keine Wächter, die sich in der Gegend herumtreiben?"

Sie sah Shelly an. Das Mädchen hatte nicht gehört, dass Big Mike Werwölfe gesagt hatte.

„Wie auch immer, ihr beide wurdet von hier aus verfolgt bis, sagen wir mal, Mississippi." Er grinste. „Und es scheint, als stecktest du in einer Riesenmenge Schwierigkeiten, Catty."

Shelly blieb auf einem Parkplatz hinter dem Triple X stehen. Sie drehte sich auf ihrem Sitz um. „Wir sind da."

„Gut. Geh hinein und schnapp dir einen Platz an der Bar. Sag ihnen, ich habe gesagt, du kannst alles haben, was du willst und es geht aufs Haus." Er lächelte sie charmant an.

Sie nickte und warf Catty einen besorgten Blick zu. Sie eilte aus dem Auto und in den Club.

„Du bist so ein Arschloch." Sie warf ihm einen angewiderten Blick zu.

„Und du, mein Schätzchen, bist so tot."

KAPITEL 32

*L*ucien betrat das Triple X und schob sich an der Menschenmenge vorbei zur Bar. Er durchsuchte die Menge nach einer Stripperin, aber alle waren beschäftigt. Die Managerin, er glaubte, ihr Name war Celine, ging mit ihrer Zigarette und ihrem Klemmbrett an ihm vorbei.

Er packte ihren Arm.

„Fass mich nicht an", raunte sie ihn an.

„Entschuldigung. Ich will einen Lapdance. Aber ich sehe keine verfügbaren Mädchen."

„Ja. Heute Nacht ist es voll." Sie legte den Kopf schief. „Bist du nicht der Typ, der den Tanz von Catty bekommen hat?"

„Ja, das bin ich."

Ihre Augen leuchteten auf. Sie musste sich daran erinnert haben, wie viel er bezahlt hatte.

Sie sah auf ihr Klemmbrett und dann wieder auf ihn. „Na komm, ich gebe dir ein Zimmer und schick dir ein Mädchen rein. Irgendwelche Vorlieben?"

„Blond." Er legte ein Bündel Geld auf ihr Klemmbrett.

„Verstanden", grinste sie. „Komm mit."

Sie ging voran zu den Privaträumen im hinteren Teil des Gebäudes.

„Ich möchte Privatsphäre, wenn Sie verstehen, was ich meine." Er warf ihr einen Blick zu.

„Sicher, Kumpel." Sie brachte ihn in den vorletzten Raum und öffnete die Tür. Sie winkte ihn herein. „Hier wird euch niemand stören. Gib mir ungefähr fünf Minuten und ich schicke Bambi rein. Du wirst mit ihr mehr als zufrieden sein." Sie grinste und ging den Flur hinunter.

Lucien streckte den Kopf in den Flur.

Er war leer.

Er ging leise zur letzten Tür. Er studierte das Vorhänge-schloss. Die Musik im Club war laut genug, um das Geräusch zu überdecken, wenn er das Schloss aufbrach. Er warf einen Blick über die Schulter und stellte sicher, dass niemand im Flur war. Er wandte sich wieder der verschlossenen Tür zu und rammte seine Schulter gegen das Holz. Die Tür löste sich aus dem Schloss und öffnete sich.

Ein kurzer Blick in das Innere verriet ihm, dass niemand da war. Er trat ein und schloss die Tür hinter sich. Er musste sich schnell bewegen, bevor Celine bemerkte, dass er weg und die Tür geöffnet war.

Seine Augen gewöhnten sich schnell an die Dunkelheit und er durchsuchte den Raum.

Er war klein und hatte ein vom Boden bis zur Decke reichendes Regal, gefüllt mit Toilettenpapier, Kisten voll Alkohol und Cocktail-Servietten. Auf der anderen Seite der Mauer war ein großes Bild von Engeln, die am Himmel schwebten. Er schaute nach unten, um zu sehen, ob es viel-leicht eine Öffnung im Boden gab, die nach unten führte.

Nichts. Nicht einmal ein Gitter. Er fuhr sich mit der Hand durch die Haare und biss die Zähne zusammen.

Frustriert schlug er gegen die Wand, an der das Bild hing. Ein hohles Geräusch hallte in dem kleinen Raum wider.

Er blieb stehen. Diese Wand sollte nicht hohl sein.

Er schnappte sich den Bilderrahmen und zog.

Das Bild bewegte sich und gab ein Treppenhaus preis.

„Ich fasse es nicht." Er nahm sein Handy heraus und schickte Barrett eine kurze Nachricht mit der genauen Position. Barrett würde sein Ungehorsam zwar aufregen, aber er würde sich später damit befassen.

Jetzt musste er Mitchell retten, wenn er noch lebte.

Er ging vorsichtig die Treppe hinunter. Der muffige Geruch feuchter Wände und Schimmel schien in seine Knochen zu dringen.

Schmerz schoss durch seinen Kopf und Licht blitzte hinter seinen Augen auf. Er drehte sich noch rechtzeitig um, um zwei große Männer mit Baseballschläger aus Metall zu sehen, bevor sie ihn niederschlugen. Das letzte, was er hörte, war bedrohliches Gelächter.

* * *

„Das ist weit genug." Big Mike führte sie in dem Club in den Lagerraum. Er bewegte ein Gemälde und enthüllte eine geheime Öffnung in der Wand. Er führte sie in einen unterirdischen Raum, der von Lampen beleuchtet wurden, die offensichtlich von einem Generator betrieben wurden.

Sie würgte, als der Geruch von Blut und Kot sie überwältigte. Sie drückte ihre Hand an ihren Mund und versuchte, ihren Atem zu verlangsamen.

Es roch nach Horror und Tod.

Ein Stöhnen auf der anderen Seite des Raums zog ihre Aufmerksamkeit auf sich, als ihr Herz wie eine Trommel schlug.

„Ich habe jemanden, den du treffen solltest, Catty." Big

Mike trat an die unbeleuchtete Wand. Etwas bewegte sich im Schatten, aber sie konnte nicht ausmachen, was es war.

Er schnappte sich eine der Deckenlampen und bewegte sie so, dass Licht auf die Wand fiel.

Sie schnappte nach Luft.

Dort war ein geschlagener und blutiger Mann mit dem Gesicht zur Wand angekettet. Er war nackt und sein Rücken war ausgepeitscht worden, bis sich Blut auf dem Boden sammelte. Er keuchte, als er nach Luft rang.

Von seinem Geruch her wusste sie, dass er ein Werwolf war.

Big Mike griff nach dem Haar des Mannes und zwang ihn, sie anzusehen. „Erkennst du ihn, Catty?"

Sie schüttelte den Kopf. „Nein."

„Hmm. Also kennst du Mitchell nicht. Das ist interessant." Er ließ den Mann los und ging zur anderen Seite des Zimmers. „Ich habe mir nur gedacht, da du einen Wächter kennst, kennst du sie alle."

„Worüber redest du? Ich kenne keine Wächter." Wusste Big Mike von Zane? Hatte er herausgefunden, dass Zane ihr Bruder war?

„Lass es uns noch einmal versuchen. Hier ist ein bekanntes Gesicht, das du vielleicht erkennen wirst." Big Mike grinste und drehte erneut das Scheinwerferlicht an der Decke.

Übelkeit stieg ihren Hals hinauf. Schrecken ließ sich in ihrem Bauch nieder, als sie den Mann an der Wand ansah.

Er trug nur eine Jeans. Seine nackten Füße berührten nicht einmal den Boden, da die Ketten, die um seine Handgelenke gewickelt waren, ihn in eine Kreuzigungsposition hoben. Sein Kopf senkte sich und er versuchte zu sprechen. Er hob den Kopf und Blut lief aus einem tiefen Schnitt in der Nähe seines Auges über sein Gesicht. Sein Gesicht war von den Schlägen, die er erhalten hatte, kaum mehr zu erkennen. Aber sie würde diese Augen überall erkennen.

Lucien.

* * *

„Scheiße!" Barrett knurrte und starrte sein Handy an.

„Was ist los?" Damon sah zu ihm hinüber, als der Rest der Wächter von den Motorrädern stieg und sich um den Parkplatz an der Bourbon Street sammelte.

„Verdammter Lucien. Dieses Arschloch hat meine Anweisungen missachtet und ist alleine auf die Suche nach den verschwundenen Wächtern losgezogen." Er hielt sein Handy hoch, damit Damon die Nachricht lesen konnte.

„Es gibt also einen Tunnel unter dem Triple X." Zane legte den Kopf schief. „Warum gibt es diese Tunnel in New Orleans?"

„Sie wurden vor vielen Jahren als Transportwege genutzt. Bevor es Autobahnen und Züge gab. Und außerdem gab es das Problem mit den Überschwemmungen." Damon zuckte mit den Schultern.

„Also, wie lautet der Plan?" Damon sah Barrett an.

„Der Plan ist, hineinzugehen und alle meine Wächter herauszuholen." Barrett sah alle seine Männer an. „Es ist mir egal, in welchem Zustand sich die Leiche oder die Leichen befinden. Ich will sie zurück haben. Sie alle!"

„Verstanden, Boss." Jayden nickte und spannte seine Finger an.

„Der andere Teil des Plans ist zu überleben." Er sah jedem seiner Männer in die Augen. „Tut, was immer ihr tun müsst, um zu überleben."

Sie nickten bedächtig ob der Bedeutung seiner Worte. Er drehte sich um, steckte sein Handy weg und eilte mit seinen Männern hinter sich zum Club.

KAPITEL 33

„Tu ihm nicht weh", rief Catty. Sie versuchte, zu Lucien zu gelangen, aber zwei von Big Mikes Männern traten aus den Schatten und packten sie an den Armen. Sie schrie und trat um sich, aber sie konnte sich nicht befreien.

„Oooh. Ist das nicht süß?" Big Mike schlug Lucien ins Gesicht. „Ich glaube, sie mag dich, Mann. Weißt du, ich erinnere mich an eine Zeit, als sie es nicht erwarten konnte, auf mich zu klettern und mich wie einen Hengst zu reiten. Catty ist ziemlich professionell im Bett, meinst du nicht auch?"

Lucien knurrte und versuchte, sich nach vorne zu werfen, aber die eisernen Griffe hielten ihn zurück.

„Weißt du, Catty, es ist wichtig, dass Lucien dich so sieht, wie du wirklich bist. Nur eine Stripperin, die sich für jedermann auszieht. Männer wie er legen sich nicht auf Frauen fest, die voller Sünde sind. Und das, mein Mädchen, bist du."

„Und du bist der Teufel selbst", spuckte sie aus.

„Das bin ich." Er trat näher an sie heran. „Wenn ich gewusst hätte, dass Jill angefangen hatte, dir Ideen in deinen Kopf zu pflanzen, hätte ich das Mädchen früher getötet."

„Du hast Jill getötet? Warum? Sie hat dir nichts getan!"

„Jill wurde zu neugierig. Sie kam, um ihren letzten Gehaltsscheck abzuholen und folgte einem meiner Männer hier hinunter. Sie versteckte sich, bis er ging, als sie den alten Mitchell sah, der wie eine Weihnachtsgans aufgehängt war. Dummes Mädchen. Sie versuchte gerade, ihn zu befreien, als ich sie hier unten gefunden habe." Er zuckte mit den Schultern. „Ich musste sie töten. Ich hatte keine Zeit, die Leiche zu begraben. Ich bin ein beschäftigter Mann und habe viel zu erledigen. Also befahl ich meinen Männern, sie am Hafen zu entsorgen. Damit die Vögel sich an ihrem hübschen Gesicht erfreuen."

„Du Arschloch."

„Aber, aber. So spricht man nicht mit einem alten Freund." Big Mike sah von ihr zu Lucien. „Wenn du dachtest, du hättest eine Chance mit Lucien, dann hat er dich die ganze Zeit angelogen. Er ist ein Wächter, musst du wissen."

„Nein, ist er nicht." Sie schaute von Big Mike zu Lucien. Er hatte kein Tattoo. Wächter hatten immer das Tattoo. Big Mike log.

Big Mike lachte laut auf. „Moment mal. Er hat dir nicht gesagt, dass er ein Wächter ist, oder?" Er brach in schallendes Gelächter aus. „Das ist verdammt nochmal unbezahlbar."

„Lass sie in Ruhe", knurrte Lucien.

„Lucien? Sag ihm, dass es nicht stimmt." Unbehagen schlängelte sich ihren Rücken hinunter und sie wusste, als sie seinen Blick traf, dass er sie angelogen hatte.

Warum hatte er es ihr nicht erzählt? Wenn er diesbezüglich nicht ehrlich gewesen war, wann hatte er sonst noch gelogen?

„Ich denke, er hat dich benutzt, bis zu seinem nächsten Stück Fleisch." Big Mike schüttelte den Kopf.

„Wieso machst du das?" Sie sah ihn unter ihren Wimpern an.

„Wächter foltern?" Bike Mike sah sie an und legte den Kopf schief. „Nun, erstens, weil ich es hasse, dass sie sich immer in meine verdammten Angelegenheiten einmischen. Immer kamen irgendwelche verdammten Wächter in meinem Club und verursachten Probleme. Sie wollten, dass ich meine Mädchen verwöhne, wollten kein Sex und keine Drogen im Club. Sie verstehen nicht, dass ich ein Geschäft führen muss. Also habe ich mich mit Edward Boudier, unserem eigenen Rudelführer, unterhalten. Ich sagte ihm, dass ich es nicht schätze, dass seine Wächter mir Ärger machten. Er stimmte tatsächlich zu. Er sagte, er würde sich seiner eigenen Wächter entledigen." Zorn lag in seinem Blick, während er auf einen Tisch zuging, auf dem zahlreiche Messer und Operationswerkzeuge angeordnet waren.

„Zweitens: Wenn der Rudelführer deines Heimatstaates dir einen Befehl und eine hohes Belohnung gibt, um Wächter zu jagen, hinterfragst du ihn nicht."

„Wie hast du sie gefangen?" Sie musste ihn weiter reden lassen. Solange er redete, konnte er Lucien nicht schaden.

„Nun, nachdem ich eine Liste der Arkansas-Wächter bekommen habe, habe ich eines der Mädchen angewiesen, Heimy anzurufen. Sie erzählte ihm, seine Mutter habe einen Autounfall gehabt und er müsste nach New Orleans zurückkehren. Er war so besorgt, dass er nicht einmal Barrett erzählte, was passiert war. Ist einfach nach New Orleans gefahren.

„Wir haben ihn uns geschnappt, als er auf dem Parkplatz des Krankenhauses eintraf. Es ist uns gelungen, ihn lange genug auszuschalten, um ihn nach hier unten zu bringen." Er lächelte. „Heimy war ein harter Kerl. Sogar nachdem wir seinen Rücken gehäutet und ihm die Hand abgeschnitten hatten, hielt sich dieses Arschloch noch stundenlang. Weigerte sich zu sterben." Big Mike schüttelte den Kopf.

JODI VAUGHN

„Also schnitt ich ihm endlich den Kopf ab und ließ ihn in den Sumpf werfen."

„Das dort ist Mitchell." Er zeigte auf die Gestalt an der Wand. „Nun, wir hatten Glück mit ihm. Er befand sich an der Grenze zwischen Arkansas und Louisiana. Einer meiner angestellten Werwölfe folgte ihm in eine Bar. Bespritzte ihn mit etwas Silber, was ihn schwächte, und karrte ihn dann hierher. Für mich, zum Spielen."

„Oh mein Gott." Sie konnte das Zittern, das ihren ganzen Körper durchzog, nicht aufhalten. Sie würde sterben. Lucien würde sterben. In einem Tunnel voller Blut, Abfall und Hass.

„Wie werden Edward Boudiers Wächter sich fühlen, wenn er es erlaubt, dass die Arkansas-Wächter getötet werden?"

„Edward schert sich einen Dreck darum, was die Louisiana-Wächter denken. Warum denkst du, feuert er sie einen nach dem anderen? Er will den Staat selbst regieren, ohne jemandem, dem er Frage und Antwort stehen muss."

„Du musst das nicht tun", flehte sie.Er griff nach einem der schrecklichen Instrumente. „Weißt du, was das ist? Das ist ein Rippen-Spreizer, wie er für Operationen am offenen Herzen verwendet wird. Hast du schon einmal das Innere der Brust eines Mannes gesehen, Catty? Weißt du, wie aufregend es ist, den Brustkorb aufzubrechen und sein Herz in seiner Brust schlagen zu sehen? Oder ihn schreien zu hören, wenn man sein Herz herauszieht?"

„Du kannst Lucien nicht töten. Er hat kein Wächter-Tattoo auf dem Rücken." Ihr Herz überschlug sich in ihrer Brust. Er würde Lucien töten, aber zuerst würde er ihn foltern. Sie musste ihn irgendwie aufhalten.

„Arkansas scheint anscheinend einige lockere Regeln in Bezug auf ihre Wächter zu haben. Nicht alle haben ein Tattoo. Ich hätte ihn beinahe übersehen." Er stand nicht auf meiner Liste. Gut, dass ich in Arkansas eigene Informanten

292

habe." Er starrte Lucien an. „Genug mit all dem Gerede. Kommen wir zur Sache."

Er sah sie über die Schulter an. „Ich werde deinen Werwolf bei lebendigem Leib häuten und du wirst zusehen."

* * *

„WAGE ES NICHT SIE ANZUFASSEN." Lucien zwang die Worte heraus. Der Schmerz, von dem Schlag mit einem Baseballschläger auf den Kopf, war nichts im Vergleich zu der Wut über das, was Big Mike Catty antun würde. Er wollte sich bewegen, aber die silbernen Handschellen an seinem Arm hinderten ihn daran.

Wenn er nur nach unten kommen könnte …

„Ich verrate dir etwas, Wächter. Wenn du ein Geräusch von dir gibst, während ich das Fleisch von deinen Knochen abziehe, werde ich aufhören und Catty wird deinen Platz einnehmen." Seine manischen Augen funkelten vor Freude. „Ich habe noch nie eine Frau ohne Haut gesehen. Glaubst du, sie wird noch so hübsch aussehen, wenn ich fertig bin?" Er lachte.

„Du bist ein krankes Schwein." Sein Körper pulsierte vor Zorn.

Big Mike hörte auf zu lachen und packte Luciens Gesicht. „Nenn mich nicht so. Ich bin nicht krank. Ich bin der Einzige, der hier bei Verstand ist." Er schnaubte. „Ich weiß, was du tust. Du versuchst Zeit zu schinden, Werwolf. Das wird nicht funktionieren. Lass uns anfangen."

Lucien biss die Zähne zusammen, als Mike das Messer in einem langsamen, qualvollen Schnitt über seine Brust zog. Der weiße, heiße Schmerz traf ihn, als würde er lebendig verbrannt.

Catty schrie auf.

Lucien biss die Zähne zusammen und schloss seine Augen ganz fest.

Egal was kam, er würde keinen Ton von sich geben.

*   *   *

Sie waren ohne Probleme in das Triple X gekommen, aber als sie versucht hatten, Zugang zu den Hinterzimmern zu erhalten, hatten sie die Sicherheitskräfte daran gehindert. Barrett, Jayden und Damon schalteten sie schnell aus, während die anderen Wächter nach dem Raum suchten. „Ich habe den Schrei einer Frau gehört." Zane sah zu Barrett hinüber.

„Hurensohn." Barrett drückte seine Hand in die Mitte von Jaydens Brust. „Zane, ich möchte, dass du zurückbleibst und den Eingang bewachst."

„Warum ich?"

„Weil ich es verdammt nochmal gesagt habe. Haben wir uns verstanden?" Barrett knurrte. Das letzte, was er brauchte, war, dass Zane seine gefolterte Schwester sah.

„Ja. Selbstverständlich." Zane runzelte die Stirn, blieb aber oben an der Treppe zurück.

Barrett reichte Zane seine 45er. „Hier, nimm das." Er sah Damon, Jayden und Jaxon an. „Der Rest von euch wandelt sich. Ich möchte in diesen Raum gelangen und Lucien und den Rest der Wächter finden."

Barrett wartete nicht auf eine Bestätigung von seinen Männern, bevor er begann, sich in seine Werwolf-Form zu wandeln. Der vertraute Schmerz, wenn sich seine Knochen verlängerten und sich die Knorpel bewegten, schossen durch seinen gesamten Körper. Er nahm Luciens Geruch wahr und er konnte Blut riechen.

Er warf den Kopf nach hinten und knurrte. Der Tunnel vibrierte unter seine Stimme. Er sah über seine Schulter zu seinen Männern, die sich alle gewandelt hatten, mit Ausnahme von Zane.

Er nickte einmal und ging den Tunnel hinunter.

Der Tunnel vibrierte um ihn herum, als ihm in die Haut geschnitten wurde. Lucien zitterte, während er seine Schreie zurückhielt.

Er presste seine Augen zusammen und weigerte sich, Cattys Gesicht anzusehen. Er konnte sie nicht so sehen.

Zumindest wusste Barrett, wo er nach seinem Körper suchen sollte. Wenn Barrett rechtzeitig hier eintraf, könnte Catty gerettet werden. Sein Tod wäre das einzige Opfer dieser Mission.

Das ist alles, was er wollte. Das ist alles, wofür er betete.

Als er einen Atemzug nahm, um den nächsten Schnitt in seine Haut auszuhalten, hallte ein monströses Heulen im Tunnel wider, stach in seinen Ohren und rasselte in seinem Gehirn. Mit all der Energie, die er noch aufbringen konnte, hob er den Kopf und erwartete, den Teufel selbst in diese schreckliche Hölle aufsteigen zu sehen.

Was er nicht erwartet hatte, war der riesige Werwolf – sein Rudelführer.

KAPITEL 34

*B*arrett platzte mit seinen Wächtern auf den Fersen in den Raum. Er sah Mitchell an der Wand hängen, kaum mehr am Leben. Er sah sich um und entdeckte Lucien, der gerade bei lebendigem Leibe gehäutet wurde.

Er stürzte auf Luciens Peiniger zu und schlug ihn zu Boden. Er schlug ihm das Messer aus der Hand und die Klinge rutschte über den Betonboden.

Barrett sah einen Anflug von Angst in den Augen des Mannes, bevor er sich auf seine Kehle stürzte. Knochen und Knorpel knackten unter seinen Zähnen, als er zubiss. Er riss den Kopf nach oben und riss die Kehle des Mannes aus dem Hals. Blut schoss hervor, als sich die Augen des Mannes vor Panik und Angst weiteten. Er öffnete den Mund, aber Barrett schlug mit der Pfote darüber.

Barrett wollte Blut und Rache für das, was seinem Rudel angetan wurde und er würde sie verdammt nochmal heute bekommen.

Ein weiblicher Schrei ließ ihn über die Schulter schauen.

Catty Steele.

Er spuckte den blutigen Hals des Mannes aus, während er

zusah, wie Damon und Jayden sich den beiden Männern näherten, die Catty festhielten.

Ihre Finger fanden die silberne Halskette und sie riss sie ab. Sie stach einem ihrer Bewacher damit ins Auge. Er schrie auf und fiel auf die Knie, als zwei Werwölfe – Damon und Jayden – über die beiden herfielen. Catty sah extrem verängstigt aus, war aber ansonsten unverletzt.

Jaxon war schon bei Lucien, seine Pfoten auf der Brust und sein Gesicht leckend, um sich zu vergewissern, dass er am Leben war.

Barrett wandelte sich wieder in einen Menschen und sah Catty an.

Sie begegnete seinem Blick, ohne zu zögern.

„Du bist Catty, richtig?"

„Ja", flüsterte sie.

„Du hast ungefähr zehn Sekunden, bevor dein Bruder hier hereinstürmt. Reiß dich zusammen und versichere ihm, dass es dir gut geht." Er sah Lucien an. „Ich muss mich um Lucien kümmern."

Catty kam ihm zuvor und rannte zu Lucien. Sie streifte sein blutiges Haar von seiner Stirn. „Lucien, bitte öffne deine Augen. Bitte sei nicht tot."

Barrett griff nach den Ketten, die Luciens Hände banden. „Er ist nicht tot. Noch nicht." Er zog die Ketten auseinander und Lucien ließ sich auf die Seite fallen. „Zurück. Ich muss ihn herunterholen."

„Jaxon, wandle dich zurück", befahl Barrett über seine Schulter. Er wusste, dass er nicht nackt vor Zanes Schwester herumlaufen sollte, aber er hatte größere Sorgen, als sich darum zu scheren, ob er sie in Verlegenheit brachte.

Jaxon wandelte sich zurück und schlang seine Arme um Luciens Taille, um sein Gewicht zu tragen, während Barrett sein anderes Handgelenk befreite.

Lucien sackte zusammen und Blut schoss aus den Wunden in seiner Brust. Barrett legte ihn auf den Boden.

Er sah zu Jaxon hinüber. „Geh Mitchell losschneiden und sie nach ihm. Und dann sag Zane, wir brauchen einen Transport aus der Stadt. Etwas, das uns und unsere Motorräder transportieren kann."

Damon und Jayden töteten die beiden Wachen und wandelten sich wieder in ihre menschliche Form. Mit dem Blut ihrer Feinde bedeckt, standen sie besorgt über Lucien.

„Wir müssen so schnell wie möglich hier raus."

Barrett sah zurück auf seinen Wächter und fluchte leise. „Lucien, bleib am Leben. Hörst du." Er schaute zu Catty auf. Er wusste, dass sie ihm etwas bedeutete. „Sag es ihm, Catty. Sag ihm, er soll verdammt nochmal nicht sterben."

Sie vergrub ihr Gesicht gegen Luciens und flüsterte ihm etwas zu.

Er sah sich um und griff ein paar schmutzige Laken, die auf dem Boden lagen. Er formte schnell einen Verband daraus. Bevor er ihn über Luciens klaffende Brust legte, hielt Barrett inne. Er sah sich auf dem Boden um und fand das Messer. Er hob es auf, schnitt in seine Hand und machte eine Faust.

„Was machst du da?", flüsterte Catty.

„Er wird mir später dafür danken." Er drückte seine Hand über der Wunde zusammen. Blut tropfte aus seiner Hand in Luciens Wunde. Er griff nach dem provisorischen Verband und band ihn um Luciens Brust.

„Ich kann keinen Transport aus New Orleans heraus beschaffen. Es wird Stunden dauern, bis jemand hierher kommt", schrie Zane und stürmte herein.

Zane blieb stehen und sah sich das blutige Gemetzel an. Er sah zu Barrett und dann zu Lucien, der auf dem Boden lag. Catty hob den Kopf und sah ihn an.

„Katy?" Zanes Stimme brach. „Oh mein Gott, geht es dir

gut?" Er kniete sich neben sie und zog sie in seine Arme. „Wurdest du verletzt? Was machst du hier?"

„Mir geht es gut, Zane." Sie wischte sich die Tränen ab und sah Lucien an. „Lucien nicht."

Zane runzelte die Stirn und sah den Wächter an.

„Wird er es schaffen?" Zane sah Barrett an.

„Hör auf, über mich zu reden, als wäre ich nicht hier", presste Lucien heraus.

Alle im Raum eilten herbei und knieten sich neben ihn.

„Es ist nur ein verdammter Kratzer", murmelte er.

Catty vergrub ihr Gesicht in seiner Halsbeuge und schluchzte.

„Das ist mehr als ein Kratzer, Alter." Jaxons Ton war düster und besorgt.

„Es wird schon wieder." Er lächelte schwach.

„Also, wie zum Teufel werden wir hier herauskommen?", fragte Jayden.

„Wir gehen hier heraus."

Alle drehten sich zu der unbekannten Stimme am anderen Ende des Raumes um. Barrett sprang auf, bereit sich zu wandeln. Seine Wächter flankierten ihn und bildeten eine Schutzwand zwischen der Gefahr und Lucien.

„Ganz ruhig. Ich will keinen Kampf. Am allerwenigsten mit dem Arkansas-Rudelführer." Die Gestalt trat ins Licht. Er war von Kopf bis Fuß mit seiner typischen schwarzen Lederkluft bekleidet und hielt die Hände hoch.

„Lorcan." Barrett legte den Kopf schief. „Was zum Teufel willst du? Bist du gekommen, um dich über die Leiche deines Bruders zu freuen?"

„Bruder?" Jayden sah von Lucien zu Lorcan. „Heilige Scheiße, Lorcan ist Luciens Bruder? Wusstet ihr das?" Er sah sich im Raum um und die anderen Wächter schüttelten die Köpfe.

„Klingt nicht so, als wären alle glücklich darüber", sagte

Lorcan. Er verzog das Gesicht, als sein Blick auf Lucien landete. „Warum zum Teufel ist Lucien hier? Ich sagte ihm, er solle nicht nach Louisiana zurückkehren. Dass es zu gefährlich sei."

„Nun, er hat nicht auf dich gehört. Lucien war auf einer Mission, um meine Wächter zu finden." Barrett nickte über seine Schulter. „Wir haben Mitchell, aber Heimy fehlt noch."

Lorcans Augen verdunkelten sich. „Er fehlt nicht. Er ist tot. Wie ich Boudier kenne, hat er ihn wahrscheinlich den Alligatoren im Sumpf zum Fraß vorgeworfen."

„Du Arschloch", stieß Zane aus, aber Barrett fing den Werwolf ab, bevor er auf ihn losgehen konnte.

„Was machst du hier, Lorcan? Jagen die Louisiana-Attentäter jetzt Wächter? Ist es das, was dein Rudelführer dir aufgetragen hat?" Wut kochte in Barretts Adern, bis er von Hass erfüllt war.

„Du würdest es mir nicht glauben." Lorcan sah weg und dann zu Barrett. „Jetzt müsst ihr aber erstmal hier heraus." Lorcan zog sein Handy heraus und tippte eine Nachricht. Ein paar Sekunden später klingelte es mit einer Nachricht.

„Scheiße." Er schlug mit der Hand gegen die Tunnelwand. Aus dem Loch, das er hinterlassen hatte, fiel Beton zu Boden. „Ich dachte, ich hätte einen Krankenwagen, der deine Männer hier wegbringen könnte. Aber er steckt fünf Blocks von hier im Stau."

„Wieso machst du das? Wieso hilfst du uns?" Barrett traute den Assassinen nicht.

„Weil ich den Rudelführer unseres Staates nicht mag. Weil Tyrannen wie er immer einen Weg finden werden, andere leiden zu lassen. Ich glaube an das Gesetz und Gerechtigkeit, deshalb wurde ich ein Assassine. Boudier ist alles andere als gerecht. Er regiert seinen Staat mit Angst. Ich will weg von ihm."

„Ich glaube dir nicht."

„Dann eben nicht. Mein Ziel ist es, Lucien hier herauszu-holen." Er sah seinen Bruder an. „Ich schulde ihm das."

„Du schuldest ihm mehr als das."

Das schrille Geräusch eines Handys hallte in dem höhlen-artigen Raum wider.

„Es ist nicht meins." Lorcan streckte die Hände aus.

Alle sahen sich um, bevor sie Jayden ansahen.

Jayden runzelte die Stirn, sah sich nach den Überresten seiner Klamotten um und zog dann sein Handy aus seiner zerrissenen Jeans hervor.

„Hallo?"

Jeder beobachtete, wie er dem unbekannten Anrufer aufmerksam zuhörte.

Er legte auf.

„Wir haben unsere Mitfahrgelegenheit. Direkt vor der Tür des Clubs." Er schüttelte den Kopf und schnaubte.

„Wer war das?", fragte Barrett.

„Granny!"

KAPITEL 35

D ie Wächter marschierten direkt aus dem Triple X, während sie Lucien und Mitchell trugen.

Barrett hatte in seinem Leben einige seltsame Dinge gesehen, aber die Tatsache, dass sie nackt in die Öffentlichkeit gingen, war eine Sache, die er niemals vergessen würde. Sie hatten während des Wandelns ihre Kleidung zerrissen, so dass nur Zane und Catty bekleidet waren.

Lorcan trat neben sie und hielt jeden zurück, der es wagte, näherzukommen.

Zum Glück hatte Catty die Geistesgegenwart, einige Tischdecken von den Tischen zu holen und Mitchell und Lucien zu bedecken.

Granny wartete, wie sie versprochen hatte, auf dem Fahrersitz und Haley auf dem Beifahrersitz eines alten Wohnmobils.

Alle kletterten hinein und knallten die Tür zu, bevor Granny losfuhr.

„Große Güte, keiner von euch hat Kleidung an." Sie presste die Lippen zusammen. „Ich schwöre, ich habe noch nie in meinem ganzen Leben so viele Monde gesehen."

„Granny, ich hätte nie gedacht, dass ich das sagen würde, aber ich bin verdammt froh, dich zu sehen", gab Barrett zu.

Ihr Gesicht hellte sich auf, als sie auf die Hauptstraße abbog. „Heißt das, du wirst mich als Mitarbeiterin einstellen?"

„Nein!", antworteten sie alle gleichzeitig.

Sie schnaubte.

„Hey, Liebling." Jayden ging zu Haley und küsste sie.

„Selber hey." Sie kicherte.

„Woher wusstest du, wo wir waren?" Jayden band schnell ein Handtuch, das er im Badezimmer gefunden hatte, um seine Taille.

„Ich wusste, dass etwas komisch war, als ich Lucien sah. Also habe ich Haley überredet, etwas länger zu bleiben. Als wir hier waren, traf ich diese junge Dame dort." Sie deutete zu Catty. „Im Café. Ich konnte Luciens Geruch an ihr riechen und wusste, dass sie zusammen waren. Ich weiß, dass Barrett auf allen Handys seiner Wächter eine GPS-Ortungs-App installiert hat. Also habe ich mich hineinge-hackt und herausgefunden, wo Lucien war. Und ich habe gesehen, dass ihr alle in diese Richtung unterwegs wart. Also bin ich geblieben. Ich habe mir schon gedacht, dass ihr Jungs Hilfe braucht, um aus dem Schlammassel heraus zu kommen."

„Du hast dich in mein System gehackt?" Barrett spürte wieder eine Migräne aufziehen.

„Nicht ich, ich hatte Hilfe."

„Von wem?"

„Das kann ich dir nicht sagen." Granny winkte mit der Hand in die Luft. „Wie auch immer, wir haben gesehen, wie ihr in die Stadt kamt, und wir sind euch zum Triple X gefolgt. Als ihr nicht wieder herauskamt, wusste ich, dass es Ärger gibt und ihr Hilfe braucht. Also habe ich dieses Wohn-mobil beschlagnahmt, um euch zu holen."

„Beschlagnahmt? Du meinst, du hast es gestohlen." Jaydens Mund klappte auf.

Haley schüttelte den Kopf. „Sie sagte, sie würde mit diesem alten Mann ausgehen, wenn sie sich das Wohnmobil leihen dürfte."

„Nun, ich habe gelogen. Ich mag keine glatzköpfigen Männer. Außerdem hatte er Mundgeruch. Ich werde es später von jemandem zurückfahren lassen." Sie zuckte mit den Schultern.

„Was ist mit unseren Motorrädern?", fragte Damon.

„Überlasst das mir." Lorcan zog sein Handy heraus. Er wählte eine Nummer und legte nach einem kurzen Gespräch auf. „Ich habe Brutus und Killan beauftragt, sich darum zu kümmern. Sie werden sie aufladen und nach Arkansas zurückbringen." Er schielte zu Barrett. „Das heißt, wenn es in Ordnung ist, dass wir in deinen Staat kommen?"

Barrett stierte ihn an. „Gnade dir Gott, wenn auch nur eines der Motorräder den kleinsten Kratzer hat."

„Verstanden." Lorcan nickte.

„Also was jetzt?" Damon kam und stellte sich zu Barrett. Einige der Wächter versammelten sich um Lucien auf dem Bett, während sich der Rest um Mitchell auf der Couch drängte.

„Jetzt fahren wir nach Hause und erzählen alles den anderen Rudelführern." Barrett sah Lorcan an. „Weißt du, ob ein anderer Staat involviert ist?"

Er schüttelte den Kopf. „Ich glaube nicht. Wenn dem so wäre, hätte Boudier damit geprahlt."

„Was willst du als Gegenleistung für deine Hilfe, Lorcan?" Jeder wollte etwas. So funktionierte es nun mal.

Er ging zu Lucien und senkte die Stimme, als er sich an Barrett wandte. „Ich möchte die Vergebung meines Bruders."

„Du hast etwas getan, das die meisten unverzeihlich

finden, Lorcan", erklärte Barrett. „Als du seinen Rücken vernarbt hast. Er konnte niemals das Wächter-Tattoo tragen."

„Genau deshalb habe ich es getan." Er sah auf, seine Augen waren voller Schmerz. „Als ich herausfand, was Boudier war und wie grausam er gegenüber seinen eigenen Wächtern war, akzeptierte ich die Position nicht. Ich habe gelogen und meinen Eltern gesagt, dass ich nicht aufgenommen worden bin. Ich hatte keine Ahnung, dass Lucien sich bewerben würde. Wir haben uns gestritten und ich wollte ihn aufhalten. Ich habe ihn aus Versehen ins Feuer gestoßen. Als ich ihn herauszog und seinen Rücken sah, wusste ich, dass Boudier niemanden akzeptieren würde, der nicht perfekt war. Also habe ich Salz in die Wunde gestreut, damit sie nicht heilen konnte. Er fühlte den Schmerz für Monate, aber ich fühle ihn seitdem jeden Tag meines Lebens."

„Ich dachte, er wäre zumindest vor Boudier sicher, wenn er kein Wächter wäre." Er sah zu Barrett. „Ich habe nicht damit gerechnet, dass ein anderer Rudelführer ihn in sein Rudel aufnehmen würde."

„Ich schaue nicht auf das Äußere. Ich sehe mir lieber die Seele eines Mannes an", erklärte Barrett.

„Alles, was ich möchte, ist die Vergebung meines Bruders. Es ist die eine Sache, die ich nie haben konnte."

„Es ist das Einzige, nach dem du nie gefragt hast", flüsterte Lucien. Alle drehten sich um und schauten ihn an.

Im Raum wurde es still. Lucien öffnete die geschwollenen Augen und sah seinen Bruder an.

„Ich vergebe dir, Bruder." Lucien schloss die Augen und schlief ein.

* * *

CATTY BESUCHTE LUCIEN IM KRANKENHAUS, bevor sie ihre

wenigen Sachen zusammensammelte. Barrett hatte ihr erlaubt, an Luciens Bett zu bleiben, mit strengen Anweisungen, dass ihre Familie sie in Ruhe lassen sollte. Er wusste, dass sie noch nicht bereit war, ihre Eltern zu sehen, und sie schätzte die Zeit mit Lucien.

Lucien war in den letzten Tagen schnell geheilt und sie fragte sich, ob es etwas mit Barretts Blut zu tun hatte.

Sie warf einen Blick auf die Uhr und schnappte sich ihre Tasche.

Sie konnte es nicht länger aufschieben. Sie hatte andere Aufgaben, um die sie sich kümmern musste. Aufgaben, zu denen auch ihre Eltern und Zane gehörten.

Sie trat aus dem Gebäude in den Sonnenschein und blinzelte. Sie war nicht draußen gewesen, seit sie in Little Rock angekommen waren, und sie wünschte, sie hätte eine Sonnenbrille, um sie vor dem Sonnenlicht zu schützen. Sie war mit nichts als den Kleidern am Leib hierhergekommen. Alles andere war in New Orleans geblieben. Sogar ihr Geld.

Sie ging den Seitenweg entlang in Richtung eines Restaurants, wo ihre Eltern und Zane auf sie warteten, um ihr eine Menge Fragen zu stellen. Sie hatte Barrett dazu gebracht, dieses Treffen zu arrangieren, damit sie alle miteinander sprechen konnte. Sie wollte das hinter sich bringen und mit ihrem Leben weitermachen.

Als sie die Eingangstür erreichte, atmete sie tief ein und öffnete die Tür. Sie trat ein. Sofort entdeckte sie ihre Mutter, die sich nach ihr umsah und erstarrte. Als ihre Mutter ihren Blick traf, eilte sie auf sie zu. Ihr Vater war direkt dahinter.

„Katy." Ihre Mutter umarmte sie fest und ließ sie nicht wieder los. Tränen liefen über Cattys Gesicht und Emotionen stiegen in ihrem Hals auf.

Als sie sich zurückzog, wiegte ihr Vater sie in seinen Armen. „Hey, Liebling, ich habe dich vermisst."

Zane war als Nächstes dran. Er umarmte sie so fest, dass

sie dachte, sie würde ersticken. Als er sie losließ, packte Skylar sie und weinte mit ihr.

Als die Umarmungen vorbei waren, sah sie jeden an und holte tief Luft. „Es gibt viel, worüber ich mit euch reden muss. Wo ich gewesen bin und was ich getan habe."

„Schatz, das ist uns egal. Solange du wieder Zuhause bist."

Catty schüttelte den Kopf. „Nein. Es ist etwas, das ich mir von der Seele reden muss. Ich muss es euch erzählen. Ihr müsst alle die Wahrheit wissen."

Skylar lächelte und griff nach ihrer Hand. Sie drückte sie und nickte. „Setzen wir uns hin. Wir werden dir gut zuhören. Denk aber bitte daran, dass es unwichtig ist. Wir lieben dich."

Catty blinzelte die Tränen zurück und folgte ihnen zu dem ruhigen Tisch in der Ecke. Sie wartete darauf, dass sich alle setzten, bevor sie anfing.

„Ich sollte das sagen und es hinter mich bringen. Dann kann ich das Wie und Warum erklären." Jeder schenkte ihr seine volle Aufmerksamkeit. Sie sagte sich, das hier wäre wie ein Pflaster abzuziehen. Beeil dich und sag es.

„Zuerst habe ich meinen Namen in Catty geändert. Ich habe es für meinen Job gemacht, aber jetzt bin ich daran gewöhnt." Sie liebte es, wie der Name auf Luciens Lippen klang. Sie hatte die Entscheidung getroffen, dass sie den Namen behalten würde, nachdem sie geflohen waren. Sie war eine andere Person als damals, als sie Arkansas verließ. Sie war jetzt Catty.

„Okay, ich mag Catty. Das passt zu dir." Ihr Vater nickte und lächelte.

„Da ist noch etwas. Als ich in New Orleans war, habe ich als Stripperin gearbeitet." Die Worte fielen in eine bodenlose Schlucht. Sie hielt den Atem an und wartete auf die Enttäuschung in den Gesichtern ihrer Familienmitglieder, einschließlich dem ihrer besten Freundin Skylar. Als niemand etwas sagte, runzelte sie die Stirn.

„Habt ihr gehört, was ich gesagt habe?"

„Ja, Liebes." Ihre Mutter nickte. „Und Barrett hat uns gesagt, wenn wir uns nicht alles anhören, was du zu sagen hast und dir keine Chance geben, dich zu erklären, dann gäbe es die Hölle auf Erden für uns." Sie beugte sich vor und flüsterte. „Ehrlich gesagt, Barrett mag gut aussehen, aber er ist ziemlich unheimlich."

Catty wusste nicht, ob sie lachen oder weinen sollte.

Sie tat also das Einzige, was sie konnte. Sie erzählte ihre Geschichte.

* * *

LUCIEN HATTE DARAUF GEWARTET, dass Catty von ihren Eltern zurückkam. Er war seit ihrer Abreise besorgt gewesen und hatte nicht aufgehört, auf die Uhr zu schauen.

Die Tür öffnete sich und er hob seinen Blick. Ein Lächeln breitete sich auf seinem Gesicht aus, als Catty zu seiner Seite eilte und einen Kuss auf seine Lippen drückte.

„Hey, Süße." Er küsste sie zurück. „Ich habe dich vermisst."

„Ich war nur eine halbe Stunde weg." Sie kicherte und kletterte in sein Bett.

„Wie ist es gelaufen?"

„Ziemlich gut. Niemand war wütend und jeder sagte, dass sie mich immer noch lieben. Ich glaube, der einzige, der wütend war, war Zane."

„Wirklich?" Er musste ein Wörtchen mit ihrem Bruder wechseln, sobald er das Bett verlassen konnte.

„Er sagte, er schätze es nicht, dass du mit seiner kleinen Schwester zusammen bist." Sie kicherte.

Er lachte. „Nun, er gewöhnt sich besser daran. Ich werde

von nun an viel mit dir zusammen sein." Er zog sie für einen weiteren Kuss an sich.

„Ich schätze, du hattest recht. Meine Vergangenheit bestimmt meine Zukunft nicht. Jetzt kann ich mich darauf konzentrieren, was ich tun möchte." Sie schaute zu ihm hoch und wurde rot. „Ich habe meinem Vater von diesem Online-Test erzählt. Lucien, ich glaube, ich möchte herausfinden, was man für ein Jurastudium braucht."

„Ich denke, das ist eine großartige Idee."

„Glaubst du? Glaubst du, ich könnte es schaffen?"

„Ich weiß es."

Er ergriff ihre Hand und sah ihr in die Augen. „Ich weiß, dass das sehr plötzlich kommt und du eigentlich Zeit haben wolltest, um dich zu finden. Aber ich muss dir etwas sagen."

„Was?"

„Ich liebe dich. Ich habe dich seit dem ersten Tag geliebt, an dem du mich angeschrien hast. Ich weiß, dass du Zeit brauchst, um herauszufinden, was du tun möchtest, und ich werde dich unterstützen. Ich unterstütze dich bei allem, was du tun willst. Ich möchte nur eine Chance, mit dir zusammen zu sein, dich auszuführen und dich wie die Göttin zu lieben, die du bist. Catty, gibst du mir eine Chance?"

Sie blinzelte und warf sich in seine Arme. Er seufzte.

„Oh, Entschuldigung." Sie zog sich zurück und sah seine Wunden an. „Habe ich dir wehgetan?"

„Der einzige Weg, wie du mich verletzen kannst, ist, wenn du sagst, dass du nicht bei mir sein willst."

„Ich will bei dir sein, Lucien. Ich liebe dich."

Sein Herz pochte wie wild vor Liebe zu der Frau vor ihm und der Zukunft, die er vor sich sah. Dieses Mal bekam er alles, was er wollte. Und er würde es nicht für selbstverständlich halten.

* * *

„ICH HABE GERADE mit Jack Welbourn telefoniert." Barrett starrte Ryker über seinen Schreibtisch hinweg an.

„Und?"

„Er ist nicht überrascht wegen Edward Boudier. Sagt, er sei seit Jahren aus dem Ruder gelaufen. Er sagte, die anderen Rudelführer versuchen, sich von ihm fernzuhalten und das Boot nicht zum Kentern zu bringen."

„Verarschst du mich? Was zum Teufel machst du jetzt? Sicher muss das vor den Rat gebracht werden oder es eine Untersuchung in seinem Rudel geben?" Ryker stand auf und ging im Zimmer auf und ab.

„Ich fordere eine Untersuchung. Aber Jack sagte, es könne dauern. Er sagte, der einzige, der Edward etwas vorwerfen könne, ist Big Mike und anscheinend gibt es keinen lebenden Zeugen, da ich ihm den Hals abgerissen habe."

„Aber Catty hat gehört, dass Big Mike gestanden hat. Sie ist eine Zeugin."

Barrett schüttelte den Kopf. Seine Gedanken rasten. „Damit eine Anklage gegen einen Rudelführer erhoben wird, muss sein Ankläger dies persönlich tun. Catty hat es aus zweiter Hand gehört. Außerdem möchte ich sie nicht in diese Position bringen. Boudier ist böse genug, um ihr etwas anzutun. Ich bringe ihr Leben nicht in Gefahr."

„Also was jetzt? Du forderst eine Untersuchung? Eine Untersuchung, von der du weißt, dass sie nichts aufdecken wird?"

„Vorerst." Er sah Ryker an. „Boudier denkt, ich werde wie immer den Regeln folgen. Er erwartet nicht, dass ich es anders mache."

Rykers Augen leuchteten auf. „Ich bin ganz Ohr."

„Während die Untersuchung läuft, werde ich selbst eine kleine Untersuchung durchführen."

„Verrätst du es mir? Oder willst du mich im Unklaren lassen?"

„Ich werde dich im Unklaren lassen." Barrett grinste.

„Du bist so gemein, Barrett." Ryker schaute mürrisch.

„Nun, hier ist etwas, was dich aufmuntert. Welbourn ist ziemlich sauer über die Flucht seiner Hexe aus Yazoo. Er will sie zurück, damit sie keinen Ärger mehr verursacht."

„Ich dachte, sie könnte nur für kurze Zeit entkommen. Sollte sie jetzt nicht wieder auf dem Friedhof sein?"

„Das sollte sie, aber sie ist es nicht. Also müssen wir ein paar Wächter aussenden, um sie zu finden."

„Schick nicht mich. Ich habe gehört, dass sie wie eine Schwarze Witwe ist. Sie soll ihre Partner zu Tode ficken."

„Ich werde Jaxon schicken." Barrett grinste. „Er hat schon immer Herausforderungen gemocht."

* * *

LUCIEN FUHR mit seiner Harley zur Baustelle von Skylars Haus. Er hatte die halbe Nacht damit verbracht, Catty zu lieben, also hatte er heute ausgeschlafen.

„Alter, du bist spät dran", neckte ihn Jaxon, der gerade einen Stapel Bretter aufhob.

„Ja, das bin ich" Lucien zog seine Lederjacke aus und drapierte sie auf dem Motorradsitz.

Es war kochend heiß und er würde nicht weiter seine Jacke tragen, um zu verbergen, was er war. Sie hatten alle seinen Rücken gesehen, als sie ihn aus dem unterirdischen Tunnel geholt hatten. Sie wussten, wie er aussah. Es war sinnlos, sich jetzt noch zu verstecken.

„Was ist los?" Damon kam herüber und begrüßte ihn. „Bereit für die Arbeit?"

„Und wie." Lucien ging zum Truck. Er stapelte etwas Holz und schnappte sich einen Hammer.

„Hey Mann", sagte Jaxon entspannt neben ihm. „Ich bin froh, dass du hier bist."

„Ich auch. Die Alternative wäre auch ziemlich übel." Er lachte.

„Was du nicht sagst", stimmte Jaxon ihm zu. Er zog sein Hemd aus und warf es auf die Ladefläche. „Ich schwöre, es sind fünfzig Grad und es ist nicht einmal Mittag." Er nahm sein Holz und ging zurück zur Baustelle.

Lucien legte sein Holz ab und sah sich zu seinen Brüdern um. Sie waren alle oben ohne und schwitzten immer noch wie die Schweine.

„Scheiß drauf." Er zog sein T-Shirt über den Kopf. Er hob sein Holz auf und ging auf die Baustelle zu.

Er hielt den Atem an und ging zu den anderen Wächtern. Sein Rücken war Damon und Jayden zugewandt und Jaxon stand neben ihm.

Als niemand etwas sagte, stand er auf und seufzte. „Ich wurde verbrannt. Deshalb sieht mein Rücken so aus."

„Ich weiß, Mann. Wir alle haben gehört, wie Lorcan es im Wohnmobil zugegeben hat", sagte Jayden.

„Ich wollte ihm an deiner Stelle den Kopf abreißen, aber er sagte, er bereute es. Also habe ich es gelassen", sagte Damon.

Lucien runzelte die Stirn. „Ihr alle habt das mitbekommen?" Er hatte während der Fahrt nach Hause mehrmals das Bewusstsein verloren. Das einzige, woran er sich erinnerte, war Lorcans Entschuldigung.

„Ja klar. In einem Wohnmobil ist nicht viel Platz für all diese großen Ärsche. Außerdem versuchte ich, nach hinten durchzukommen, um mir nicht anhören zu müssen, wie Granny über einen alten Furz sprach, der mit ihr schlafen wollte." Jayden schaute angewidert drein.

„Ja, das ist der Stoff, aus dem Albträume gemacht sind." Damon grunzte vor Lachen.

„Alter, das ist nicht lustig." Jayden stand auf und stieß Damon in die Brust.

„Lass das gefälligst, Jayden", knurrte Damon.

„Sprich nicht so über Granny." Jayden beugte sich herausfordernd nach vorne.

„Du bist der Schwachkopf, der damit angefangen hat", konterte Damon.

„Um Himmels willen, könnt ihr zwei Mädchen euren Zickenkrieg unterlassen? Wir sollten Lucien zuhören", rief Jaxon.

„Eigentlich", er hob seine Hände und schüttelte den Kopf. „Ich finde das ganz in Ordnung so. Macht weiter mit dem was ihr tut." Er sah Jaxon an, während Jayden und Damon sich gegenseitig ankeiften.

„Du hättest es mir sagen können, weißt du." Jaxon hob die Augenbrauen.

Lucien senkte den Kopf. „Das hätte ich, ja. Es tut mir leid."

Jaxon grinste. „Schon okay. Aber ich muss etwas sagen. Du solltest dein T-Shirt wirklich wieder anziehen." Er kniff die Augen zusammen. „Deine Bauchmuskeln sind besser definiert als meine. Ich brauche keine Konkurrenz, verstanden?"

Lucien lachte.

Ja, sie waren eine gestörte Familie. Aber sie waren trotzdem eine Familie.

OHNE TITEL

Die Vampire Housewife Reihe
Lippenstift und Lügen und tödliche Intrigen
Scheidung und Wein und Schuldbewusstsein
Beschwipst und schlaflos und Memphis im Chaos

Werwolf Wächter Romantik Serie
Ihr Werwolf Bodyguard
Ihr Werwolf Beschützer
Ihr Werwolf-Verteidiger
Ihr Werwolf Champion
Ihr Werwolf Held

Ihr Cowboy-Held: Eine Western-Romanze -Held: Eine
Western-Romanze
Ihr Cowboy-Liebhaber:Eine Western Romanze
Ihr Cowboy-Artz:EINE WESTERN-ROMANZE

Fae Geheimnisse

ÜBER DIE AUTORIN

Jodi ist Bestsellerautorin von USA TODAY und Finalistin des National Readers Choice Award für den besten Paranormalen Roman. Sie ist die Autorin der Serie AUFSTIEG DER WERWÖLFE VON AKANSAS und schreibt paranormale Romantik sowie zeitgenössische Romantik.

Geboren und aufgewachsen in Mississippi, führten ihre tiefen südlichen Wurzeln und ihre Liebe zum Paranormalen dazu, dass sie paranormale Romane schreibt, die im Süden der USA spielen. Wenn sie sich nicht mit Charakteren in ihrem Kopf unterhält, ist sie in ihrem Haus im Nordosten von Arkansas mit ihrem gutaussehenden Ehemann, ihrem brillanten Sohn, einem temperamentvollen Schwan und einem gelben Labrador zu finden, der gern Schildkröten anschleppt, wenn die Entensaison vorbei ist.

Finden Sie Jodi auf Facebook, Jodi Vaughn, Autorin.

Folgen Sie ihr auf Twitter und Periscope @JodiVaughn1
Besuchen Sie ihre Webseite und melden Sie sich für den
Newsletter an. http://jodivaughn.com/
Finden Sie sie auf Instagram bei VaughnJodi

OHNE TITEL

Cover-Design und Format: The Killion Group
http://thekilliongroupinc.com/